⟨2022년도 요모조모⟩

2021년도 임원진 회장 조현순 외 6인

2021년도 신인상 시상식

문학기행 김유정 문학관

김유정 생가

김문호, 오만환, 송낙현, 유지훈, 박종오, 강대식, 김용태, 김용수, 박종익

조현순, 이원주, 이현자, 박종오

2022.10.15. 문학기행

2022년도 임원진 회장 조윤주 외 8인

누가 지구를 돌려봤는가

2022 | 제38집   예술시대작가회

누가
지구를
돌려봤는가

작가
교실

2022년
〈누가 지구를 돌려봤는가〉

조윤주 · 예술시대작가회 회장

꽃을 볼 마음으로 꽃을 심었으나
꽃은 피지 않고
무심코 버들가지를 꽂았더니 나무 그늘을 이루었다는 중국 속담
처럼
꽃을 탐낸다고 해서 꽃이 피는 것은 아닙니다.
나무가 꽃을 줄 때까지 기다리는 수밖에 없습니다.

　작가는 새로운 세계관을 제시하는 절대자이면서 사회와 융합하며
치유를 향해 나아가는 것이라고 생각합니다.
　여기에 수록된 동인 분들의 옥고의 방향 또한 그런 것을 알기에 우
선 존경과 감사를 전합니다.
　목마르거나 간절한 것들의 찰나가 조각이 되고 퍼즐이 되어 힘을
발휘합니다.
　우리는 허상의 경계선에서 헤매는 것이 아니라, 약속한 독자를 향

해 기회의 경계로 나아갑니다.

문학을 하는 모든 이들은 좌절하고 좌절한 자리에서 다시 일어서기를 반복합니다.

우리는 그러한 힘을 바탕으로 누군가의 가슴을 울리고, 적시고, 뛰게 합니다.

그래서 더욱 친밀도가 높은 여정의 동행자라고 믿습니다.

이 서정의 커뮤니티가 나날이 확장되어 결핍은 충만으로, 충만은 겸손으로 무르익기를 희망합니다.

문학은 단순히 예술의 장르가 아니라 영혼의 치유로 자리매김한 지 오래되었습니다.

우리 동인들이 일궈낸 글밭이 독자의 심금을 울리며 문장마다 밑줄이 그어질 것이라고 믿습니다.

두근거림과 정성으로 엮은 동인지, 선배님들과 후배님들의 노력에 다시 한번 경의를 표합니다.

아울러 예술시대작가회가 더 뜨겁게 요동치길, 우아하면서도 세련된 서사이길 바랍니다.

책장이 열리는 소리 들립니다.

페이지마다 빛이 글을 갉아먹고 우화(羽化)합니다.

우주의 봄(春)이 우리 동인지로부터 시작된다는 것,

이제 잠갔던 비밀을 풀어야겠습니다.

쉿!

이범헌 · 사단법인 한국예술문화단체총연합회 회장

안녕하십니까, 사단법인 한국예술문화단체총연합회 회장 이범헌입니다.

한국 문학예술 발전을 위해 뜨거운 열정으로 달려온 예술시대작가회의 제38집 동인지, 「누가 지구를 돌려봤는가」 발간을 진심으로 축하드립니다. 코로나19 팬데믹을 딛고 회원 여러분의 다채로운 문학작품이 세상에 얼굴을 내밀었다는 것을 매우 뜻깊게 생각합니다. 성공적인 발간을 위해 큰 노력을 해주신 조윤주 회장님과 회원 여러분께 감사와 축하의 인사를 드립니다.

문학이 발전하는 일은 사막에서 나침반을 따라 걸으며 마음에 지표를 꽂는 일이라고 생각합니다. 그동안 예술시대작가회의 회원 여러분은 자신만의 개성 있는 목소리로 문학계를 훌륭히 이끌어 왔으며, 해가 갈수록 더욱 성숙한 모습으로 거듭나고 있습니다. 특히 이번에 발간한 동인 작품집은 예술시대작가회의 기쁨과 큰 자랑이기에 상징적인 의미를 담고 있다고 생각합니다.

　우리 인간이 가장 순수해지는 순간은 예술에 심취해 있을 때라고 합니다. 그래서 우리는 한 줄의 시를 노래하다가도, 한 송이 들꽃 앞에서도 순수해지는 나약한 존재인지도 모릅니다. 예술창작은 사람이 만들어내는 가장 아름다운 정신의 산란물입니다. 특히 문학은 작가의 숭고한 정신세계이며, 넓은 의미로 동시대를 살아가는 사람들에게 정서 함양을 돕고, 나아가 영혼의 역사가 되기도 합니다. 그런 의미에서 우리의 마음에 꿈과 희망을 심어주는 예술시대작가회의 활발한 활동은 큰 축복이라고 생각됩니다. 이번 동인지의 발간은 한국 문학예술 발전에 아름다운 토양이 될 것이라고 믿습니다.

　아울러 많은 독자와 함께 조화롭게 소통하고 함께 어울리면서 공공 예술의 한 마당을 더욱 빛내주실 것으로 기대합니다. 경기가 어려워지고 국제적인 갈등이 심화하는 좋지 않은 소식들로 마음이 어두워지고 있습니다. 그렇기에 우리 모두에게 더욱 따뜻한 위로와 응원이 필요한 시기입니다. 예술시대작가회의 활동이 밝고 건강한 국민 정서 함양에 큰 도움이 되기를 바랍니다.

　다시 한번 예술시대작가회 제38호 동인지 「누가 지구를 돌려봤는가」 발간을 축하드리며, 조윤주회장님을 비롯한 회원여러분과 예술시대작가회의 무궁한 발전을 기원합니다. 감사합니다.

목차

발간사 · 조윤주 8
축　사 · 이범헌 10
특　집 · 김용수 16
　　　　오만환 25

시

강대식 · 정원의 아침 / 충주 남한강 철길 32
고창영 · 횟값 / 친구 엄마 35
곽용남 · 두 개의 구슬 / 바다를 보며 38
권순형 · 약비 / 목련 茶 42
김연대 · 바람 바람 바람 / 체념 44
김용태 · 녹색 빌딩 / 노란 주전자 47
김원욱 · 공황장애 / 꽃의 미사 49
김정윤 · 부겐베리아 / 문래창작촌 52
김찬윤 · 돌이 전하는 말 / 몽돌 55
노인숙 · 멍치원 / 별짓 58
류승도 · 심화요탑(心火遶塔) / 봄, 동백 61
마종옥 · 도시 골목에 밑줄을 그어 봤어요 / 자유 후유증 63
박종오 · 코코와 아내 / 테트라포드에 서서 67
박종익 · 천상천하 유아독존 / 바다의 연금술사 70
박지연 · 천수天水 / 선율은 흐르고 73
서경자 · 애기똥풀꽃 / 종소리 76
서영칠 · 단심丹心 / 영일만의 해오름 78
송낙현 · 나비는 왜 꿀을 모으지 않을까 / 만월滿月 81
송동호 · 낭만을 다스리던 날들의 미제未濟 85
양은진 · 보름달 빵이 있는 풍경 / 그라디에이션을 관찰하다 90

유민채 · 불 부처 / 호랑나비 애벌레 93

유　유 · 화무십일홍 / 가시의 침묵 95

이규자 · 솔밭에서 답을 찾다 / 태풍 길들이기 98

이난오 · 그리움 −남동생을 보내며 / 늦둥이 102

이덕원 · 마랑리 동백 / 나를 위한 행진곡 104

이병화 · 봉지꽃 / 남편의 백내장 107

이성의 · 경전 읽기 / 세월 가고 나니 110

이원주 · 문턱 낮은 횟집 / 산수유 113

이춘재 · 여류시인의 외침 / 오래 젊었습니다 115

이현자 · 바늘꽃 / 신발 119

이희철 · 첫사랑 여운 / 가을 숲 풍경에 122

정문택 · 그대 이름은 / 세월은 가고 사랑은 남고 125

정영호 · 애물단지 / 정말 삭제하시겠습니까 129

정인관 · 화려한 외출 / 봄은 옷을 갈아입고 화장을 한 여인이다 132

조명희 · 오후 세 시의 바다 / 통증 136

조윤주 · 양육 / 이별을 먹다 138

조현순 · 바람의 행적 / 고양이 생각 142

최수지 · 토종 옥시시 / 소나기 지나는 하늘 146

한상림 · 대나무 파도 / 그늘의 공식 149

홍현숙 · 스프링클러spinkler / 흰 달이 그려진 그림 −도피− 152

시조

김숙희 · 껌 같은 사랑 / 꽃차 한 잔 156

오양수 · 세상 톺아보기 / 꾸밈새의 자유 158

유지훈 · 민들레의 비상 / 모란이 지기 전에 160

수필

강별모 · 비 오는 날이면 164

김문호 · 자유여, 고독이여 169

박윤지 · 떠나기 위해 떠나다 173

사공정숙 · 다만 멈춤을 두려워하며 178

이능수 · 수총(壽塚)에 눕다 182

이소윤 · 파주꽃 향기 186

이영실 · 사량도의 봄산에 오르다 190

이현실 · 아라비아사막의 달빛 속에서 194

임미옥 · 남자의 강 199

조명래 · 7학년에게 묻다 204

최희명 · 사투리 味學 206

콩트

류미연 · 그 순간 나는 212

소설

고승우 · 그와 그녀 218

배선영 · Do u miss me? 239

신재동 · 진정한 사랑 250

이진준 · 불꽃놀이 269

전경애 · 고려군신 도원수 안우(1) 286

평론

김가온 · 그 누구에게도 읽히지 않은 삶을 위해서 304

[예술시대작가회]가 걸어온 길 324

특집

소설가 김유정의 문학과 삶

김용수

오만환

김유정(金裕貞 1908~1937)의 삶과 문학

- 소설 '동백꽃'을 중심으로

김용수

김유정

소설가. 1935년 "조선일보" 신춘문예에 '소낙비'로, "중외일보"에 '노다지'로 등단하였다. 1930년대 농촌을 배경으로 하여 해학적이면서도 현실 비판 의식을 드러내는 농촌 소설들을 발표하였다. 주요 작품으로 '동백꽃', '만무방', '소낙비' 등이 있다.

1. 1930년대 한국문학의 두 가지 의의

김유정의 소설은 30년대 한국의 농촌 현실과 도시 서민들의 생활상을 실감나게 그리고 있다. 일제 식민지 농업정책으로 인해 날로 심화되어가는 농촌 피폐의 모습을 고스란히 보여준다. 자력이 약한 자작농들이 토지를 방매함으로써 소작농으로 전락하게 되는 과정이다. 그는 계급적 분화가 심화돼 가는 과정을 토속적 소재를 통해 풍자와 해학을 통해 보여준다. 김유정은 이러한 농촌 피폐의 원인을 비교적 정확하게 인식하고 있었다. 즉 '자작농의 소작농화 → 빚 → 도시로의 이농 → 도시 속에서의 극빈'과 같은 이 모든 현상을 김유정은 각각의 단편 등을 통하여 생생하게 그려내고 있다.

김유정의 작품세계는 초기에는 해학을 바탕으로 향토적 서정을 그리고 있으며 후기에 들어서는 당대 농촌의 실상을 리얼리틱한 수법으로 그리고 있다. 김유정 문학에 내재한 특성으로는 토속성, 풍자성, 여성주의로서 채만식과 함께 30년대 대표적인 풍자 작가이다. 두 작가의 공통점은 부정을 통한 긍정의 모색이라 할 수 있다. 다른 점은 김유정이 농촌을 배경으로 풍자('동백꽃')한 반면 채만식은 도시를 배경으로 풍자('고향')했다는 점이다.

풍자는 공격성을 전제로 한다. 채만식의 풍자가 일제 강점기 질곡의 시대를 예리하게 벼린 언어의 칼로 맞섰다면 김유정의 풍자는 동시대(同時代)의 고단한 삶을 해학과 유머로 감싸는 은근함이 있다.

2. 김유정의 문학과 삶

김유정은 1908년 실레마을에서 아버지 김춘식과 어머니 청송 심씨 사이에서 태어났고, 부모님은 10살 이전에 돌아가셨다. 형 유근이 첩을 얻어 살며 재산을 탕진했고 누나들은 시집을 간 상태라 유정은 홀로 남았다. 내성적이고 소심한 성격에 애정 결핍으로 인해 말을 더듬는 증세가 있었다. 휘문고등학교 때는 영화감상, 바이올린 연주, 하모니카 연주 등 예능에 소질을 보이며 다양한 취미생활을 하였다.

1931년 스물셋 김유정은 조카 김영수와 함께 고향으로 돌아와 야학당 금병의숙을 설립해 주민들을 가르쳤으나 얼마 못 가 일제에 의해 강제 해체되었다.

1934년 구인회에 가입하였다. 구인회 회원인 이상은 김유정을 존경해 건강하고 활동적인 청년이 주인공인 소설 '김유정'을 발표하였다. 소설 '김유정'이 발표된 한 달 후 1937년 3월 29일 경기도 광주군 중부면 상산곡리 다섯째 누나 집에서 폐결핵으로 사망하였고 이상도 김유정 사망 19일이 지난 4월 17일 폐결핵으로 사망하였다.

3. 김유정 소설 「산골」문학 여행
"닭 죽은 건 염려 마라. 내 안 이를 테니."

그리고 뭣에 떠밀렸는지 그녀의 어깨를 짚은 채, 퍽 쓰러진다.

이 바람에 그의 몸둥이도 겹쳐서 쓰러지며 한 창 피어 퍼드러진 노란 동백꽃 속으로 푹 파묻혀 버렸다.

"알싸한, 그리고 향긋한 노란 동백꽃 냄새에 땅이 꺼지는 듯이 아찔해유!"

하자, 한창 피어 터드러진 노란 동백꽃 숲에서 "아무에게도 말하지 않을게!" 점순이의 목소리가 들려온다.

〈이해와 감상〉

이 작품은 농촌을 배경으로 순박한 소년, 소녀의 사랑을 해학적이면서 서정적인 필치로 그린 소설이다. 짧고 간결한 문장과 속도감 있는 사건 전개, 토속적인 어휘 구사 등이 특징인 김유정의 대표작이다.

주인공인 '나'는 어수룩하면서도 눈치가 없는 순박한 농촌 청년이다. 이에 반해 점순은 집요하고 억척스러운 편인데 점순의 이러한 성격이 '나'의 성격과 대조되어 남녀의 애정을 소재로 하면서도 매우 해학적인 분위기를 띠게 된다.

이 작품에 등장하는 감자, 닭싸움 등의 소재는 '나'에 대한 점순의 관심과 애정을 매개하는 소재이며, 작품의 후반에 등장하는 동백꽃은 그 알싸한 향기를 통해 작품의 서정적 분위기를 고조시키는 한편, 두 남녀의 풋풋한 애정을 승화시켜 주는 소재이다. 이러한 서정적 장치들로 인해 이 작품은 소작농과 마름 사이의 계층적 갈등을 넘어서서 사춘기 두 남녀가 사랑에 눈뜨는 과정을 해학적으로 묘사하고 있다.

*전체 줄거리

[발단] 점순은 '나'의 수탉을 때리고, 자기네 수탉과 '나'의 수탉을 싸움 붙여 놓아 '나'를 약올린다.

[전개] 나흘 전 일하고 있는 '나'에게 점순이 다가와서 감자를 쥐어 준다. 그러나 자존심이 상한 '나'는 이를 거절한다.

[위기] '나'는 매번 싸움에 패하는 '나'의 수탉에게 고추장을 먹여 보기도 하지만 점순네 수탉을 이기지는 못한다.

[절정] 어느 날 나무를 하고 오는 길에 점순이 닭싸움을 시켜 놓은 것을 보고 화가 난 '나'는 점순네 닭을 죽이고 만다. 그리고 겁이 나서 울음을 터뜨리는데 점순이 '나'를 달래 준다.

[결말] 점순과 '나'가 같이 동백꽃 속으로 쓰러지면서 화해한다.

*〈인물 소개〉

-'나': 순박하고 눈치 없는 농촌 청년이다. 점순에 대해 어느 정도 호감을 가지고 있기는 하지만 자신에 대한 점순의 마음을 눈치채지 못해 점순이 하는 행동을 이해하지 못한다.

-점순: '나'에 비해서 훨씬 성숙하고 영악하다. 자기감정을 표현하는 데 훨씬 적극적이나 '나'가 이를 거절하자 애정과 복수가 뒤엉킨 행동을 집요하게 시도한다.

*주요 소재가 지닌 의미

점순은 '감자'를 통해 '나'에 대한 자신의 관심과 호의를 드러낸다. 하지만 점순의 마음을 눈치채지 못한 '나'는 '감자'를 거절하고 화가 난 점순은 이내 닭싸움을 통해 복수를 하는 한편, '나'의 관심을 끌고자 한다. 닭싸움을 통해 점점 심화된 갈등은 '나'가 점순네 닭을 죽이는 데까지 이르게 되고, 이를 수습하는 과정에서 '동백꽃'을 통해 점순과 '나'가 화해하게 된다.

*'닭싸움'의 기능

닭싸움은 점순이 '나'에 대한 애정을 반어적으로 표현하는 소재이며 '나'와 점순의 갈등을 대리 표출하는 매개물이기도 하다. 또한 마지막 부분에서는 '나'와 점순이 화해하는 계기를 마련해 준다.

*점순네 집과 우리 집의 관계

점순네 집은 마름이고 우리 집은 소작인이므로 우리는 점순네에 잘못하면 땅을 빼앗길 수도 있는 상황이다. 이러한 상황은 점순과 '나' 사이에 불평등한 관계를 형성하고 '나'가 소극적인 태도를 취할 수 밖에 없는 이유가 된다.

*향토적 소재의 기능

이 작품은 농촌 마을을 배경으로 하여 '닭싸움, 호드기, 동백꽃' 등 다양한 향토적 소재를 활용하고 있다. 이러한 소재들은 토속적인 분위기를 형성하며 인물들의 사랑에 순박한 느낌을 부여하고 있다.

*중심 소재 '노란 동백꽃'의 의미

동백꽃은 '나'와 점순 사이에 생겨난 사랑의 감정을 감각적으로 표현해 주는 소재이다. '나'가 아찔해진 것은 동백꽃 내음 때문이기도 하지만, 실은 사춘기에 접어든 '나'가 점순에게 느낀 어떤 미묘한 감정 때문일 것이다.

*동백꽃의 줄거리

점순이의 수탉은 오늘도 나의 수탉과 싸움을 하며 나의 수탉에게 해를 가하였다. 이것은 점순이가 쌈을 붙여 놓은 탓이다. 나흘 전 일을 하고 있던 나에게 점순이가 감자를 손에 쥐어준 일이 있었다. 혼자서 일을 하느냐고 물으며 잔소리(쌩이질)를 늘어놓은 뒤 감자를 내밀었다. 자존심이 상했던 나는 감자를 거절한다.

어느 날 나무를 하고 돌아오는데 점순이가 우리 집의 씨암탉을 괴롭히고 있는 모습을 보았다. 분한 마음이 들지만 점순이네는 마름이기 때문에 참아야만 했다. 그리고는 수탉을 붙들어 고추장을 먹이는 특별 조치까지 취했다.

그러나 점순이는 수탉끼리 싸움을 붙였고 나의 수탉이 당하고 있자 화가 나 점순이네 수탉을 죽이고 만다. 곧 '나'는 점순이네 수탉을 죽였다는 사실에 울음을 터뜨리고 그런 나를 점순이가 달래준다. 그리고 점순이는 나의 어깨를 짚은 채로 쓰러지며 우리 둘은 노란 동백꽃 속으로 파묻힌다. 잠시 후, 점순이를 찾는 어머니의 소리가 들리며 점순이는 산 아래로, 나는 산 위로 도망간다.

〈작품 총평〉

　지난 것은 모두 아름답고 그리움의 잔영으로 되돌아오고, 아직 오지 않는 시간은 언제나 두려움 속에 망설임을 안기는 황혼! 이제 뭔가에 대한 그리움은 일상(日常)이다.

　그러나 그리움 즉 '향수(鄉愁)'에도 미래지향적 그리움과 과거지향적인 그리움이 있다. 유치환은 '깃발'에서 우리가 고단한 삶을 헤치고 마침내 다다르고 싶은 아직 가 보지 못한 이상향(理想鄉)에 대한 열망(nostelgia)을 '소리 없는 아우성'이라 했다.

　그러나 인생을 어느 정도 살아온 지금, 되돌아보면 그동안 미래지향적 이상향을 향한 발걸음은 얼마나 쫓기고 힘이 들었던가? 평범한 물질적 여유라도 갖기는 또 얼마나 어려운 것인가를 우리는 안다. 그 힘겨운 삶의 여정을 지나면서 돌아보면 숙명처럼 찾아오는 그리움과 자기 위안, 김유정의 '동백꽃'에는 우리 인생에서 결코 지워버릴 수 없는 시간과 공간이 여전히 건재하다. 그리고 그동안 잊고 살아온 우리를 그리운 청춘 시절로 이끄는 강한 힘과 영속적(永續的)인 그리움 가졌다. 이 과거지향적 향수(homesickness)에 안기는 포근함과 안도감은 언제나 귀소본능(歸巢本能)을 고스란히 간직한 우리의 심연(深淵)에 닿아있다.

　'동백꽃'에는 '깃발'에 보이는 '바람에 나부끼는 순정'도 없고, '백로처럼 접는 애수의 날개'도 없다. 이미 지나왔지만 다시 달려가고 싶은 오직 각자 유년의 아랫목만이 존재한다. 그곳에 우리의 그리움 즉

향수의 본향(本郷)이 있다고 해야 할 것 같다.

정치적 자유가 속박되고 영혼의 자유로움 마저 제약을 받아야 했던 일제 강점기. 입에 풀칠마저 힘든 시기에도 향토적 서정의 공간과 잊지 못할 청춘의 시간을 되새김하게 해주는 김유정의 주옥같은 소설은 언제나 우리에게 커다란 위안을 준다.

우리는 김유정이 살아온 시대와는 비교할 수 없는 물질적 풍요 속에서도 결핍과 삭막함을 느끼고 살아간다. 왠지 허전한 시간이 너무 많다. 그러니까 지금 우리에게는 김유정이 보여준 서정과 삶의 여유가 없는 것이다. 시대를 관통할 수 있는 유머와 해학은 더욱 찾기 어렵다. 먹을 것은 지천이고 '백세 시대'라고 하는데

이 '풍요 속의 빈곤!' 왜일까?

김용수

• 2006년 시
• 시집: 『내 영혼의 섬』 『며느리 길들이기』 『당돌한 저 꽃망울』
• 한국문인협회, 한국시인협회, 글마루문학동인
• kinghand7321@gmail.com

춘천 '김유정 문학촌'

오만환

1. 소설가 김유정의 삶

짧은 생애(1908~ 1937), 주옥같은 작품들

1908년 2월 12일 강원도 춘천시 신동면 중리 실레마을에서 태어 났다. 팔 남매 중 일곱째로 태어났으나 어려서부터 몸이 허약하고 자 주 횟배를 앓았다. 또한 말더듬이어서 휘문고보 2학년 때 눌언교정 소에서 고치긴 했으나 늘 그 일로 과묵했다. 휘문고보를 거쳐 연희전 문학교에 입학했으나 결석 때문에 제적 처분을 받았다. 그때 김유정 은 당대 명창 박녹주에게 열렬히 구애했으나 뜻을 이루지 못하고 귀 향하여 야학 운동을 벌인다. 1933년 다시 서울로 올라간 김유정은 고 향의 이야기를 소설로 쓰기 시작한다.

1933년 처음으로 잡지 〈제일선〉에 '산골나그네'와 〈신여성〉에 '총 각과 맹꽁이'를 발표한다. 이어 1935년 소설 '소낙비'가 조선일보 신 춘문예 현상 모집에 1등 당선되고, '노다지'가 조선중앙일보에 가작 입선함으로써 떠오르는 신예작가로 활발히 작품 발표를 하고, 구인 회 후기 동인으로 가입한다. 이듬해인 1936년 폐결핵과 치질이 악화 되는 등 최악의 환경 속에서 작품활동을 벌인다. 왕성한 작품활동만 큼이나 그의 병마도 끊임없이 김유정을 괴롭힌다.

생의 마지막 해인 1937년 다섯째 누이 유흥의 집으로 거처를 옮겨 죽는 날까지 펜을 놓지 못한다. 오랜 벗인 안회남에게 편지 쓰기(필승前. 3.18)를 끝으로 1937년 3월 29일(양력) 그 쓸쓸하고 짧았던 삶을 마감한다.

그의 사후 1938년 처음으로 삼문사에서 김유정의 단편집 〈동백꽃〉이 출간되었다. 우직하고 순박한 주인공들 그리고 사건의 의외적인 전개와 엉뚱한 반전, 매우 육담적(肉談的)인 속어, 비어의 구사 등 탁월한 언어 감각으로 1930년대 한국소설의 독특한 영역을 개척했다.

2. 작품에 대하여

1) 소설- 한국 근 현대문학을 개척한 기념비적 단편 소설

소낙비, 금따는 콩밭, 떡, 만무방, 봄봄 동백꽃, 땡볕 등 문학 교과서 수록

산골 나그네(제일선 1933), 총각과 맹꽁이(신여성 1933), 소낙비(조선일보 1935)

금따는 콩밭(개벽 1935), 노다지(조선중앙일보 1935), 금(영화시대 1935)

떡(중앙 1935.6), 산골(조선문단 1935), 만무방(조선일보 1935), 솥(매일신보 1935)

홍길동전(신아동 1935), 봄.봄(조광1935), 아내(사해공론 1935), 심청(중앙 1936)

봄과 따라지(신인문학 1936), 가을(사해공론 1936), 두꺼비(시와소설1936)

봄밤(여성 1936), 이런음악회(중앙 1936), 동백꽃(조광 1936), 야앵(조광 1936)

옥토끼(여성 1936), 생의 반려(중앙 1936), 정조(조광 1936), 슬픈이

야기(여성1936)

연기(창공 1937), 정분(조광 1937), 두포전(소년 1939), 형(광업조선1939)

애기(문장 1939.12), 세발자전거(목마 1936)

2) 수필

닙히푸르러 가시든님이(조선일보 1935), 朝鮮의 집시(매일신보 1935),
나와 귀뚜람이(조광 1935), 五月의 산골작이(조광 1936), 어떠한
부인을 마지할까(여성 1936), 길(여성 1936), 幸福을 등진 情熱(여성
1936), 밤이 조금만 잘럿드면(조광 1936), 江原道 여성(여성 1937),
病床迎春記(조선일보 1937), 네가 봄이런가(여성 1937. 4)

3. 김유정 문학과 관련 있는 곳

춘천 – 김유정 문학촌(문학관), 김유정우체국, 김유정 역 등

서울 – 재동초등학교, 휘문고등학교(종로구 옛터), 연세대학교

예산군(광시면 외 광산 금전판 등)

하남시(사망) 광주군 중부면 신곡리 – 누님 집

4. 작품의 이해를 위하여 / 생각해 보기

줄거리(생략) / 생각해 볼 주안점

1) 소낙비

식민지 농촌의 타락한 현실과 유랑 농민의 애환, 농촌사회의
현실과 모순

도착된 성윤리, 풍자

발단 전개 위기 절정 결말의 각 장면 묘사와 독자의 상상

아아러니? 직접 제시와 간접 제시 인물의 성격 탐구

2) 금따는 콩밭

절망적 현실과 허황된 욕망 인간의 어리석음에 대하여

해학성, '구덩이'이가 가지는 상징성

'금' – 구원과 파멸: 현실과 다른 느낌을 주는 제목-반어적 표현

시점(3인칭 작가 관찰자 시점)에 대하여

3) 떡

세태 풍자소설에 대하여– 비참한 현실과 몰인정한 세태

위기와 결말/ 인물 관계도

제목 '떡' – 한국 음식/ 굶주림과 풍요 – 민중의 삶과 나눔

시점과 문체에 대하여– 판소리 사설의 시점과 유사한 느낌

1인칭 시점과 전지적 작가 시점을 가진 판소리에서 노래 부르는

창자(주관적 생각) 개입

4) 만무방

만무방-막되어 먹은 사람/ 식민지 농촌 현실과 왜곡된 삶

추수기 농촌/ 지주에게 다 빼앗길까봐 자기 논의 벼를 훔치는 심정이라니

응칠 형제와 농촌 사람들

아이러니, 언어적 반어와 상황적(구조적) 반어

5) 봄.봄

강원도 농촌, 순박한 데릴사위와 장인

어린 점순과 머슴, 갈등과 대립 몸싸움

점순의 심리 묘사 – 아버지와 머슴 사이

해학성

제목 '봄 봄' 계절과 사랑 청춘

6) 동백꽃

순수소설의 백미, 동백꽃과 사춘기 소년 소녀

1930년대 강원도 산골 마을을 상상하며 주인공이 되어 보
세요

끝 장면: 순간 '나'의 어깨를 짚고 점순이 넘어지는 바람에 동
백꽃에 파묻히는 '나'

향긋한 동백꽃 냄새에 정신이 아찔해진다 –어머니가 점순을
부르는 소리

여기서 동백꽃의 색깔?(산수유와 구별법)

닭싸움과 점순이

소극적인 나와 적극적인 점순이

서정성과 해학(웃음)

5. 김유정의 문우들(여담) 관련 상품

소설가 안회남(안필승)과 구인회 사람들

구인회: 1933년 8월, 당시 문단의 중견작가라 할 수 있는 사람 아홉 명이 모여서 만들어진 문학단체.

김기림·이효석·이종명·김유영·유치진·조용만·이태준·정지용·이무영이 있었으며 이후 이종명·김유영·이효석이 탈퇴하고 대신 박태원·이상·박팔양 이 새로 들어왔으며, 그뒤 유치진·조용만 대신에 김유정·김환태 로 바뀌었으나 회원 수는 항상 9명이었다.

김유정이 첫눈에 반한 박녹주 / 박용철 시인 동생 박봉자

관련 상품: 김유정 향수 외 여러 작품집 기념품

오만환

- 1988년 『예술계』 시
- 제7대 회장
- 시집 『칠장사 입구』 『서울로 간 나무꾼』 『작은 연인들』
- 시평집 『식탁 위에 올라온 詩』
- 중국어판 시와 시평집 『自然與倫理』(河南人民出版社)
- '97 농민문학작가상, 16회 山문학상. 2015 국제문화예술상(열린문학), 2022년 충북예술상(창작부문)
- omh2172@hanmail.net

시

강대식	류승도	유민채	이희철
고창영	마종옥	유 유	정문택
곽용남	박종오	이규자	정영호
권순형	박종익	이난오	정인관
김연대	박지연	이덕원	조명희
김용태	서경자	이병화	조윤주
김원욱	서영칠	이성의	조현순
김정윤	송낙현	이원주	최수지
김찬윤	송동호	이춘재	한상림
노인숙	양은진	이현자	홍현숙

정원의 아침 외 1

강대식

일 찾아 가족들이 외출하고 나면
한가한 아침이 도돌이표처럼
쳇바퀴를 굴린다

거실 공간에 숨어든 열대야 피해
정원으로 나가니
밤새 어둠에 두려웠을 잉꼬부부
반가워서인지 원망인지 모를 소리를 질러 댄다

편하게 먹이는 얻어먹지만
사각의 철망에 갇혀 움직여야 하니
자유롭게 날아다니는 친구들의 날갯짓이
부러울게다

봄부터 공들여 기른 블루베리
허락한 적 없어도
틈만 나면 날아와 서리해 가는 물까치
맛있게 먹었으면 고맙다고나 하지
여기저기 시커먼 배설물의 흔적은
무슨 자랑질인가?

햇살 가리게 머리 위에 세우고
아이스커피 한잔에 녹아든 향 음미할 때면
뭐가 좋은지 짹짹거리는 참새들의 잡담 소리 끊이지 않고
침침한 눈동자 키워가며 잡은 책
누군가의 진심이 피어올라
내 영혼을 닦는다

충주 남한강 철길

충주 남한강에 철길이 생겼어요
물안개 풀풀 피어올라 교각이 사라져도
공중에 서 있듯 견고하게 있네요

햇살 머금은 형 구름 강물로 뛰어들어 수영을 즐기고
부러운 듯 바라보는 쌍둥이 동생 구름
춥지 말라고 붉은 햇살 안아다 자꾸만 던져 줘요

멀리 산 자락 너머 태양이 고개를 내밀면
안개 속에 숨었던 교각이 마중 나와 아치를 그리고
잠을 설친 오리는 성가시다며 꽥꽥 소리 지르며 날아올라요

강대식

- 2018년 수필
- 2019년 시
- 수필집: 『차마고도에서 인생을 만나다』, 『인도라다크 힐링여행』, 『예담촌의 춘
  하추동』, 『음악회에서 만난 아버지』
- 시집: 『새로운 잉태를 희구하는 마음으로』, 『별목련』
- 푸른솔문인협회, 청솔문학작가회, 충북PEN문학회, 충북수필문학회,
  제14회 홍은문학상, 청주예술상(2021), 청주시민대상(예술문화부문, 2021)
- qjq3000@hanmail.net

횟값 외 1

고창영

옛포구집 어무이가 가셨다
평생 포구에서 고기 배 따다가 어렵사리 장만한 횟집
코로나로 힘든 아들네 도와주며
이제는 밥 먹고 살만하다했는데 췌장암 그거 알자마자 가셨다

금진횟집 큰아버지가 조업하다가 그물에 쓸려 바다에서 가셨다
문어잡이 배가 들어오다 물속에 뻘건 조끼를 봤으니 망정이지
시신도 찾지 못할 뻔 했단다
새로 지은 이층집
몇 달 못살아보고 그만 바다에 집을 지으셨다

누구네 누구
누구의 누구
바다가 먹여 살리고 바다가 데리고 간다

자연산 회 달고 맛난데
비싸다고 타박이다
그 회가 그리움이고 눈물인데
목심값
그 정도는 받아야 안되겠나

친구 엄마

"엄마도 엄마 친구들이랑 좀 놀아"

"내 친구들은 다들 죽었어 애"

오십 중반인 딸을
아직도 여고생에게 잔소리하듯 찾는
올해로 84세인 그녀는
남들이 칠십으로 본다는 걸 은근히 자랑스럽게 여기는
내 친구 수경이 엄마는

"쟤가 다섯살이었고 그 위가 4학년 또 맨 위에가 6학년
 그렇게 애 셋을 두고 애들 아버지가 갔잖니."

35세에 혼자 되셨다는 엄마는
집도 절도 없이 딱 9만원만 남겨두고
저 세상 간 남편 없이 삼남매를 키우셨다는데

"눈물도 안 나와
정신이 아찔하더라구.
그래서 애들 아버지 장사 지내고

그날로 오후에 나와서 장사를 했잖어."

코로나로 손님이 없어도
어김없이 매일 아침 곱게 화장을 하고
한평생 자유시장으로 출근하는 씩씩한 엄마
내 친구 엄마

고창영

• 2001년 시
• 시집: 『등을 밀어준 사람』, 『누워서 자라는 꽃은 없어라』, 『뿌리 끝이 아픈 느티
　　　 나무』, 『힘든 줄 모르고 가는 먼 길』, 『그리운 것은 그리운 대로』
• 원주문학상, 강원문학작가상, 강원여성문학우수상
• 토요시동인, 강원문협, 강원여성문학인회, 강원여성시인회, 산까지, 춰주문협
　 회원
• kcy3841@daum.net

두 개의 구슬 외 1

곽용남

이와 같이
푸르른
碧玉같은 緣分은

재잘거리는 시냇물과
가을 햇살 속의
따사로움 같아

명경지수의 淸潔함과
尊貴함을 내 세우는
謙遜이라

조석으로 불어오는
산들바람 속에

은은히 피어오르는
찬란한 꿈들은

실개천 따라 울어대는
고향의

소 울음소리뿐이랴!

바다를 보며

아득한 바다 끝
그리움의 노도가 아스라이 보일 때
게거품을 내 뿜으며 하~얗게 바위를 때리는 파도 속에서
그리움을 한 움큼 집는다

날마다 그리운 사람들이지만
두 발톱을 내 세우며 검독수리 병아리 채듯 달려든다
사막이 된 가슴은
자애로운 품을 돌아갈 고향이라고 부르짖건만
해저음 같은 병을 앓는 머슴들

넓고도 깊고
푸르다 못해 검어진 심연의 바다에
한없이 투정 부린 사소한 일까지
조각조각 너그러움으로 여울져
씻고 또 씻어내는 폭포수이다

아!
대양을 감싸 안은 바다
그 깊음은 곧 낮아지는 것

태산을 오르려만 했던 바람이

비산(飛散)하는 포말(泡沫)따라

골짜기로 돌아 나간다

곽용남

• 1999 시 등단
• 제 19대 회장
• 1997 〈월간 문학21〉 시 등단
• 저서: 『5개어 잠언』 『한국대표명시선집』 상재
• 수상: 전일전예술상(1995), 대한민국동양미술대전대상(1995), 평가위원상
  (2001,한국서예고시협회), 서도문화상(한국서도협2016)
• 한국크리스천문학가협회 회원
• (사)한국서도협회 공동회장 겸 경기지회장(현)
• 해동서예문인화대전/추사서예대전 심사위원장
• sanja7@naver.com

약비 외 1

권순형

기다리고 기다려도 오지 않는 비
매일 고무호스로 물을 주며 올려다본
하늘은 얄미울 만큼 맑다

바람은 몇 가닥 걸친 비구름을 몰아내고
겨우 생명줄을 잡고 곡식들이 늘어져 있는 밭고랑으로
세차게 빗줄기가 내리 꽂힌다

땅에 약비가 내린다

옷이 젖는 줄도 모르고
물에 빠진 생쥐 꼴인데도 행복하게 웃는 당신을 보며
나도 덩달아 행복해졌다

그렇게 기다리던 비가 내리는 날
빗속에 앉아 풀을 뽑는 당신과 나는
이제 틀림없는 농부다

목련 茶

분주했던 하루의 문을 닫기 전
따뜻하게 마음을 덥히려고 찻물을 데웁니다
한 김 식힌 물을 따르면
주전자 안에서 한 송이 목련이 피어납니다
우러난 茶 빛깔이 처연하게 고와서
오래오래 바라봅니다
茶 한 모금을 입에 머금으면
하루 동안의 매듭들이 스르르 풀립니다
평온이 나의 곁에 마주 앉고
눈으로 마시는 茶는 참 고혹적입니다

권순형

• 1998년 시
• 제25대 회장
• 시집: 『동글동글한 말이 그립다』 외 4권
• 원주문인협회 고문, 강원문인협회 이사
• ksh6273@hanmail.net

바람 바람 바람 외 1

김연대

날마다 부는 바람 바람 바람
한반도로 날아오는 황사 먼지는
지구로 떨어진 운석의 뼛가루들
억년 목숨이 붙어 있어서 눈코입이 살아 있어서
새 땅을 찾아 산 넘고 바다 건너 허공으로 탈출한 거
민주공화국 대한민국 상공에서 낙하점을 찾는 거
거기 더러운 먼지도 끼어들어서 자리 찾는 거
내려다보면 옛 도읍지 성내 종로 을지로 광화문이나
별천지 강남 역삼 송파 은평 여의도 그런 곳에 떨어지면
금싸라기 땅이니 황사도 금으로 신분이 바뀌지만
남도나 북도 또는 북녘땅
거기 떨어지면 흙먼지가 되고 말아
고난의 비행飛行이 패착이 되고 만다
아. 나는 지금 어디에 떨어져
금덩이가 되느냐 흙덩이가 되느냐?
절체절명의 운명의 기로에 서 있지만
시방 눈앞이 내 의지 아닌 내 실력 아닌
부모 찬스 같은 허위 이력 같은
오직 바람 바람 바람
그 바람에 달렸으니

체념

서울 변두리 어디쯤인지 알 수 없는 곳

모서리 찢겨나간 포장마차에서 술을 마신다

한 잔의 술로 세상의 무게를 저울질하며

까막까치들의 한숨도 마신다

쫓겨난 일자리와 빈 지갑을 생각하면

잘 난데도 없는 내가 세상을 어쩌고저쩌고

주먹을 치켜들고 목청을 높였어라

길은 흔들리고 나도 흔들려

무너진 토담 벽 기대서서

비싼 서울 술을 토한다

저들 까막까치들도 나를 위해서도

어느 한 가닥도 잡히는 게 없어

주먹을 풀고 흔들리며 돌아온다

지친 아내는 초저녁인데도

병아리 새끼들 치마폭에 싸안고 깊이 잠이 들어

시름의 무게도 보이지 않는다

나의 아내 착한 아내

내려다보니 천사 같다 부처 같다

내가 저 무릎아래 엎드려

꺼칠한 맨발에 입맞춤하는 것이

이데올로기보다 혁명보다 낫겠지

김연대

• 1989년 시
• 제13대 회장
• 시집:『꿈의 가출』, 『꿈의 해후』, 『꿈의 회향』, 『아지랑이 만지장서』, 『나귀 일기』
• 아시아시인.작가협의회 시예술상, 녹야원문학상, 화백시문학상, 이상화시인 상 수상
• bory108@korea.com

녹색 빌딩 외 1

김용태

고목 나무에서 짝짓기하던 새가
부끄러워 얼굴 빨개졌다

겨우내 웅크리고 있던 나무가
식량이 바닥났나 보다
전세 내려고 잎을 내고
새 단장을 하더니
벌레와 새들을 불러들인다
누가 봐도 명당자리에 최고급 빌딩
경쟁률이 세다
앞에는 저수지가 있고 숲이 우거져
새끼를 길러내기에는
최고의 학군이다
안성맞춤이다
빌딩을 드나드는 새들 옷에서
맨질맨질한 귀족 광채가 흐른다

슬그머니 손을 넣어 꺼내던 어린 날도
고목에서 움이튼다

노란 주전자

먹어도 먹어도 허기지던 시절이
있었다

아버지 술 심부름 갔다
돌아오는 길
달콤한 냄새에 한 모금만
한 모금만 하다가
잠깐 쉰다는 것이 그만
나무 아래서
그늘을 덮고 잠이 들었다
옆에서 나를 지켜주던
빈 주전자가 범인이다
서산에 해 질 때쯤
심부름 보낸 엄마가 싸리문 밖에서
동동발 구르신다

김용태

• 2021년 시
• 공저: 『정말 삭제하시겠습니까』외 다수
• 아토포스문학동인, 서대문문인협회 회원
• kmjyong77@daum.net

공황장애 외 1

김원욱

벌렁거린다고? 두근거린다고? 가끔 그렇게 스러지다가 공중으로 휙 휙 날아다닐 때 웅성거리는 거친 기억 알갱이 뚝뚝 떨구는 정신의 저 쪽 초신성처럼 타올라서 막다른 골목에서 바라보는 가뭇없는 블랙 홀, 시공의 경계를 넘나드는 와왁한 한쪽은 늘 그렇게 사그라져서 서 천꽃밭 보였다 안 보였다 하는 담아둘 수 없는 오랜 기억의 숲, 별 무 리 터지는 소리만 팔랑대는 공중에서 거친 몸뚱이 하나로도 환해지 는 내 안 깊은 곳 시원의 소리를 뚫고 덜컹덜컹 달려오는 이 누구인 가 가끔 그렇게 북망산 기슭에서 혁명군 말발굽처럼 밀려오는 북소 리 여름날 시궁창에 버려진 이름처럼 잘 삭힌 홍어의 횅한 눈망울처 럼 몰각, 몰각이라고?

꽃의 미사

꽃밭에 들어
꽃잎을 바라보다가
까마득한 빅뱅의 기억을 숭배했네

그리운 꽃술의 향기,
크로마뇽인의 달콤함,
초신성을 따라나섰던 그 봄의 햇살,

색과 빛이 부딪치는 공간에서
으깨어진
원소 편린을 숭배했네

시원의 탯줄이 목을 조이는 지상,
영매를 찾아 나선 날갯짓 사이 투명한
이슬 덩어리처럼 발가벗겨진

나는 어느 분의 제물이었나

조각 난 심장으로는 표현할 수 없네
불의 역사로는 증명할 수 없네

천계의 제단에서
보이는 꽃이 보이지 않는 꽃에게 말하네
시공時空은 무너져 있다고
빅뱅은 늘 곁에 와있다고

수천의 색으로 가득한 내 안
숭배하는,
온 우주가 환한 꽃밭에 들앉아 있는 새 아침

김원욱

• 1997년 시
• 시집: 『그리움의 나라로 가는 새』, 『노을에 들다』, 『누군가의 누군가는』,
　　　『푸른 발이 사라졌네』
• hanarasan@naver.com

부겐베리아 외 1

김정윤

이런 꽃 봤어?
가짜가 많은 세상 가짜처럼 매달린 꽃
안개 낀 마을 어귀를 돌고 돌아
길 떠나는 사람의 상여에 쓰였음직한 흑~흑 울음맺힌 꽃
오늘은 가슴에 품은 가시로 세상을 박제하고
그 푸르름 속으로 한 번도 본 적 없는 나비 한 마리 날아 든다
이게 마지막 사랑일 거야 그치
그 힘으로 삶을 건너뛰고 죽음을 응시하며 여기까지 왔을 거야
사무치던 시간들이 오늘은 소나기로 내리고
소나기 내리기 전의 시간들은 본래 내 것이 아니었던 것을
그치요?
가짜처럼 매달린 진짜꽃 아니던가요?

문래창작촌

두렵지 않다

섬으로 팔려 간 여자들의 긴 치마 무늬가 저랬었지

머릿속으로 이름 모를 넝쿨이 악마의 손 처럼 뻗어 올라

불면의 정원을 가득 채웠다

몽롱한 의식의 속 눈썹이 무척 길다

미로 같은 골목으로는 조심스럽게 지나가야 한다

때에 절은 주머니 속에서 별의 별 양념들이 튀어나오고

그래피티 작가들의 소망이 투박한 공장 셔터문에서 말간 얼굴을 내

민다

두개골을 이가 시리게 긁어서 길을 만들고 무대를 꾸미는 올빼미들

가난한 낮의 나비들을 따라 기웃거리는 작은 선술집 오로라

무국적 선술집 숙성주당

꽃밭을 뛰어다니는 빨간 모자의 소녀

전봇대 뒤에 흰갈퀴를 세운 밤의 늑대

The Temperature Of The Mind(마음의 온도)에 마음을 적시고

금전수를 바라보는 잊힐리야 주점

오늘 하루가 아직 다 지나가지 않았으므로 나는 안다

내일이 당도하기 전에

문래역 7번 출구를 따라 들어와

곡예를 하듯 돌고 돌아

바로바로 전집의 기름에 절은 탁자 위에서 파전과 막걸리 한잔이 풍
경화가 되는 날

조선시대의 화가가 부럽지 않은 날
내 생에 가장 젊은 날

김정윤

· 2001년 시
· 시집: 『길이 아니어도 길을 만들며』, 『달의 가벼움』, 『바람의 집』, 『반대로 도
  는 톱니바퀴』
· 한국시인협회, 한국문인협회 회원
· poet0521@naver.com

돌이 전하는 말 외 1

김찬윤

철 얼 석~ 쏴아~ 또 르 르
오늘 아침 바다가 하는 말이
너는 짠물에서 좀 더 반성해야 된다면서
파도가 던지고 굴리고 물 먹여도
참을 수 있을 때까지 참으라고
이까짓 것 못 참을 것도 없지
바다가 중중거리며 돌을 던지는데
지금까지 애써온 많은 날
그 속에서 뒹굴 때가 그래도 괜찮았지
왜? 서로 기대어 부비고 뒹굴 때가 행복했으니까
파도가 방금 그러는데
지금은 물 반 쓰레기 반이 되었다고
짠물에 들고 싶어도 그럴 수 없다고 하네
성난 바다가 모래밭을 긁고 파헤치는데
누구 탓하지 말고 오늘도 구르다 가라 하네

몽돌

양양 정암리 바닷가
철 얼 썩 ~ 또르르르
몽돌은 하루의 일상처럼
파도가 던지는 대로 구르면서
연신 찝찔한 소금물 닦는다
누가 보고 있나! 두리번거리듯
아니 어디서 온 뉘 신지 묻는 눈빛
동그랗고 반들반들해 예쁘고 귀엽다
생선 사러 재래시장 가신 엄마 기다리다
문턱에 턱을 괴고 앉은 여동생처럼
백사장에 올라섰다 굴렀다 멎는 몽돌
왜? 그러는지 알 필요가 없다는 파도
철얼 썩 ~ 매몰차게 바다 물속으로 끌고 간다
늘 알아들을 수 없는 소리로 중중거릴 뿐
얼마나 남았는지 짐작조차 못하게
안간힘 다하며 애쓰다 입은 상처는
엄마 손 약손이라며 문지르고 닦는 파도
서두르지 않고 엎었다 굴렸다 한다
아무도 모르는 사이 닳을 것이라고
오늘도 어제처럼 뒹굴뒹굴 구르는 게

그 끝에 닿았다는 묵언이다

김찬윤

• 1987년 시
• 제10대 회장
• 한국문협 강릉 회장 역임
• 강원문학상, 관동문학상, 강릉예술인상 수상
• 시집: 『가슴 채우는 노래가 되어』 외 9권
• 수필집: 『장독대 위에 앉은 눈사람』
• 새마을문고 중앙회 강원도회장(현)
• po303075@naver.com

멍치원 외 1

노인숙

골목길로 승용차들이 줄이어 들어간다
유치원 앞에서 개엄마 개아빠들이 개인사를 한다

장군이 어디 아팠나요
어제는 안 가겠다고 어찌나 고집 피던지
종일 저랑 놀았어요
우리 구름이가 장군이 안 왔다고 시무룩했어요

부모 품에 안겨있는 아이들이 앞발로 발차기하며 재촉한다

장군아, 멍군아, 구름아
선생님 말씀 잘 듣고 친구랑 사이좋게 지내라

멍멍멍, 팔딱팔딱 뛰어서 교실로 달려간다
아이들 웃음소리 사라진 골목이
강아지 목줄을 끌고 다닌다

별짓

여보세요?
동남로 49번지 2층 떡순튀오
온라인으로 뒤덮인 세상
코로나 3단계 비상으로 무인 바자회 장터를 열었다

공유 꾹꾹 누르며
휘릭~휘릭~ 판매 물품을 날렸다

보낼까, 말까 망설이다 눈 딱 감고
얄궂은 친구 미숙한테도 휘릭~
순간 1이 사라지고 한참을 지나자
까톡!

너 별짓을 다하는구나, 휘릭!

음 나 별별짓 다하고 있어
1. 사라지고 잠시 후
수세미랑 커피콩 보내

알았다, 친구야

택배비 삼천 원 별도야

노인숙

• 2021 시
• 다온작은도서관 대표
• 양육코칭 상담가
• 강동구 작은도서관협회 회장
• 한국디지털문인협회 회원
• 공저〈위로〉외 다수
• sararho@naver.com

심화요탑(心火遶塔)* 외 1

류승도

\#

기다리라 했지만 기다리지 못했네

가슴에 측은 두고 다녀가셨네

사모에 인 불길

잡을 수 없네 온몸 태우네

\#

마음 불 탑 사르니

어리석고 가엽네

임아 어찌 하오

내 전생의 지귀를

*

지귀설화를 기타의 Am Dm Am E7 코드로 읽었다

봄, 동백

하도 예뻐, 반가운 말이 급해
"뭐 하다 이제 오셨어?" 하니
너는 말 대신 숨 차* 붉은
맘 먼저 꺼내 보여 주었다

*

깜빡했다, 내가 그렇듯
밤낮 쉬지 않고 삼백예순다섯 날
해를 1억 5천만km**의 거리에 두고
초속 29km의 속도로 한 바퀴
9억 4천 2백만km를 돌아
와
맞는 봄이다

**

1 AU(천문단위): 태양과 지구 사이의 평균거리

류승도

• 2004년 시
• 2010년 시집 『비행기로 사막을 건너며 목련을 생각한다』
• 2014년 시집 『라망羅網&L'Amant』
• s-d-yu@hanmail.net

도시 골목에 밑줄을 그어 봤어요 외 1

마종옥

근사해요

쭉쭉 빵빵 연인들이 거리를 걸어요
청담동 빌라 길목에 고급 차 냄새가 났어요

서 있을 때도
앉아 있을 때도
골목에 대한 값어치를 물어봤어요

통통하고 살이 오른 골목은 웃고 폭은 넓었어요
외로운 애환은 가늘고 길게 구부러져
골목을 골목으로만 볼 수가 없는 일이에요

육십 중반이지요

심장과 발에 걸음을 타협하는 나이를 빗대니까
가을에서 겨울로 넘어가는 지점에 줄이 그어졌어요
무거운 걸음을 누가 알까요

말이지요

항아리 속 콩나물과 같아서 속닥거렸어요
밤의 풍경은 빠른 성격으로 변하고
골목마다 젊음들은 서로의 기운을 보태고 있었어요
함께할수록 무거워지는 힘, 젊음들아!

그래요

몸통과 머리가 말쑥할수록 높은 인기라는 커플
가는 것에 긴 것에
힘이 흩어지면 중심이 흔들리는 것에 긁었더니 부가 보였어요

어둡잖아요

청담동 불빛을 밟은 걸음 벤치에 눕히니 담력은 부풀어 올랐어요
아파트 그림을 그려 봤지요
턱도 없는 그림이 나와요
무섭게 무거워지는 고개를 저으며 정리를 했어요

자유 후유증

열중쉬어
차렷

반듯한 자세에 눈이 쏠리는 이유를 묻는다면
그건 구속이라 말할 수 있을까요

여행에 많은 정성을 들였어요
트렁크 속에
긍정의 감정과 양발의 지도를 그리리라 하는 다짐을 함께 챙겼지요

상상을 했어요
초록의 길을 걷고 모래 위를 제멋대로 걸어야지
비탈길을 힘차게 걸을 거야

제식훈련을 마치고 잠시 휴식 같은 자세를 가질 거야
참 예쁜 모습이라 생각했으니까요

차렷 자세의 정신을 바다에 던질 거야
열중쉬어 뒷짐을 바람에 날릴 거야

큰 기대와 부풀어 있는 가슴을 어루만지며 떠났던 공항에서부터였어

일주일에 남은 건 피로가 일등이고
욕심이 과로를 남겼을까,

마종옥

• 2018 시
• 시집: 『젓두리』, 『용내래미』, 『쉼』
• 주)대우조선해양 문학상, 농촌문학상, 한국불교문학 문학상, 전국문학관 협회상, 중앙뉴스 문학상
• 한국문인협회, 사)만해사상실천연합
• mjo58119@hanmail.net

코코*와 아내 외 1

박종오

주방에서 아내의 칼질 소리는
오래된 습관으로 응집된 고집이 스며 있다
밥상머리에서 맛있느냐 아내가 물어오면
간이 넘치거나 모자란 듯해도
수식어 없이 끄덕여 보지만 뒷맛은 화났다
입맛을 잃어가는 상실감의 무게를 잴만한 저울이 없다
젓가락으로 밥알을 세고 검은콩을 집어 건강을 먹어보지만
지병으로 못 먹는 음식은 꾸다 깬 몽정 같아 속상하다
입맛이 낡아간다

연탄불에 앞뒤로 재빨리 번갈아 구운 김 한 장
도시락에 감춰 싸 준 계란 프라이
한 해 햅쌀로 처음 지은 가마솥 밥 내음
흰쌀밥에 깨소금만으로 버무린 방과 후 간식
입맛이 헤어진다
코코를 부르는 아내의 목소리는 나긋나긋한데…

* 애완견 이름

테트라포드*에 서서

동해 최북단 고성
어둠의 빗장이 풀리면서
물음표(?)로 위장한 철모 쓴 젊은이가
철책선 안에서 장승처럼 서 있다
내 편과 네 편의 팽팽한 줄다리기는
수학 공식처럼 딱딱하다
시계바늘처럼 철저하다
법전처럼 싸늘하다

밤새껏 소주를 오줌에 타 마신 주정뱅이는
"남쪽은 섬나라…" 라고 소리소리 질러댔다
수평선이 낳은 붉은 알은 제왕적이고 절대적이다
잔잔히 쪼개지는 햇살 아래에 무지개는 다리 놓고
테트라포드의 미끈한 사타구니 사이에 매달린
홍합 위로 바람의 손장난에 용갯물이 솟구쳤다
파도가 실어 나른 쓰레기 무덤 위로
엉겅퀴꽃은 마냥 우쭐거리고
이상과 현실이 비대칭으로 사납게 맞서는 아픈
청춘이 세 발로 서 있다

* 파도나 해인을 막기 위해 방파제에 사용하는 콘크리트블록

박종오

· 2009년 시
· 한국문인협회 회원
· jorongb5@naver.com

천상천하 유아독존 외 1

박종익

일없이 공원에 나가
어디 오갈 데 없는 구름으로 주저앉아
마스크를 벗으면 무인도가 따로 없다
들숨 날숨 서로를 바라보는 눈빛들
때때로 조문을 예고하는 기침 소리도
이곳에서는 감감 무소식이다

마스크와 마스크 사이로
이따금 햇살이 기웃거리고
사람의 그림자가 서로의 상처를 갈무리하면서
먹구름으로 흩어지고 빗방울로 멀어지기도 한다

빗방울이 먹구름으로 차오르고
강물이 거꾸로 흘러도
코로나가 몰고 온 저 레이저 광풍
막을 수만 있다면
쥐도 새도 모르게 늑골을 관통한 야만의 숨결을
반기는 그날을 가만히 기다려야 한다

바다의 연금술사

어젯밤 거실 한복판에 걸려 있던
최후의 만찬 액자가 한쪽으로 기우뚱거렸다
가룟 유다의 팔꿈치에 쓰러진 소금 병에서
오갈 데 없는 군상이 와르르 쏟아졌다
소금은 건드리면 깨지고 으스러지는데
시작은 그런 게 아니었다
군상은 갈매기 눈, 구릿빛 염부가 만들었다
시지프스*의 먼 이웃사촌 염부는
슬픔을 순하게 길들이는 사람이다
바위를 산꼭대기에 굴려 올리는 대신
세상의 밑바닥까지 흥건히 고이는
검푸른 눈물을 수차로 길어 올려 어르고 달랜다
세상의 모든 눈물을 거두어들여야
직성이 풀리는 뙤약볕이 소금밭을 파고들면
슬픔을 가두어 놓은 바닥에서
서럽게 돋아나는 흰 꽃망울
햇살에 자신을 스스럼없이 내어주는
바다의 속살은 죄가 없다
해가 질 때까지 하얀 슬픔을 대패질한
짠 내 나는 사연도, 저마다

가슴에 퍼 올려 삭히며 보듬다 보면

언젠가는 살맛이 줄줄 흐를 것이다

*시지프스: 저승에서 큰 바위를 산 정상으로 밀어 올리면 다시 떨어지는 영원히 반복되는 형
　　　벌에 처한 그리스 신화 속 인물

박종익

• 2016년 시
• 시집 『나도 마스크』, 『냉이꽃 당신』, 모바일 시집 『코로나 유감』, 『쓰러지지마』
• 한국해양문학상, 최충문학상, 삼행시문학상, 안정복문학상, 정도전문학상,
　전국호수예술제 대상 및 각종 공모전 수상
• 고양문인협회 회원, 아토포스문학동인
• parkji1770@naver.com

천수天水 외 1

박지연

노상 목이 타는 오지 에티오피아
해마다 천만 명이 죽어간다
날 새면 물동이 이고 먼 길 떠나
오염된 강물 퍼 담다 해 저무는
원시의 여인들

태어나면 물 깃는 일에 치루는 천형(天刑)
허기진 배 움켜잡고
구정물 한 모금
마른 입 달게 적시다
죽는 가엾은 아프리카 사람들

생수로 여름 나는 축복
수돗물 펑펑 무심히 허투루 쏟아붓는 생명수
지구촌 가족 천형 본체만체
그들에게 우물 하나 파주지 못한 아쉬움
물 한 컵 마실 때마다 아리는 마음

2009. 8 물의 축복을 모르는 우리들
그들은 6.25 때 목숨도 내놓았는데.

선율은 흐르고

아픔을 달래 주던
아름다운 선율
아직 그 여운
가슴 깊이 간직한 채

다시 겨울은 깊어
동토의 땅
황량한 들판에
들리지 않던 선율이

컬럼버스에서 조지아 공항
환승역에서 잠잠히 기다리는 시간
어디선가 감미로운 사랑의 멜로디
점점 다가와 파고든다

가까이 들려오는 소리
아- 이 선율 모찰트
클라리넷 협주곡 2악장
아다지오 눈물이 와락 쏟아진다

2018. 12. 아름다운 선율은 어려울 때 위로의 멜로디
콜럼버스에서 플로리다 키웨스트까지 가며
갈아타는 공항에서 들리니 눈물이 와락 쏟아진다

박지연

• 1994년 시. 수필 등단
• 국제PEN 한국본부 이사. 한국문인협회 재정협력위원
• 저서 시집: 『그대 눈에 비친 달』 외 2권
• 에세이집: 『세계인의 조건』 외 2권
• 동포문학상 소월문학상 계간문예작가상 수상
• park6361@hanmail.net

애기똥풀꽃 외 1

서경자

쥐엄, 쥐엄 간지 간지 피어나는
까르르 꽃
녹색등에 아침 이슬 살포시 털고
샛노랗게 손 흔들며 방글거린다
엄마 사랑 가득 먹고 꽃 대궁 길게 올려
노란 진액을 내어주는
애기똥풀들
아픈 사연 내려놓고
마음을 비우라고 빛나는 이 꽃들
오늘따라 마음 까지 치유의
눈부심을 주는
너는 이쁜 꽃이다

종소리

뭉그러진 손
하얀 장갑 힘들게 덧씌우고
줄을 잡아당겨 치는 성나자로 마을
성당의 종소리
번듯한 손을 가진 자여 삶이 무겁고 고단하다고
어두운 터널에 갇힌 것 같더라도
그것마저 교만이라고
눈물이 목울대를 타고 쏟아졌다

가슴속에 숨겨진 내 안의 내가
울림소리 되어 할 수 있다고 울려 퍼지는
종소리가 깊숙이 파고들어
희망을 속삭인다, 연못의 분수처럼

서경자

• 2004년 시
• 한국문인협회 회원
• 의왕여성문학회 회장 역임
• 시집: 『이런 날 꽃이 되고싶다』 외 공저 다수
• 2010년 문화예술부문 의왕시민 대상
• 100solt@hanmail.net

단심丹心 외 1

서영칠

누워있던 창 너머
노란 이파리가 달아오르더니

찰랑거리는 바람결에
노을이 되어 메아리친다

철 지난 천둥의 여음이
흐느끼며 찾아올
하얀 웨딩의 밤을 위해

탱그르르

빨간 손 하나
푸른 하늘바다에 떠가고

붉은 산허리는
선혈을 토해내는데

시린 새 가슴은
석류알 터져 박힌다

영일만의 해오름

까만 밤을 하얗게 태우고
허벅지에 수놓았던 바늘의 괴로움

침묵은 빈 절구에 잠들고
눈멀고 귀 먼 새댁이 맞이한 새벽

검은 멍 일렁이는 파도는
초산의 신음으로 몸부림치며
핏덩이를 수평선에 낳는다

사나운 물너울이
탄생의 비명을 천지에 뿌릴 때
바다는 푸른 탯줄을 물고 일렁인다

낮과 밤의 상처가
한바탕 춤사위로 어우러지다
지친 기도로 가라앉을 때

시련을 담금질한 붉은 여명은
생사의 시름조차 씻겨나간

영일만에 고즈넉이 떠흐른다

서영칠

- 2010년 희곡
- 2009년 창조문학 시 등단, 중명생태공원 헌시.
- 대구문화재단 전국작가현상 공모전 희곡 당선.
- 한국문인협회 국제문학교류위원. 예술사편찬위원장
- 평론 「송찬호 시집에 나타난 은유구조의 변용성」.
- 희곡 「독도 영웅 안용복」 등
- king-202@nanmail.net

나비는 왜 꿀을 모으지 않을까 외 1

송낙현

꽃이 수분(受粉)을 위해 꿀을 만들어 벌 나비
불러들이고 그 꽃 찾아 벌은 꿀을 갖고 가
모으는데 나비는 왜 꿀을 모으지 않을까

집이나 곳간이 없어서일까 함께 먹을 식구가
없어서일까 그때그때 먹고 사는데 별 지장이
없는데 구태여 힘들여서 모을 필요성을 느끼지
않아서일까 모아두면 오히려 활동에 방해가
되어서일까 모아 봐야 벌처럼 거의 다
빼앗길까 걱정돼서일까

세상은 벌처럼 열심히 일해서 저축하며 살아가는
사람도 있지만, 모으지 않고 기본 생활비 정도만
벌어 쓰면서 나비처럼 재미있게 춤추며 남에게
즐거움을 주고 행복하게 살아가는 사람도 있다
벌 같은 삶이 좋은지 나비 같은 삶이 좋은지
우열을 분간하기 어렵지만 양자는 서로 공존하며
인간사회를 더 풍요롭게 한다

나비도 벌처럼 꿀을 먹기는 하지만 꿀을 가져가

모을 생각은 하지 않는가보다 그저 꽃이 좋아 훨훨
쫓아다닐 뿐 절대로 꿀에는 욕심을 부리지 않는다

나비가 꿀을 모으지 않는 이유는 꿀에 대한
욕심이 없기 때문이다 순수하게 꽃이 좋아서
꽃에 가는 것이지 꿀을 가져올 목적으로 가는
것은 아니다 욕심 없이 빈 마음으로 꽃의 무대
위를 날아다니며 기쁨과 위안과 위로를 준다

나비는 무소유의 춤추는 발레리나이다
감성의 미래 시대에 더욱 빛날 것 같은…

만월滿月

처녀 눈썹처럼 가녀린 초승달
밤새도록 강가에서 놀고 있더니
어느 누구와 사랑을 맺었나
날마다 조금씩 배가 불러와
어쩜 저토록 풍만한
만월滿月이
되었네

만삭滿朔의 배 쓰다듬으며
얼굴 가득 함박웃음 넘치더니

산일産日이 가까워졌는가
구름차일 뒤로 들락날락하면서
진통을 하는지 자꾸만 훌쩍해져

어느새 출산을 하였나
몰라보게 날씬해졌네 그믐달 되었네
그리고는 보이지 않네 잠적해 버렸네

어둠 속에 헤매던 갓 태어난 아가 달,

엄마가 없어도 꿋꿋하게 자라네

무럭무럭 자라네

엄마를 그리워하며

엄마 같은 만월을 꿈꾸고 있나 봐…

송낙현

• 2011년 등단

• 1991년 서울 남대문 경찰서장 역임

• 시집: 『바람에 앉아』(2016), 『강물도 역사를 쓴다』(2020)

• 수상: 제21회 영랑문학상 본상(2016)제16회 시세계문학상 본상(2019)

  제4회 경맥문학상(2019)

  제28회 순수문학상 대상(2020)

  제20회 산문학상(2021) 수상

• snhy@hanmail.net

낭만을 다스리던 날들의 미제未濟

송동호

새벽 장대비 소리에 깨어
문득 동편제를 듣는다
휙휙 빗줄기의 발목을 휘감는 바람은
단조로움을 깨부수는 섬세한 고법鼓法,

나는 사연에 움직인다

…바람 불어 잠 못 자던 날
웬일인지 가슴 뛰던 날
아아 꽃은 피었지, 뛰는 가슴에
불꽃처럼 피었지… *

초발심 같은 이 사연에 나는 움직인다

우발적으로 일어난 감정의 폭발이 아니다
기이하고 병적인 나의 열망이다
사연을 녹여 하나의 과녁을 만들고
언저리에서 중심으로
산을 오르듯, 답보하듯
살을 날려

나의 고질적인 말더듬증을 치료한다

남루한 옷가지를 털어
땀과 기름에 찌든 행장行狀을 찾는 일도
여름 바다를 건너온 몬순의 얼굴에
핀 소금꽃을 반기는 일도

모두 나의 과녁이다

자주 터지는 기침 같은 울화나, 황혼이 가라앉은 빈자리의 쓸쓸함이
나, 정처와 뜬구름을 등치 하려는 노력이나, 사랑의 서약에 매몰되어
제정신이 아닐 때나, 하루에 두 번 벼락을 맞는 놀라운 일도

나의 과녁이다

만나는 사람은 줄어들고
그리운 사람은 늘어간다… **

나는 또 사연에 움직인다

만나는 사람이 줄어들고, 그리운 사람이 늘어가는 일이 일상이 되
었다는 것은 '쏜 화살이 매번 과녁을 맞힐 수는 없는 법'의 증명이다

늦은 잠에서 깬 평범함이려니,
스스로 쏟아낸 토사물이려니…,

'죽음이란 인간을 자유롭게 하는 부정성否定性이다. 그것을 의식한다
는 것, 그것은 부정적인 것을 존재로 변화시키는 것이다' ***

내가 사연에 움직일 수밖에 없는 것은
잠자리에서
한낮 동안 직사광선에 노출된 안면의 작렬감 때문이다
내가 진심으로 만나고 싶고 갈망하는 것들을
미래형으로 말해 주는 것,
나의 도피처 혹은 케렌시아querencia?
다만 내가 의심하는 것은 죽음의 무경험이다

그래서 나는 사연에 따른다

어디로든 갈 수 있는 기차역
매표소 앞에서 막상 갈 곳이 없다
체념은 이르다
먼저 푸석한 얼굴에 유분油分을 더할 일이다

커피를 내려 마시고
하릴없이 변기를 타고 시간을 보내며
생일 케이크의 촛불로 자신을 돌아보고
저울에 양심을 자주 달아보는 것이다
이윽고
고독으로 움직이는 신발을 발견하면 목적지가 정해진다

…사람은 무엇이며
삶은
왜 사는 건지

물어서 얻는 해답이
무슨 쓸모 있었던가

모를 줄도 알며 사는
어리석음이여
기막힌 평안함이여

가을 하늘빛 같은
시린 눈빛 하나로
무작정 무작정 살기로 했다 ****

나는 짧은 꿈속의 족속이며
고독의 후예이자
무작정 무작정 사연에 반응하는 인종이다
화살을 사용하는 미개인인 동시에 문명인이며
과녁을 무한 확대하는 기제機制를 가진 몽상가이다

* 가요 '불꽃'(정미조) 가사 일부 인용
**가요 '그러려니'(선우정아) 가사 일부 인용
*** 장 그르니에(Jean Grenier/1898-1971/프랑스 철학자, 작가) 어록 일부 인용
**** 시 '작정'(유안진) 일부 인용

송동호

• 1997년 시
• 1996년 계간 문예연구 신인상 수상(시부문)
• 글마루문학동인
• maysongdong@hanmail.net

보름달 빵이 있는 풍경 외 1

양은진

외할머니는 손이 큰 분이었단다
굵고 투박한 손을 물끄러미 바라보다가
엄마가 나지막이 중얼거린 말이다

한 줌을 꾹 쥐면 동네가 손아귀에 다 들어왔지
가족들 건사는 한 손가락이면 충분하고
나머지 손으로 놉*을 준다는 핑계로
동네 사람들을 거두어 먹였다는 이야기는
아직도 고향에 살아있는 전설

제재소를 집 옆에 두고
마을학교를 모두 지은 할머니집 덕에
겨울을 보냈다고 수군거렸다
보름달 앞에 정한수 떠 놓고
빌었던 것은 집안의 안녕만이 아니었던 것

해가 지나친 땀이 송골하게 맺히는 그런 날
우리 집에서 품 팔던 외할머니의 큰손은
지나치게 작아진 작은 검은 봉다리 들려 있었고
그 안에 손녀딸을 위한 보름달 빵이 들어 있었다

골목 친구들과 어울려 놀다 들어갈 때면
치마폭에 손주를 슬쩍 감추어 경계 짓고
어서 먹어라, 너만 먹어
입에 넣어주시던 구멍가게표 보름달빵
입가의 크림 닦아내며 친구들 앞에 나설 때면
죄책감에 얼굴이 빨개지고 다리가 휘청거렸지

오늘 낮 놀이터에서 땀 흘리고 친구들과 노는
내 아들 녀석에게만 비타민 사탕을 넣어주고 온
어느 손녀딸 엄마가
오늘도 할머니 생각하며 오도카니 서 있다

* 그날그날 품삯과 음식을 받고 일을 하는 품팔이꾼

그라디에이션을 관찰하다

잰걸음이 느려지는 순간
100cm의 크기 사람이 내딛는 신중한 첫걸음
앙다문 입술에 꼭 쥔 주먹
무겁게 중력을 향해
내미는 시작이 장엄하다

그렇게 사로잡힌 한 장면의 위쪽으로는
초록에서 홍으로 변해가는
한 장의 단풍잎 매달려 있다

천천히 스며든다는 뜻을 찾는 동안
꼬마는 한 발자욱을 해냈고
언제나 그렇듯 위대한 순간은 항상 천천히
멈춘 채로 진행되고 있다

양은진

• 2012년 시
• (현)안양샘병원 치과과장. 대한여성치과의사회 공보부이사
• 공저: 『시의 끈을 풀다』, 『더 아파하시는 하나님』
• yej39292@daum.net

불 부처 외 1

유민채

아궁이로 불이 홀려 들어간다
부뚜막은 따끈하게 달아오르고 가마솥 물 끓는다
김이 천장까지 올라갔다가 아래로 깔리는데
불 앞에 철퍼덕 앉아 있는 엄마 얼굴
잠깐 불부처 같았다
밤새 불기 머금고 새벽 오시게 하던 품

호랑나비 애벌레

집에 산초나무를 심었는데 갸가 왔다
칠월쯤 참깨밭에 들어가면 보던 호랑나비 애벌레
투명한 듯한 연두색 등에 샛노란 황금 격자무늬와
깜장 점이 화려한 광채를 낸다
가짜 눈이 널찍하고 이마가 훤칠해서 얼핏 보면 웃는 얼굴이다
작을 때는 가지색이다가 점점 어른 가운데 손가락만하게 되는데
어떻게 고치집을 짓고 호랑나비로 나오는지는 몰라도
그 색은 호랑나비 날개로 된다
보이지 않는 변천의 강이 어디엔가 있을 것이다

유민채

• 2017년 시
• 2022 미래시학 수필 등단
• 무시천문학회, 글마루 문학동인
• 〈그림책으로 만나는 세상〉 외 공저 다수
• minche@daum.net

가시의 침묵 외 1

유유

결코 먼저 나서서 남을 해친 적 없는데
무섭다는 오해
구차스러운 변명이 필요할까

꽃을 보호
새순도 보호
귀한 자식인 열매도 보호
온몸을 보호하기 위한 방어 수단이건만
무슨 일만 나면 가해자로 의심
부르르 떨린다

움직이지 않고 있으면서도 피해를 볼 땐
화산 같은 분노가 왜 없으려만
가느다란 덩굴에 묶여서도 반항하지 않는
침묵의 존재

화무십일홍

봄을 가져왔지만
오자마자 봄만 두고 떠나야 하는
그 잘난 영웅들

바람이라도 불어라
비도 내리고
핑곗거리가 이리도 서럽던가

왜 해는 뜨자마자 빨리 지고
달이라도 볼 수 있다면
미련은 언제나 치사스러운 쪼가리구나

화려함의 뒤안길은 보이지 않으려 했건만
어찌하랴
점점 무겁기만 한 괴나리봇짐

다 그런 줄 알면서도
꽃비가 내릴 때야 비로소 진혼곡임을 느끼니
인생을 깨닫게 하는 봄이로다

유유(劉載鎭)

- 2010 시
- 2008 시집 『선시 습작노트』
- 2011현대문예 수필 등단, 국보문학 시조 등단
- 시집 『바람의 개똥철학』, 『꽃 이름 물어보았네』 디카시 『역경』
- 노랫말 시집 『자연의 합창』
- 제주도 야생화 시집 『꽃 노래』
- 희곡 『잊을 수 없는 시간』 발표(연극 공연)
- 시조 『걷다가 쉬다가』(제주도의 길과 정자)
- 한국문학신문 문학대상 수상
- jejuyou@hanmail.net

솔밭에서 답을 찾다 외 1

이규자

송홧가루 날리는 옥계 여성수련원
물빛 하늘을 이고
갈맷빛 해송이 바람에 머리를 식히고 있다

찌든 때를 들고 온 사람들로 해변은 북적거리고
휴양림도 지쳤는지 고요하다
세상의 온갖 소음에 귀가 아픈 소나무들
젖은 귀를 해풍에 말리고 있다

벼랑 끝에 선 절박함
세상 모든 은밀한 모양새까지
품어야 하는 솔숲
못 들은 척 하늘에만 귀를 연다

철썩, 파도가 넘어오는 여름 문턱
풀리지 않는 숙제에 발등이 젖는다

나 언젠가, 이곳에 답답한 시간 한 자락을 묻어두지 않았던가

급류에 휩쓸리지 않으려고 솔밭을 서성인다

하늘로 귀를 열고
지혜를 구하는 해송을 보며
나도 해답을 받아적는다

태풍 길들이기

태풍의 이름은 왜 여자일까
성깔과 달리 모두 아름다운 이름이다

조그만 찻잔 속
휘휘 젓는 찻숟가락 따라
회오리바람이 인다
초강력 태풍 매미도 비껴갔건만
무기력에 폭삭 무너지고 말았다

한철 미로에서 헤매다
늘어진 마음 추슬러 외출을 한다
삭신이 쑤신다는 앓는 소리 핸드백에 욱여넣고
고질병 들고 한 바퀴 휙 돌아봤지만
기분전환 만족지수 반반이다

변화무쌍 폭풍 닮은 여자
이름은 태풍 장미*
계보를 지키려 파도를 잠재운다

속과 겉이 다른 장미차 마시며

우아한 척 천연덕스럽게 나를 다스린다

* 태풍 장미: 2020년 제주도에서 시작된 순한 태풍

이규자

- 2012년 시
- 제33대 회장
- 시집『꽃길, 저 끝에』, 에세이집『네이버 엄마』
- 한국문학신문 1회 [약속]으로 수필 대상
- 국보문학 이규자의 세상 사는 이야기 필진
- 김포문인협회, 달詩동인, 지용회회원
- lkj5671@daum.net

그리움 외 1

- 남동생을 보내며

이난오

이역만 리 없는 길 개척 뿌리내린 청죽(靑竹)
깊은 사명감 지고 아스라한 이민 오십 고개 가쁜 숨소리
한의학 발전을 위한 헌신의 젊은 선구자여
온 누리에 뿌린 인술로 풍기는 별꽃향기

짙은 향수 달래며 소원이던 화상통화
바쁘다며 미루고 또 미룬다
허기진 그리움 못다 푼 회포
그 빛나던 명성
이승에 겸허로이 벗어놓고
인사도 없이 바삐 떠나간 머언 그림자

12년 전 힘겨운 만남의 정겨운 음성 헤아려
아득한 모습 새기며
차마 보내지 못하는 이 마음⋯

늦둥이

해맑은 눈망울
별처럼 초롱초롱하다
피아노 건반 위에
고사리 손가락 빠른 율동의 춤사위
베토벤의 비장 3악장 흐르는 선율
관중들의 기립박수 황홀한 연주다
나의 귀여운 꿈나무야 무럭무럭 잘 크거라
너의 재롱 만날 때마다 이 할미는
이십 년씩 젊어진단다

이난오

• 2003년 시
• 한국문인협회 문인저작권 옹호위원회 위원
• 시집:『미완성의 수묵화』,『따뜻한 침묵』
• 가곡 작시집『시는 노래가 되어』 29호
• 국제PEN문학 이사, 한국가곡작사가협회 자문위원, 계간문예작가회 이사,
  한국음악저작권협회 회원
• 황진이 문학상 대상 수상. 한국가곡예술인상 수상
• nanho36@daum.net

마량리 동백 외 1

이덕원

마음에 무슨 병 있길래
그리도 붉은 것이냐

그리움이 별만큼이나 사무쳐
이리도 붉은 것이냐

해무와 이별이 아쉬워
저리도 붉은 것이냐

그대는 꿈인 듯
떨어져서도 꽃이다

나를 위한 행진곡

아파트 숲을 세우려
포크레인 삽날에 일어서는 이 땅의 속살
지하 4층 물골에 수중펌프를 담그며
덤프트럭의 굉음이 내는 흙먼지와
펌프카에서 토하는 콘크리트를 보며
우리들은 죽어라 일만 하지

골조 자재는 영원한 퍼즐 조각이다
조각들을 잘 맞춰 기둥과 벽을 만들고
갱폼 · 유로폼 · 철근
써포트와 각재가 난무하는
긴 팔의 타워크레인 아래
콘크리트의 마른 눈물과
땀은 미세먼지가 되고

괘종시계 추를 닮은
우리들의 일상에서
집에 가면 금송아지도 있다며
지난 세월을 자랑삼아 너스레 떨다가
늘그막에 다그치는 빚 재촉을 잊으려

미친 듯이 일만 해대는 것이다

푸석대는 콘크리트 깨진 덩어리 먼지는
배고픈 우리들 안주가 되고
가슴이 시리도록 애증이 되었다

이덕원

• 1996년 시
• (사)한국문인협회 안양지부 자문위원
• (사)한국시인협회 회원
• 현대한국인물사 등재
• 저서: 시집 『안개구름에 사라지다』 외 다수
• poemlee96@daum.net

봉지꽃 외 1

이병화

장호원 가는 길
과수원의 텅 빈 복숭아나무 가지마다
때아닌 꽃들이 피었어요
꽃잎에 바람 부스러지는 소리
우째 수상혀요
"바스락 바스락"

작은 아씨 부끄러운 뺨
한여름 땡볕에 그을릴까
날것들에 물릴까 싶어
돌담길 돌던 조선 아낙의 장옷처럼
애써 가려주고 감춰주더니

큰 딸내미 시집 보내며
잠 못 이루던 친정 올케처럼
이 겨울, 작은 바람에도
자꾸만 바스락거리며
떠나간 여름 아씨를 찾고 있어요

남편의 백내장

1

아침에 '갑자기 마누라가 예뻐 보이면 백내장'이라고, 남의 편 단톡방에 아재 개그가 떴단다 너도나도 안과에 가야 한다는 둥, 아예 종합병원으로 가야 한다는 둥, 웃음바다가 된 카톡방이 거품 물고 철썩인다는데, 농담이라도 초로의 남편들 눈에 마누라가 예뻐 보인다니까 그나마 다행이라 맞장구치면서 말짱한 안목으론 마누라가 예뻐 보일 리없다는 역설, 그 뒷맛이 씁쓸하기도 하고 서운하기도 했다

2

저녁 식탁에 마주 앉은 남편, 얼굴 좀 살짝 돌려보라는 주문에 무심코얼굴을 돌렸다 '요즘 당신, 몇 주 장염 앓고 나더니 더 예뻐진 것 같은데?' 퍼뜩 아침에 했던 남편 말이 생각나 '당신 백내장 아녀?' 절묘한반격으로 승리의 골을 넣은 축구선수의 세레머니만치 거창하지는 않았지만 앗싸! 속으로 쾌재를 불렀다

3

'응, 그러잖아도 내일 오전에 안과 예약을 했다'고 남편이 담백한 얼굴로 말한다 이거 웃어야 하나 울어야 하나 좀 전에 넣은 골이 자살

골? 어쨌든 비디오 판독부터 해봐야지 하면서도 '예뻐 보인다는 건 사실이면 좋겠고, 병원 예약은 농담이면 좋겠다' 중얼거리며 애먼 멸치 대가리만 씹고 있다

이병화

· 2004년 시
· 시집: 『도시의 벼랑에 서서』 외 공저 다수
· 한국문인협회, 문학낭송가회, 한국 사진작가협회 회원
· 혜화시동인회, 아토포스문학회 회원
· 112byung@daum.net

경전 읽기 외 1

이성의

시월이 바람의 흔적을 따라
거리 위로 질펀해질 때
나는 타이어의 공기압을 부지런히 당기며
외곽도로를 나선다
차이코프스키 피아노 협주곡이 쉼 없이 흐른다든지
메타세콰이어 나무숲 속에서
맑은 하늘을 바라본다든지
꼭 그런 헤즐넛 향 같은 느낌이 아니라도

한 움큼 만져보기도 전에 사라진 것들
비틀거리다 떠나가 버린 꽃들에 대해 생각하곤 한다
누구에게나 향기 나는 구석 하나쯤 있을 법한데
예쁜 이름의 꽃들이 마지막 껍질을 벗어 올릴 때까지
서로 웃고 울며 잘 인내해 주어야 하는 일이었을 텐데
뒹굴다 가는 바람 소리
언제일지 모를 약속 한 다발을
손금 사이로 묶는다
늘 그렇듯 살아온 걸음걸이가 가볍지만은 않아
두 손 모으듯 경전을 읽는다

세월 가고 나니

실컷 세월 가고 나니
기억 언저리 가물거리는 그것은
그때 그 일,
한 번도 걸어가 보지 못한 그때 그 거리는
온통 낯설기만 하여서
이리 뒤척
저리 뒤척
생각으로는 가다듬을 수가 없어서

세상의 길이 닿지 못하는 망망대해를
한참이나 바라보다가
작은 들꽃들이 어우러져 같이 산다는
그 동네를
몇 번이고 쫓아가 보다가

하늘은 좁고도 좁아서
갔던 길을 또 걸어가곤 했는데
반쯤은 울면서도 가고
반쯤은 발자국을 따라 그냥 걸어가기만 했는데

지금 돌아다보니
까만 열매 하나둘 깊은 숲속에서 흔들리고
나는 아직도 바람을 맞고 자라는 나무 한 그루,
한 그루 나무임을 안다

이성의

• 2007년 시
• 2015년 〈부산시인협회상〉우수상 수상
• 시집:『하늘을 만드는 여자』,『저물지 않는 탑』
• lseui1011@naver.com

문턱 낮은 횟집 외 1

이원주

묵호항
길 건너 둔덕 아래
문턱 낮은 횟집이 웅크려 있다

관광버스 단체 손님들로
북적북적 문전성시를 이루는데
처마도 얼마나 낮은지
고개 숙여야 겨우 들어설 수 있다

쟁반만 한 접시 위에 누운
참치 광어 연어…바다 한 덩이가
속살 훤히 드러난 체
꽃으로 피어 바르르 떨고 있다

게걸스럽게 먹어 치우는 식객들 바라보며
신바람 난 목발 짚은 주인장
먼 옛날 최초의 고래처럼 뒤뚱거리며
지느러미 파닥여 연신 물고기를 몰아온다

산수유

봄의 전령사 꽃등을 켠다

순이네 고향 떠나고

창문 캄캄한 집

산수유 홀로 남아 지켜 서있다

앞마당에 꽃 피워

오는 봄 밝혀 불러들이고 있네

이원주

• 2009년 시
• lwj3339@hanmail.net

여류시인의 외침 외 1

이춘재

습작 초년생 시절
어느 숲속 낭송 모임에서 만난 원로 여류 詩人
안개처럼 머물러 있는 짧은 기억 속 아픔

구별된 세상일 거라고 믿고 싶은 문인들 사이에서
솜털 같은 감성을 키워가던 시간

순서에 따라 낭송을 하고 들어온 나에게 몰리던 시선에
급하게 자리를 털고 일어나는 내 뒤를 따라오며 외치던 소리
"詩, 그렇게 쓰면 안 된다!"
"詩, 그렇게 쓰면 안 된다!"

그 모습에 반응하지 못한 채 돌아온 나는

삶이 온통 의문인 어느 날
인사동 어느 카페에서 그분을 만났지만
끝내 답을 풀지 못했다

당찬 모습 뒤에 숨겨진 그분의 세상은 어쩌면
나를 향해 외치던 소리 이상의 지독한 외로움이었을까

빠르게 술에 취하시던 그분의 모습 희미해지던 날
부고 소식을 들었다

술에 취해 걸어놓은 옷을 아침에 보면
늘 거꾸로 걸려 있었다며 희미하게 웃으시던
그분의 미소 뒤에서는
누구도 풀 수 없는 병이 자라고 있었던 걸까

가신지 12년
'詩'로 풀어내지 못한 그분의 외침의 의미는 무엇이었을까?

오래 젊었습니다

해 질 녘 등선을 타고 멀어져가는 감수성 따라
잠자는 세포 부드럽게 마사지하던 손길 따라

백 년의 삶을 아우르지 않을 겸손으로
오래 젊었을 삶의 이야기 고백처럼 터트린 후

처음인 채로 마지막이 될지 모를 후련함에
풍선처럼 떠 오르는 가벼움을 누린 짧은 행복

이제는 애쓰지 않아도 살아질 거라는 희망은 잠시
있어도 없는 존재의 무기력…

그래 나는 아직
숨 쉬는 사랑이 필요했던 거야

줄여도 커지던 것은 욕망이 아니라
호흡이 있기에 품어야 할 작은 꿈이었을 거야

푸르지 않아 아름다운 계절
제 몸 떨구며 떠나는 사랑은 단풍이었다가 낙엽이 되는 가을을 닮았다

나도 그냥 사랑이면 좋겠다

이춘재

• 1999년 시
• 저서: 『쪽지에 걸린 무지개』, 『허수아비 표정 바꾸기』, 『오래 젊었습니다』
• 순수문학, 영랑문학상
• 한국문인협회
• baba3927@daum.net

바늘꽃 외 1

이현자

멀리 있다는 건 어색하기에
같이 있어야 하는 사이이기에
자벌레처럼 다가갔지만
반가우면서도 모르는 척
아무 말 못하고 먼 산을 본다

때로는 우리가
자석을 사랑하지 않으면서도
사랑하는 것처럼 해야 할 때가 있었지

오늘은 어느 구멍에서
솟아오른 심정인가
그 누구의 시선이라도
받아보고 싶었던가

어이쿠,
예술을 떠올리다가 살짝 길어져버린
바늘을 닮은 연분홍 꽃
그래도 조금은 이쁜 데가 있잖아
자꾸자꾸 피워만 본다

신발

뒤돌아보면 수풀 사이로 까마득하게
꿈틀거리는 길이 있다

언덕으로 산기슭으로 푸름 찾아다니면
귀여운 송아지 토닥토닥 엄마 따라오는 길
남쪽바다 노량
이순신 장군 발자취 거룩한 역사 탐방 길
숨어있는 조그마한 보물찾기 행복한 길
삶이란 무엇인가 퀘션마크
마지막 점하나에 빠져드는 길

길옆에 놓여있는
모양새 다르고 성품 제각각인 신발이 있다
천천히 가자 권유하는데
못 들은 척 빨리 간다고
발 걸어 푹 넘어뜨리기까지 하는
짓궂은 검정 운동화
한 가닥 끈으로도 적당하게 처리해내는 샌들
동상 무서워할 줄 아는 자 사랑하고 싶다는 부츠
언제나 마음 편안하게 해주는 선량한 양가죽구두

처음부터 아무것도 모르고 사뭇 맨발로 걸었다면

아직 청춘일지는 모르지만

이만큼이라도 철들게 된 것은

사철 발맞춰 걸어주는 신발이 있었기 때문

이현자

• 2009년 시
• 월간 『문학세계』 詩부문 등단
• 한국문인협회(문학생활화위원회 위원)
• 나라사랑 문인협회(이사)
• sanbutji@daum.net

첫사랑 여운 외 1

이희철

한걸음 다가온 맹세된 사랑으로 알았는데
뒷걸음치는 이별을 알고 말았습니다
가까이 다가왔던 청초한 첫사랑 약속들이
뜻밖에 아픔으로 조각되어 멀리 떠난 것은
잡힐 듯이 잡힐 듯이 잡히지 않는
은밀한 그 사람 마음 하나가 있었다는 것을
뒤늦게 알고 말았습니다
한걸음에서 내디딘 초심으로 품은 사랑이
뒷걸음하며 떠나가는 조각배 손짓이었다지만

보내지 아니한 게 있었습니다
젊은 날에 빛이 되는 금맥 같은 이야기꽃들이
머릿속에 잘 정돈되어 있어
비록 그 사람은 진정한 나의 곁을 떠났다 해도
아직, 새록새록 떠오르는 첫사랑 여운은
마음에 봄을 부르는 내면의 기쁨으로
가슴 한편에 순수하게 간직되어 있으니까요

가을 숲 풍경에

지그시 잠긴 눈으로
떠오르는 가을 숲 풍경 하나

높푸른 하늘 품은 숲,
나무들 어깨 들추는 사이로
산새들 우짖는 그곳은
잠자코 있는 자유로운 영혼들을
심장 뛰게 하는 곳인가 보다

가을 숲 찬양과 함께
내 그리운 틀을 떠나지 않고
기쁨을 주는 정든 벗들아!

황금 같은 아련한 추상은
눈앞 별빛처럼 총총 빛나기에
단풍잎 같이 물든 인연들이
더없이 은혜롭다 할거나!

오늘이 그때인 것처럼
내 마음 뜨락에 남아있는

행운 같은 그 시절을
되돌려 불러보고 싶다

초상으로 아른대며 맘 흔드는
막역지우들 되뇌어 보면서
인생의 광장에 족적으로 있는
외롭지 않은 길 따라
가을 숲 풍경에 젖어보고 싶다
지그시 잠긴 눈 안에서

이희철

· 2010년 시
· 시집: 『계룡산에서 사람이 사는 이야기』, 『씨앗 하나 자라는 추억』
· (사)창작문학예술문학협회주관 전국시인대회
· 충효사랑 창작발표 동상
· 한국문인협회, 한국공무원문협회 이사
· 701900@naver.com

그대 이름은 외 1

정문택

우리는 서로를
기억해주는
사람이었다

그대 이름은
나의 사랑
하나 뿐이었다

세월이 오고 가고
또다시 세월이
오고 가고

다시 또 세월은
그런다 해도
그대는 나의 사랑

내 사랑
그 사람으로
세상은 아름다운 것

세월은 어데로 갔는지
어느 하나
찾을 수 없는데

우리는 언제나
그날처럼
옆에만 있는 거였네

세월은 가고 사랑은 남고

함박눈이 아름다운
겨울이 가면은

풀빛 넘쳐나는
양재천의 푸른 봄도
떠나갑니다

태양이 내리듯이
무더운 하짓날이 가면은
여름도 떠나갑니다

지평선 너머로 출렁이는
가을날 황금벌판 알곡마저
서녘 노을 닮아갑니다

온 세상이 하얀 눈인
눈의 나라[1) 산골마을 소녀는[2)
꿈처럼 맑은 약속을 품어안고

먼 나라 향하는

사랑을 기다리며
떠나지 않았답니다

앳된 소녀의 머리칼이
흰 눈처럼 되었을 때
오랜 날의 사랑은 돌아오고

소녀의 무릎에 누워
영원의 속으로 날아가는 날…
소녀도 같이 갑니다

세월은 가고
사랑은 남고
잊히지 않는 겁니다

1) 눈의 나라: 눈이 많은 북유럽 스칸디나비아 반도의 노르웨이
2) 산골마을 소녀: 노르웨이 극작가 헨릭 입센이 쓴 가곡(페르귄트) 중의 부수음악 '솔베이지
　　　　　　　의 노래'에 등장하는 여주인공

정문택

• 1996년 시
• 제15대 회장. 한국문화예술인상. 베스트작가상. 아시아문예 대상. 한국휴먼
  리더 대상. 한국문인협회, 한국시인협회, 한국문학세상 회원, 아시아문예진흥
  원 부이사장
• 시집:『하늘과 땅과 사랑과』,『은하수 멀리엔 별이 있다』
• mt80212@daum.net

애물단지 외 1

정영호

우리 집에는
오래된 애물단지가 두 개 있다

이십 년 전 이사 올 때 끌고 와
아직 개봉을 못 한
눈엣가시 같은 소금단지
여기저기 물불 가리지 않고 싸다니는
갱년기 아내를 덤으로 끌어안고 산다

그런 아내에게
사골 국을 끓이라고 했더니
애물단지를 열고
딱딱하게 굳은 소금 한 덩어리를 꺼내
빻아서 가루로 만들었다
소금은 쉽게 빻아지는데 머릿속은 복잡했다
잘 우려 놓은 사골 국물에
파와 소금을 뿌리고 간을 보는데
그 맛이 아주 쓰다

정말 삭제하시겠습니까

죽은 지 수년이 흘렀는데
내 폰에서 떠도는 친구가 있다

이름만 살아서
이따금 기억을 어루만지는 폭탄 친구

내 비자금을
아내한테 불어버린다고
나름 핵무기를 가지고 있었다
공갈협박죄로 고소하겠다고
맞섰지만 소용이 없었다

결국 비핵화를 위한 협상에 들어갔다
그렇게 몇 년이 흘렀는데도
협상은커녕 괜한 술 값만 날렸다
결국 그 친구는 내 아내에게
미사일 한 번 날려보지 못하고
술 때문인지
간암에 걸려 끝내 운명을 달리했다
죽는 순간 뭐라고 중얼거렸다고 하는데

아내는 알아듣지 못했다
무서운 핵무기를 안고 땅속에 묻힌 것이다
이제는 그를 삭제해 버려야겠다

정말 삭제하시겠습니까?
예.

정영호

• 2015년 시
• 공저 『정말 삭제하시겠습니까』 외 다수
• 대통령 근정포장
• 아토포스동인
• chung525@daum.net

화려한 외출 외 1

물레 정인관

땡볕 무더위 속에
산을 돌고 돌아
깊숙이 자리 잡고 있는
화려한 쉼터를 찾았다

바다의 수평선이 그립고 그립지만
마음을 바꿔서
가마솥 찜질방을 휘 돌아보니

너울성 파도가 그립지만
솔 향기 풍기는 오솔길 따라
입 막고, 코 막고 불길 따라
잉글거리는 최고의 불길로 들어간다

한강 둔치 산 고랑에 모닥불 속으로
얼굴에 마사지하고 온몸을 다스리니
마음을 태워 잔재 된 죄를 씻고

시간 나들이 드나들다 보면
바람은 없어도

가벼운 몸짓. 상쾌한 마음은
오직, 콧바람 외출
화려한 행복이었다

봄은 옷을 갈아입고 화장을 한 여인이다

옛날-

생명이 싹트는 태동에서
한 알의 씨앗으로 태어나
입도, 코도, 그리고 반짝이는 눈도 만들어 가며
동면을 지나 어느 양지바른 비탈길 자락에서
세상을 향해 생명체로 귀를 열었나니

어느 날-

양파가 옷을 벗듯이 이성을 알고
햇살과 속삭이며 뜬금없이 밤낮을 구분하며
입술에 빨간 꽃술을 달고
산그늘에 앉아 수줍어 못내 몸을 감추더니만

지금은-

손 두꺼비 껍질이 세월 따라 기둥이 되고
똘똘한 사나이, 향기 머금는 아가씨 웃음꽃 피니
한 지붕의 봄빛 대궐을 만들어
한 울타리 큰 대문에 봄빛이 걸렸도다

봄빛, 그 싱그러움이

　　옷을 갈아입고 화장하는 여인이어라

정인관

- 1987년도 예술계 시
- 제6대 회장
- 〈창조문학〉평론등단.한국문협이사
- 국제펜한국본부 이사. 예작, 임실, 은평–고문.
- 한국예총 전문위원. 누에실 지도강사.
- 윤동주 문학상,한국예총 예술문화대상,
- 시집: 〈물레야 물레야〉 외 7권, 평론집 1권.
- chung4311@daum.net

오후 세 시의 바다 외 1

조명희

바람은 어디서
무슨 일 겪었는지
푸르딩딩 부어와
한곁에 서서
애-꽃은
발길질만 하고
이 밤에 누가 반긴다고
잠든 동백 깨어
눈물 보려는가
훅하고
비 올 것 같은 냄새
바람 속 걸어가며
기세등등하네
고래는 애타게 붉은
울음 두고 갔네

통증

아픈 거 다 그런 거야
누구도 어쩌지 못하고
끝없이 돌고 돌아
입구와 출구를 못 찾는 거야
어쩜, 사랑에 빠질 때처럼

조명희

• 2003년 시
• 한국문인협회, 울산문인협회 회원
• jongyoungwon@daum.net

양육 외 1

조윤주

몰라, 차마 바라볼 수 없어 눈물이 나
백 년 전 어느 날
바위가 제 몸의 살을 열어 나무 한 그루 품었나 봐
뼈를 열고 심장을 열어 넘어지지 않도록
뿌리 잡아당기는 소리 들려

몰라, 차마 바라볼 수 없어 눈물이 나
천 길 낭떠러지
몸 밖으로 뻗은 생명 다칠까 봐
육중한 몸 돌아눕지 못하고
백 년을 버티고 있어

잠시라도 잠에 취해 새끼를 놓칠까
단단하게 굳어 버린 몸
바람과 이슬로 끼니를 채우며
고난의 시간을 견디고 있어

깎아지른 절벽 위 나무 한 그루
흔들릴 때마다
눈물이 닫힌 것들을 열고 있나 봐

비탈을 틀어쥐고
한평생을 걸어 온 어머니의 굽은 등에서
산(山)의 울음소리 들려

이별을 먹다

몸 촘촘히 굵은 가시가 박히는지
입 안에 고인 울음 깊다

당신은 상처가 심해
밥 한 숟가락 넘길 수 없다고 했다
입과 코에 주렁주렁 호스를 낀
침묵
병원 울타리
가시 많은 탱자나무를 흔들다가
탱자나무로 누운 당신을 보다가
나무에 박힌
가시 숫자만큼이나 당신을 생각했다

이승에서 바람막이 나무로 살았던
당신의 삶

천 개의 불이 엎질러진 몸의 열꽃들을 잘라
레몬나무를 접목할까
탱자나무가 레몬나무로 바뀌는 꿈을 꾼다
접순이 마르지 않게

당신의 상처가 보이지 않게
수의(壽衣)대신
접목용 테이프를 감아주고 싶은 꿈
버리지 못한다

그래도 꼭 가시려거든
주렁주렁 자식 많이 달린
청상과부 말고
지아비 사랑 가득한
천국으로 가시라!

그곳이라면 당신 가는 길에
꽃이 되겠다

조윤주(본명 조유호)

- 1998년 시
- 제36대 회장
- 시집: 『나에게 시가 되어 오는 사람이 있다』 외 6권
- 탄리문학상 수상
- 중앙대학교 예술대학원 문예창작과
- 한국문협, 현대시학 울녁회 회원
- 미래시학 편집위원, 서울 오늘문학상 수상, 오늘신문 객원기자.
- 333news@daum.net

바람의 행적 외 1

조현순

베란다 안에서 웅크리고 있던
동백나무가 이상하다
껍질이 벗겨지고 살이 찢어진 틈 사이로
여린 살이 봉긋하게 차올랐다
몸뚱이 허물을 벗어내고 밖으로 내미는
각질 사이로 돋아나는 잎사귀들이 푸르다

열꽃이 돋아나고 기운이 빠져 손가락 하나
움직이기도 싫은 날이 있다
그런 날엔 영락없이
붉은 봉우리가 몸뚱이 구석구석 돋아났다
늘 앓던 병이 삐죽 고개를 들어
가려워 긁으면 덕지덕지 상처가 났다
들끓는 열정이 잦아들 때까지
몸살을 겪어야 할 일이다

붉은 꽃을 빚어 가지에 달아놓고
동백나무로 살아가는 일은
언제나 때가 있었다

문틈사이로 기어 들어온 바람
탐스럽다며 꽃 주위 얼쩡거리더니
기어코 일을 냈다
뚝, 부러진 붉은 동백꽃

고양이 생각

소파 한 귀퉁이 물어 뜯어놓고 어슬렁거리며
내 발등을 간질거렸다
고양이 발톱에 방바닥 장판이 뜯겨
찢어진 틈 사이로 시멘트 가루가 피어올랐다
고양이와 눈빛을 교환하며
너 가 하늘나라로 가면 당장 소파를 바꾸겠다고 생각한다

벽을 긁어대고 화가 나면 내밀던 고양이 발톱이 무뎌지고 송곳니가
빠졌다
바닥에 오줌을 흥건히 적셔놓고 보란 듯이
당당하게 꼬리를 세우며 걸어간다

그 등위로 이름을 날카롭게 부르며 눈에 불을 켜면
야옹거리며 품에 안아달라고 아양을 떤다
가릉거리며 기분 좋은 소리를 내고
다정한 눈빛을 발사한다

네가 있음에 내가 살았던 시간,
십 년의 동거를 영화필름처럼 되돌려 본다
늙어가니 안 하던 버릇을 하고

병치레로 약 먹이는 날이 더 해간다

어찌 너를 보낼까?

널 품에 안고 그럴 수 없다고 토닥토닥 거린다

조현순

• 2009년 시

• 제35대 회장

• 시집: 『얼음의 몸살』

• 국제펜한국본부 회원. 한국문인협회 시낭송가. 고양시문인협회 회원

• 시가 흐르는 서울 시화전 우수상

• (사)한국다선예술인협회 대한민국국회 표창

• 경기도문학상

• hyounsc@hanmail.net

토종 옥시시 외 1

최수지

돌밭 비탈에서 된바람 맞으며
하모 하모의 기다림 내려놓을 때쯤

비탈에서 허리 휜 할머니 손도 빨라
뚝딱 꺾여 거칠게 벗겨져
추운 기억들은 잊으라
뜨거운 솥 안에 삶고도
여유 있게 뜸까지 멕이고서야
뭉게뭉게 김 퍼올리며 시선 강탈

시상 인심이 이런 건가
몽롱한 정신 차리기도 짧게
덥석 물어 베이거나
한 알씩 손톱으로 뜯기는

그래도 평지 찰나를 보았고
생각을 더듬어 연잇는 그들이 있어
아직은 다행이다
음표 없는 하모니카 한 소절 날리며
비시시 웃음 비트는 옥수수 허한 속심

소나기 지나는 하늘

순간이다

지나가야 할 저긴 아직 비구름
시속 칠십으로 빗속을 뚫고 온 여기는
여우가 늑대네 울타리에 꼬리를 말리고
방목 중인 용이 여의주를 굴리면서
토끼에게 달리기를 주문한다

아궁이 덜 식은 숯덩이에
새가 놀라 알을 놓치고
날리던 깃털에 하늘이 간지럼 타는
시속 백십 지금 이곳은
물속에 잠긴 해를 끌어올리는 바람이
긴 목도리를 날리며 햇물을 뿌린다

젖은 수묵화 두루마기가
우리가 버리고 온 길 저어기로
신이 나서 후드득 날아가는데

뭐더라

이름도 잊을 뻔한

무지개 떴다

최수지

• 2001년 시
• 한국문인협회 회원, 한국여성시 동인회장, 부산여류문인협회 회장 역임
• 시집:『그리운 이의 집은 출렁이는 신호등 너머』,『손톱에 박힌 달』
• suzicaa@daum.net

대나무 파도 외 1

한상림

바람 부는 날
푸른 잎새들 물살에 대나무 숲도 출렁인다
바람에 몸서리치는 댓잎들의 검푸른 춤사위에
바닷바람이 밀려오면 서로 몸을 낮추어 밀물이 되고
바닷바람이 밀려가면 다시 몸을 일으켜 썰물이 된다

잎새들의 속살거림,
대나무 숲은 파도 소리와 갈매기 울음을 재생한다
칸 칸 마디가 부드럽게 휘어지는 활공도
단단한 뿌리의 힘으로 무른 죽순 촉 밝혀 놓고
바람 소리를 몸통에 가둔다

바람 부는 날
바닷가 대나무 숲에서 혼자 가만히 몸 세워 보면
내 몸도 덩달아 휘청거리며
거센 파도가 된다

그늘의 공식

봄비가 대지를 두드린다
대지는 뿌리를 두드려 잠 깨우고
뿌리가 나뭇가지를 흔들어 대면
벚나무가 꽃눈을 뜬다
꽃눈이 허공을 두드리면
허공이 화들짝 놀라 푸른 눈을 치켜뜨고
꽃봉오리도 덩달아 꽃잎을 열어준다
세상의 꽃들이 가장 아름다운 자태를 뽐낼 즈음
바람은 어쩌자고 툭툭 심술을 부리는 걸까
떨어지는 꽃잎이 대지를 다시 두드릴 때
꽃 진 자리가 온통 멍투성이다
한 치 오차도 없는 저 따뜻한 두드림으로
이미 우주가 열렸고
태초에 신은 우주 중심에 사람을 세우셨다
두드려라, 그러면 열리고 말 것이라는
생성과 소멸이 반복하는 관계
그게 바로 그늘이다
살아있는 것들에게 그늘이 없다는 것은
슬프고 안타깝다
오늘도 나는 그늘 속으로 들어가기 위해 새벽을 두드렸다

새로운 하루가 열린다

한상림
- 2006년 시
- 제29대 회장
- 시집 『따뜻한 쉼표』, 『종이 물고기』
- 칼럼집 『섬으로 사는 사람들』
- 한국문인협회, 강동문협, 중앙대문인협회 회원, 한국예총 전문위원
- 청향문학상 대상 수상
- 대통령 훈장, 강동구민대상
- hsr59@daum.net

스프링클러spinkler 외 1

홍현숙

텃밭에 스프링클러를 세운다
여름이 규칙으로 떨어진다
물방울들이 튀어나와야 할 주둥이는 강제적이다
수도꼭지를 돌리면
밸브캡이 열리고 기억장치의 비트 패턴이 꿈틀대고
퓨저블 링크는 포물선을 그리며 솟구친다

방향을 이탈할 수 없는 비거역의 속도
끊임없는 반복이 S자 물바람을 일으킨다
뜨거운 풀들은 식었고 물멍 빠져든 사람들은 삼매경이다

그들의 이야기가 읽히는 동안
기억 속에서 자라는 바오밥나무는 쏟아지는 물을 마시고 있다
웃을 때마다 쑥쑥 자라는 전설이 허전의 문턱을 깔깔깔 넘는다

물은 멈추지 않고
수동적 결정 없이 멈추지 못하는 시간
수도꼭지는 주둥이를 열었다 닫았다
바오밥나무 놀리며 종일토록 심심하지 않게 놀아준다
그의 사랑 방식은 물 뿌려 주기

흰 달이 그려진 그림

- 도피 -

보름달 환한 어느 무덤 앞
검은 옷을 입은 한 여자가 두 손 모으고 기도를 한다
하늘별들이 흘러내리는 깊은 밤
비문悲門에 떨어지는 눈물이 짙다

풀로 덮인 어두운 무덤 아래는 개미집처럼 미로의 방이 있다
지하 1층
굵은 나무에서 뻗은 뿌리들 사이사이로 붉은 관이 하나 놓여 있고
총총총 일곱 계단을 내려간
지하 2층
형광등 세 개 달린 전구가 환하게 매달려
단면으로 펼쳐진 지하의 세상

귀퉁이에 북쪽과 동쪽을 알리는 나침반 그림이 걸려 있고
열린 냉장고 틈으로 맥주들이 세워져 있다

팔다리 근육이 아주 단단한 남자는
괴물 쓰러뜨리느라 컴퓨터 게임 몰입 중이다
등 돌린 넓은 어깨가 휴식처럼 편안하다

지하세계를 정복한 남자는 밤을 파먹고 있다
여자는 달이 지면 잊기로 했지
흰 달이 떠 있는 보름날만
보름 되는 날 마지막으로 모든 걸 잊고

보름은 변명하기에 좋은 말이지
보름이라는 이유는 만들기 나름이지
달빛 때문이라고
서로 잊기엔 보름이 충분하다고
보름 때문이었다고
말하기 좋은 사람들은 그렇게 말들 하겠지

그런데 남자는 왜 여자를 연민하지 않을까

홍현숙

• 2016년 시
• 2015년 문학공간으로 동시 등단
• 시집: 『아무도 거들떠 보지 않는』
• 동시집: 『기린 호텔』
• 딩하돌하 내륙문학회, 무시천문학회, 충북아동문학회 회원
• hssbs2@daum.net

시조

김숙희

오양수

유지훈

껌 같은 사랑 외 1

김숙희

화려한 은빛 속에 포근히 싸인 시간
나중에 다가올 일 알지도 못한 채로
손끝에 선택돼버린
단순한 길이었다

은은한 박하 향기 코끝까지 번져가고
말랑한 달콤함에 바람 든 풍선 되어
순간에 터진다 해도
아무렇지 않았다

단맛은 사라지고 채색조차 흐려지고
쓴맛과 매운맛이 풍기는 틈새에서
스스로 작아져 가며
흔들림은 시작되고

버리면 도로변에 검은점 될까 봐서
적절히 얼버무려 한평생 살다 보니
지나간 달콤한 향이
그리움이 되었네

꽃차 한 잔

마른 몸 활짝 피어
한여름 그 향기로
바람 향 버무리니
노을도 내려왔네
시간을 되돌려보는
한 계절의 밀어들

玄松 **김숙희**

• 2017년 시조
• 강원도 용평 출생
• 한국 방송통신대학교 국어국문 졸업
• 강원 시조 문학 회원, 백운한시회 회원
• hie5689@daum.net

세상 톺아보기 외 1

오양수

색이냐 형상이냐 비전이냐 유행이냐
사방에 눈귀 열고 미션에 전전긍긍
꼬여서 실마리 없는 그물들의 수수께끼

꾸밈새의 자유

생이란 불변은 없으며 가변적인 것이다
생물은 다른 것에 눈 돌림이 본능인데
몸속의 아름다움을 끌어내려 애처롭다

 마주서 겨루기에 근육질 팽팽하나
출시된 신상품들 허기에 먹거리다
기껏해, 견본상품 받아 들고 신발 고쳐 신더라

오양수
- 1997년 시, 2015년 문학평론 등단
- 2002년 시조세계 시조 등단
- 시집: 『당신은 나의 바람』 외 8집
- 시조집: 『무채색 시간』 외 5집
- 한국문협, 한국시협, 시조협, 백미문학, 재경남원문학

민들레의 비상 외 1

유지훈

바람에 흔들리듯 서있는 민들레
모양도 처량해서 한참을 바라본다
햇빛도 멈칫거리다 자리를 뜨는데

바람이 불때마다 이리 휘청 저리 휘청
꽃씨를 품에 안고 흔들리며 버티는데
꽃씨는 해맑기만한 미소로 꿈을꾼다

내일은 오늘보다 좋은날 올거라고
엄마손 붙잡았던 그 손을 놓치고서
비상의 날개짓으로 하늘을 날아간다

하늘을 날아가는 꽃씨는 아름답다
미래의 꿈을 꾸는 꽃씨는 황홀하다
그곳이 시궁창 바닥일지라도
희망으로 날아 오른다

모란이 지기 전에

자색빛 모란꽃 아름다워 눈이부셔
꽃좋다 봄이려나 하였더니 어느새
시간은 흘러 흘러서 꽃이진다 눈물나게

모란이 지고나면 꽃잎은 사라지고
달빛은 교교하게 흐르는데 마음만은
모란꽃 꽃잎을 따라 가련다 추억으로

유지훈
• 2018년 시사문단 시등단
• 2018년 시조
• 시사문단 시 등단
• 공인중개사
• sagoras@naver.com

수필

강별모

김문호

박윤지

사공정숙

이능수

이소윤

이영실

이현실

임미옥

조명래

최희명

비 오는 날이면

강별모

　퇴근하려는데 소나기라도 쏟아질 듯, 시커먼 구름 떼가 몰려오고 있었다. 며칠째 잡다한 일을 처리하고 났더니, 몸과 마음이 매우 무겁고 심란하였다. 비를 맞더라도 한강 변을 거닐며, 심신을 추스르고 집에 들어가기로 하였다.

　얼마를 걸었을까. 하늘도 내 마음을 알기라도 하였는지, 비가 쏟아지기 시작하였다. 우산을 써도 옷이 다 젖을 것 같아 잠시 비 피할 곳은 없는지 여기저기 둘러보았다. 그런데 앞서가는 여인은 그 비를 다 맞을 심산인지, 계속 걸어가고 있었다.

　뒤에서 바라본 여인의 몸매는 너무도 매혹적이었다. 비에 젖어 드러난 여인의 몸매는 그야말로 예술이었다. 늘씬한 키에 균형 잡힌 몸매가 시선 끌어들이기에 충분하였다. 나는 이 여인의 정체가 궁금하였다. 호기심이 발동한 나는 여인 옆으로 다가가 우산을 받쳐주며 말을 걸어보았다. 여인은 관심조차 없다는 듯, 아무런 반응이 없었다. 나는 여인이 말을 걸어올 때까지 따라 걷기로 하였다.

　빗방울에 튕겨 여러 모양을 만들어내고 사라지는 한강 물이 그날따라 더 신비스럽게 다가왔다. 여기에 가로등과 빌딩 옥상에 설치된 광고 전광판 불빛이 내려앉은 한강은 몽환적인 분위기를 자아냈다. 지나가는 비였나 보다. 한바탕 쏟아지던 비가 그치자, 파란 하늘이 드러나기 시작하였다. 곧바로 커다란 무지개가 피어올라 한강을 더 황홀하게 만들었다. 무지개 위로 아름다운 여인과 함께 걷고 있다고 생각하니, 묘한 기분으로 다가왔다.

무지개는 비 온 뒤에 볼 수 있는 자연의 선물이다. 시골 강변에 태어나 자란 나는 이런 무지개를 자주 보아온 터라, 그리 새삼스러운 풍광은 아니었지만 지금 이 순간이 더 황홀해 보였다. 이런 감성은 사춘기 시절에만 느끼는 것이 아닌가 보다. 아름다운 무지개를 보고 가슴 설레게 하는 것은 나이가 들어서도 마찬가지였다. 여기에 미모의 여인과 함께 걷는 이 순간이, 가슴 설레게 하기에 충분하였다.

아무 말 없이 앞만 보며 걷던 여인이 갑자기 걸음을 멈추더니, 커피 한 잔 하자며 말을 걸어왔다. 여인이 말을 걸어오기 전까지는 여인의 얼굴을 바로 보지 못했다. 그저 비 내리는 한강과 주변 경치만 감상하며 걸었다. 처음에는 내가 치근대는 불량 남자쯤이라 생각되었는지 대꾸조차 않던 여인이, 그런 사람이 아니라 생각되었는지 말을 걸어 온 것이다.

여인이 말을 걸어와 그제야 얼굴을 마주 보게 되었다. 그런데 이게 어떻게 된 일인가! 여인의 몸매가 너무 아름다워 얼굴도 절세가인이라 생각했는데, 비에 젖어 화장이 지워진 여인의 얼굴은 마마였다. 약간은 당황스럽고 실망스럽기까지 했지만, 무슨 사연이 있을 것 같다는 생각이 더 관심을 끌게 하였다.

나는 가까운 레스토랑으로 자리를 옮겨 이야기를 나눠 보기로 하였다. 여인이 왜 그토록 비를 맞으며 걸어야만 했는지, 그 사연이 매우 궁금하였다. 여인은 내가 궁금해하는 것을 알고라도 있다는 듯, 먼저 말을 꺼내기 시작하였다.

여인은 서울에 있는 모 유명 대학을 졸업하고, 어느 대기업 시험에 합격하여 인사 기획실에 근무해 왔다고 하였다. 이렇게 유능하고 아름다운 여인을 총각 사원들이 가만 놓아두지 않았을 터, 그중 잘나가는 총각 사원을 만나 사귀게 되었다고 한다.

얼마간의 연애 기간을 거쳐 결혼하기로 약속한 두 사람은 휴가를 받아, 남해안으로 여행을 떠나게 되었다. 일이 성사되지 않으려 하니, 날씨까지 심술부린다고 했던가. 변덕스러운 날씨에 피할 시간도 없이 비가 쏟아져 일은 벌어지고 말았다.

남자는 여인의 마마 자국을 어느 정도는 알고 있었다고 한다. 그런데 화장이 지워진 얼굴 모습을 보자, 크게 실망하였다고 한다. 마마 자국이 너무 심했던 것이다. 남자는 서울로 올라오자마자 회사를 그만두고 종적을 감춰버렸다. 여인의 첫사랑은 그렇게 큰 상처와 아픔으로 남게 되었다. 비 오는 날이 원망스럽고 야속했지만, 첫사랑을 잊지 못하는 여인의 마음만은 어쩔 수가 없었다.

그런 뒤로 마음이 울적하거나 심란할 때, 한강 변을 거닐며 그 아픔을 달래 왔다고 한다. 미리 알리고 사귀어 왔더라면 충격이 덜 했을 텐데, 왜 미리 말하지 않았는지 궁금해 물었다. 적당한 때와 장소가 되면 모두 말하려고 했는데, 그런 기회가 오지 않았다고 하였다. 나는 그럴 수도 있겠다 생각하였지만, 안타까운 마음은 지울 수가 없었다.

요즘처럼 성형수술이 발달하고 보편화되었을 때 같았으면, 그런 아픔과 서러움은 겪지 않았으리라. 시대를 잘못 태어난 것이 운명이라면 운명이고 불행이라면 불행이라 생각되었다. 마마 자국 때문에 얼마나 많은 고민과 신경을 쓰며 살아왔을까. 남모를 아픔을 겪으며 지냈을 그녀가 안쓰럽기까지 하였다.

나는 당시, 종로에 있는 모 시민단체에서 주관하는 '사랑과 웃음'이란 주제로 강의를 듣고 있었다. 나는 이때다 싶어 그동안 배운 강의 내용을 간략하게 들려주었다. '부부는 가슴속에서 우러나오는 진실한 사랑이어야 한다. 그런 사람과 결혼해야 부부관계도 무리 없이 유지될 수 있는데, 외적 미만 추구하는 사랑은 깨지기 쉬운 유리그릇 같은 것이라 할 수 있다. 그렇다면 지금 헤어지는 것이 다행 아니겠냐.' 며 위로의 말을 전해주며, 나와 함께 강의를 들어보자고 권하였다.

그런 인연으로 이 여인과 함께 강의를 듣게 되었다. 그녀는 강의를 빠지지 않고 열심히 들었다. 권하기를 잘했다고 생각되었다. 강의를 듣더니 어느 정도 마음이 정리되었는지, 나중에는 쾌활한 모습으로 변해갔다.

모든 일정을 마치고 종강 파티가 열리던 날이었다. 그녀 얼굴이 살짝 공개되는 일이 벌어졌다. 옆에 앉아 있던 짓궂은 청년이 그녀의 얼굴에 샴페인을 터트려, 일부 화장이 지워져 마마 자국이 살짝 드러났다. 나는 지금 이 상황이 어떻게 전개될까 초조한 마음으로 지켜보고 있는데 그녀는 아무렇지 않다는 듯, 핸드백에서 손수건을 꺼내 얼굴을 닦더니 가벼운 미소까지 지어 보이는 것이 아닌가.

사랑과 웃음이란 강의를 열심히 들었던 그녀가 이렇게 변해버린 것이다. 왜 우리가 서로 사랑하고 웃으며 살아야 하는지를 공감하게 되었다. 강사님과 수강생 모두가 당당해진 그녀 모습에 힘찬 응원의 박수를 보내기까지 하였다.

의학 전문가들은 말한다. 육체적인 건강은 음식과 운동을 통해서 얻어지지만, 정신적인 건강은 사랑과 웃음을 통해 얻어진다고 하였다. 그래서 많은 전문가가 텔레비전에 나와 사랑과 웃음이란 주제로 열강 한 적도 있다. 사랑하고 웃으면 심신이 건강해지고 복이 온다고 하였다. 그래서 옛 성인과 학자들이 사랑과 웃음은 신약(神藥) 같은 것이고 묘약(妙藥) 같은 것이라고 하였다.

그 말에 우리 모두가 공감한다. 그러나 실천하기 쉬울 것 같으면서 어려운 것이, 밝은 웃음 짓기와 진실한 사랑 나누기라 생각한다. 그래도 세상사는 동안 실천하며 살아가야 할 과제라고 생각한다.

강별모

- 2019 수필
- 2010 월간문학 시
- 2007년 한국문화연합회 시창작 공모전 은상, 2010년 대구일보 수필대전 대상 수상, 2020년 경북일보 호미문학대전 입선
- kbm5604@hanmail.net

자유여, 고독이여

김문호

렌,

시월상달입니다. 봄에 땅을 갈고 씨앗을 뿌렸다가 여름내 가꾸어 가을에 걷으면서 농가의 곳간이 그득해지는, 년 중 최고의 달입니다. 논밭을 물려주신 조상님과 비, 바람, 햇살로 결실을 주제하신 하늘에 고마움의 제례를 올리는 계절이기도 합니다. 우리네 전통 백의민족의 추수감사절인 것이지요.

시인묵객들은 시월을 소춘(小春)이라고도 한답니다. 운치 있지 않습니까? 작은 가을(小秋)로 시작되고 중추를 지나 만추로 저무는 가을을 작은 봄이라 추겼으니 말입니다. 어느새 온기가 줄어든 햇살이며 소소한 바람결, 숲 가지마다의 성근 이파리들이 이른 봄의 정경에 흡사하다는 것일까요. 아니면 이제 곧 다가올 겨울의 냉기를 봄이라는 주술의 기운으로나마 다독이려는 것일 런지요.

오대산에서 발원해서 칠갑산까지 내달리는 차령산맥, 바로 그 산줄기의 영봉인 치악산 기슭의 토지문화관입니다. 연전에 작고한 박경리 소설가를 기리는 문화행사장으로 단체 숙박시설까지도 잘 갖추어져 있다고 합니다.

글을 쓰고 다듬는 사람들의, 소위 문학기행에 동행한 일입니다. 지금껏 들도 보도 못한 코로난가 뭐라는 고 유행성 악질 때문에 꼬박 2년을 연금당하는 중에 단체여행을 감행한다기에 긴가민가하면서 따라나선 참이지요. 오랜만의 바깥 구경이 미증유의 딴 세상인 양 눈부

십니다. 가없는 쪽빛 하늘을 뭉게뭉게 수놓는 권적운 송이들이 초록 목장의 양떼처럼 평화롭고, 한껏 익은 가을꽃으로 쏟아지는 햇살이 맑고도 곱습니다. 거기에 예년보다 한 달은 먼저 내렸다는 첫눈으로 소복 단장한 치악준령이 어느 이국의 만년설봉인양 신비롭습니다.

누가 언제 이곳에다 이리도 완벽한 만추를 피워놓은 것인지요. 자연은 언제나 흠결 없이 피고 지지만 우리네의 아둔한 시각들이 그냥 스쳐 지나는 것인지도 모를 일입니다. 수인번호도 없는 2년간의 수형생활로 그나마 안목이 바닥으로 졸아든 탓도 있겠지요. 어쭙잖게 두어 구절이 읊어집니다.

"넓고도 넓구나, 바람을 타고 허공을 날면서 멈출 곳을 모르는 듯. 가볍고 가볍구나, 온갖 세상 다 벗어놓고 신선이 되어 훨훨 날아오르는 듯."

소동파의 적벽부던가요.

이들의 다음 행선은 박 경리 문학공원이라 합니다. 그러면서 들고 나는 모습들이 진지합니다. 상달이면 시제(時祭)꾼들의 두루마기 행렬이 산릉을 수놓던 옛 고향 마을의 정경에 흡사합니다. 하긴 문학의 원류를 탐구하는 이들의 발심이 우리네 숭조목종(崇祖睦宗)의 전통이며 종교인들의 성지순례에 덜함이 있을는지요.

남편과 외아들을 앞세운 박 경리 소설가가 만년에 글을 쓰고 농사를 짓던 곳입니다. 한국 소설 문학의 금자탑이라 할 5부작 대하소설 『토지』를 낙성한 기념비적 현장이기도 하지요. 7백여 평의 옛집과 뜰을 원형으로 보존하면서 전시장과 세미나 시설 외에 소설 속의 평사리 마을이며 일송정 솔 숲길 등을 꾸며놓은 도심 속 3천여 평의 테마공원입니다.

땅의 근본이요 한반도의 중원이라는 이곳 원주의 옛집 안주인은 자유만을 붙잡고 살리라 했습니다. 그러나 그건 바로 반향으로 돌아오는 고독이었습니다. 푸른 하늘을 지향하는 우듬지의 발돋움이 절실하면 할수록 비바람과 한기의 훼방이 가혹해지는 이치일까요. 아니면 새봄을 몰고 오는 조수가 향기롭긴 하지만, 이를 좇다가는 뒤따라오는 작달비(春潮待雨)에 옷을 적시게 되는 낭패와도 같은 것일 런지요.

"고독하면 글을 쓰고 땅을 갈았다. 글을 쓸 때는 살아있었다. 씨를 뿌리고 김을 매면서도 죽지 않고 살아 있었다. 그러나 삶은 아팠다. 그래도 생명이 고통스럽지는 않았다. 사내를 거세당하고도 지향을 꺾지 않은 사마천을 생각하며 살았다."고 했습니다. 정녕 그랬을 것입니다. 그가 이곳으로 삶의 터전을 옮겨온 것은 단 하나 혈육인 외동딸의 배필 시인이 자유를 주창한 죄로 사형을 언도 받고 숨어 지내던 즈음이었으니 말입니다. 그러면서 그의 '토지'는 땅이요 흙이었습니다. 아무리 혹독한 여건에서도 뿌린 만큼 싹을 틔우고 길러내는 대지의 포용과 미덕이었습니다.

수많은 유품 중, 어느 한 칸에 나란히 전시된 퇴색 밀짚모자와 닳은 실장갑, 녹슨 호미 한 자루가 그중 절실합니다. 생존이 버거울 때면 이들 셋으로 무장한 채, 따가운 햇살에 맞서면서 밭고랑으로 쪼그리고 앉았을 안주인의 고독이 절절합니다. 그건 바로 천상천하유아독존을 설파한 싯다르타의 그것과도 같은 것이겠지요. 서러울 때면 맨밥이라도 꾸역꾸역 씹어 넘기게 된다던 어느 여류 수필가의 구절에도 다르지는 않을 것입니다. 무릇 피조 생명들의 아픔이란 너나없이 타고난 하나의 원천일 것이기에 말입니다. 그건 바로 이곳 온갖 풀숲들의 예외 없는 만추가 내게 귀띔하는 사리인가 합니다.

3만 장의 원고지로 쌓아 올려졌다는 역사와 운명의 대서사시 '토지'의 바벨탑인들 이곳 안주인 삶의 외피에 지나지 않는다는 생각입니다. 이 또한, 봄부터 가을까지 곱고 향기롭던 이파리들을 마지막 가을꽃으로 떨어내면서, 이제 곧 다가올 삼동의 눈보라에 대비하는 이곳 혈혈 나목들이 설파하는 화두인가 합니다.

렌, 소스라치게 그대가 그립습니다. 어느 시인이 노래했더군요. "그대가 곁에 있어도 난 그대가 그립다"고. 나로서는 그대가 너무나 멀리 있기에 이토록 사무치게 그리운 것입니까. 언제 한 번 꼭 만날 그날까지, 서럽도록 고운 이 만추에도, 자중자애 강녕하소서.

자욱한 안개의 광야에서 보이지도 않고 들리지도 않는, 그러면서도 자꾸 나를 불러내는, 아득한 내 자유여, 고독이여.

김문호

• 2003년 수필
• 제27대 회장
• 시흥문학상, 해양문학상 수상
• 한국예총 전문위원, 수필가협회 이사
• 수필집: 『내 인생의 자이로 콤파스』, 『월리월리』
• jookhyun@hanmail.net

떠나기 위해 떠나다

박윤지

알프스 산자락의 작은 도시 그르노블에서 몇 년을 보내고 귀국한 뒤, 프랑스어를 잊어버릴까 염려스러워 작은 모임을 만들었다. 거기서 만난 몇몇의 인연들 덕분에 프랑스어 수업을 시작하게 되었다. 수업을 통해 연령이나 직업, 공부의 동기와 목적도 다양한 사람들을 만났다. 프랑스어로 쓰인 동화책을 읽고 싶은 11살 소녀, 곧 다가올 은퇴 후 부인과 프랑스 여행을 준비하시는 분, 프랑스인 친구와의 더 나은 소통을 바라고 공부하는 분도 있었다. 대부분은 새로운 세계에 대한 동경과 조향사, 제과사, 고고학자 등의 꿈을 가지고 유학길에 오르는 분들이었다.

언어를 배우며 새로운 세상과 문화를 향해 호기심과 열정을 채워가는 사람들의 이야기를 들으면서 그들의 꿈을 한껏 응원하게 된다. 지난주 같이 공부했던 한 분이 프랑스에 도착하셨다. 그녀는 출국을 앞두고 몇 주 동안 가족, 친구들과 작별의 시간을 보냈다. 떠나기 일주일 전에는 짐을 꾸리면서 잠도 못 이룰 만큼 걱정이 앞섰다고 했다. 하지만 막상 비행기에 오르니 걱정보다는 설렘이 더 컸다고, 도착하고 나서 말이 생각처럼 술술 나오지 않아 며칠 새 당황스러운 일도 여러 번 겪었다고 말했다. 갑자기 눈물이 왈칵 쏟아지기까지 했다는데 낯선 곳에서 맞닥뜨렸을 온갖 감정들이 고스란히 느껴져서 몇 년 전의 내 모습이 저절로 떠올랐다.

사실 예전의 나는 내 욕망이 무엇인지 잘 몰랐다. 이를테면, 일곱 살 어린아이가 엄마 손을 붙잡고 시장에 갔는데 '뭐 먹고 싶은 것 없니?'라는 엄마의 물음에 망설이는 눈빛으로 고개를 저으며 '없어요.'라고 대답하는 것처럼. 여러 선택지를 앞에 두고 자기의 욕망을 모르는 것이기도 하고 그 욕망을 표출하기 부끄러워 스스로 감추는 것이기도 하다. 어릴 때부터 그랬다. 내면의 욕망을 들여다보는 순간을 회피하기 일쑤였다. 그렇게 자기에게도 타자에게도 솔직하지 못하다가 어른이 되고 나서는 결국 스스로 제대로 고장 나 버리고 만 것이다. 아무것도 바라지 못하는 상태로.

훗날 돌이켜 보니, 어린 시절 내가 동경했던 친구들은 자기에게 솔직한 부류의 사람들이었다. 좋고 싫음과 그 이유까지도 명확하게 표현하는 사람. 선택한 것과 그 결과에 대해서까지 당당할 수 있는 그들의 모습이 부러울 때가 많았다. 그것은 내가 갖지 못한 모습이었다. 내 욕망들은 조용히 일어났다가 저절로 사그라드는 것처럼 보였다. 그러나 알아차리지 못한 사이, 그 버려진 욕망들은 왜곡되고 응어리져 있었다. 그 사실을 한참 뒤에 깨달았다. 그런 내가, 내가 아니었으면 좋겠다고 스스로를 부정했다. 그것이 내게는 균열의 신호였다. 오랜 고민 끝에 결국 떠나기로 결심했다.

고등학생 때 제2 외국어로 독일어를 선택했다. 처음 배우는 독일어는 낯설고 신비로웠다. 굵고 나지막한 선생의 목소리를 가진 독일어 선생님이 알파벳을 영어와 전혀 다른 발음으로 읽는 것도 흥미롭게 보였지만, 교과서의 텍스트를 거의 '해독'에 가까운 독해를 하는 것도 재미있었다. 하루는 선생님이 독일어반 학생들에게 헤르만 헤세의 〈데미안〉 책을 사가지고 오라 했다. 제목도 작가도 낯선 책을 몇 시간의 수업 동안 걸쳐 읽으면서 때때로 선생님은 원문을 우리에게 설명해 주셨다. 1998년 처음 손에 들었던 문고판 책에 밑줄 그어진 부분이 그대로 남아있다. 이 책의 독자라면 한 번쯤 밑줄 그었을 그 문장이다.

'새는 알에서 나오려고 싸운다. 알은 곧 세계이다. 태어나려고 하는 자는 하나의 세계를 파괴하지 않으면 안 된다.'

Der Vogel kämpft sich aus dem Ei. Das Ei ist die Welt. Wer geboren werden will, muss eine Welt zerstören. Der Vogel fliegt zu Gott. Der Gott heisst Abraxas.

선생님은 독일어로 그 문장을 칠판에 쓰고 나서, 'kämpft'가 '싸운다'이고 'sich'는 '자기 자신'을 의미하는 것이라고 설명해 주었다. 자기 자신과의 싸움. 나는 그 단어를 기억했다. 고등학생이 되자마자 좋은 대학에 가기 위해 치열하게 경쟁하는 친구들 틈에서 난 어쩌면 제자리를 찾지 못해 주위를 맴도는 사람이었는지 모른다. 수동적으로 그들의 방식을 따르면서도 은밀한 저항의 의미로 어디론가 숨고 피하기를 자주 했다. 남들이 말하는 좋은 것이라는 게 과연 내게도 좋은 것인지 늘 의문이었다. 알을 깨고 세상으로 나온다는 그 이야기는 정말이지 그런 열일곱의 내게 충분히 매혹적이었다. 대학 입시보다는 알을 깨고 싶은 마음이 점점 커졌다.

외국어를 배우면서 낯선 세계에 대한 동경이 부풀어 올라 당시 나는 독일에 살아보고 싶단 생각을 했다. 스스로 알을 깨고 나오는 일이란 도대체 어떤 것인지 알지도 못하면서 여기가 아닌 다른 곳으로 떠나는 것만이 살아갈 유일한 희망인 것처럼 여겨졌다. 하지만 정작 나는 벗어날 용기가 없었다. 내가 속한 세계에서 인정받고 안정을 누리면서 주위의 기대에 어긋나지 않는 데에 만족했던 날들이 계속되었다. 그땐 알지 못했다. 갇혀 있는 틀이 견고할수록 일탈을 욕망한다는 것을.

자신의 욕망을 도외시한 대가로 서른이 넘어서야 비로소 '나'라는 자아를 규정한 모든 세계를 벗어버리기로 결심했다. 서른셋의 한국 여자에게 사회가 규정짓는 시선은 단순했다. 대한민국 서울, 안정된 직장과 월급 통장, 결혼 적령기, 출산과 육아, 가족에 대한 책임… 외부의 기준과 요구가 거세어질수록 그것에 순응하기 힘들었다. 그래서 보험과 적금을 해지하고 곧장 프랑스에 있는 어학원에 등록했다. 그때도 누군가는 이렇게 물었다. 다녀와서 무얼 할 거냐고…. 진지하게 걱정해 주던 표정이 기억난다.

자신과의 싸움은 끝이 없다는 것을 알고 있다. 다만 낯선 길 위에 서고 싶었다. 알 수 없는 내일을 향해 가보고 싶었다. 서툴게나마 욕망을 다시 들여다보기 시작했다. 주어진 의무를 저버리고, 더 늦기 전에, 더 늦기 전에… 궤도를 이탈하는 것. 나는 떠나기 위해 떠나기로 결심했다.

먼 길을 떠나는 사람들에게 응원의 인사를 할 때마다 그들이 만들어 갈 길이 기대된다. 잘 다녀오라고, 그곳에 기다리고 있을 좋은 사람들과 좋은 풍경들을 많이 만나라고, 속해 있던 세계로부터 분리되어 경계를 넘어 떠나는 것만으로도 이미 싸움도 용기도 시작된 것이라고. 조금 긴 여행이라고 생각하면 괜찮을 거라고. 온 맘을 다해 손 흔들어 줄 수밖에 없다.

박윤지
• 2018년 수필
• "부지런히 산책하는 탐구 생활자"
• pnppark@gmail.com

다만 멈춤을 두려워하며

사공정숙

자전거를 타고 집에서 제법 멀리 있는 은행을 찾아 나섰다. 세종시로 이사 온 후 집 가까이에 은행이 없어 인터넷에서 검색한 은행의 위치를 기억해가며 조심스레 낯선 길을 달렸다. 버스나 승용차를 이용하긴 애매한 거리의 세종에서는 자전거가 최적의 이동 수단이다. 한여름을 비켜간 하오의 햇살이 보도 위에 눈부시고, 얼굴을 향해 부는 맞바람이 상쾌하다. 자전거 위에서 허리를 쭉 펴고 멀리 시선을 두는 여유도 가져보았다. 내리막길에서 페달을 멈추고 속도를 조절하며 달리는 것도 점점 익숙해지는 것 같다.

올봄, 자전거를 처음 배우기 시작했을 때 나는 스스로 운동신경이 남다르다는 자부심을 가지고 있었다. 그러나 자전거 안장에 올라앉은 첫날부터 기대는 무참하게 깨졌다. 균형을 잡기도 힘들었다. 오른쪽 페달을 밟고 왼쪽 페달을 밟으려는 순간 헛된 시도로 끝나거나 넘어지거나 둘 중에 하나였다. 나보다 나이도 많고 체구가 조그마한 70대 할머니도 몇 번의 시도 끝에 무사히 트랙을 따라 돌기 시작했다. 강습장에는 한 사람, 두 사람 넘어지지 않고 페달을 돌리는 숫자가 늘어갔다. 사흘 후 그들은 모두 기어 넣는 법을 숙지하고 열을 지어 먼 곳까지 행군을 다녀왔다. 나만 덩그러니 다리 밑 강습장에 남겨두고 말이다. 혼자 남아서 온갖 시도를 다해 보아도 자전거 타기는 내게 먼 희망사항일 뿐이었다. 왼쪽 종아리는 페달에 치여 손바닥보다 큰 멍이 자리 잡았다. 넘어지느라 팔, 어깨 쪽에도 멍이 생겨났다.

1주일이 지나서도 나는 자전거 바퀴를 굴리지 못했다. 그동안 나를 제외한 수강생들은 더 멀리 보란 듯이 원정을 다녀왔다. 그들은 지그재그로 좁은 공간에 커브를 그리며 타는 법을 배우고 내리막 경사와 오르막길을 달리는 기술을 익혀갔다. 드디어 강습 2주일째 끝 무렵 내게도 기적이 일어났다. 비록 10여 미터 거리에 불과했지만 마침내 자전거를 타 보인 것이다. 모두들 박수를 치며 격려해 주었다. 나이를 먹는다는 건 어떤 면에서 자유로워지는 것 같다. 남과 비교하며 부끄러워하거나, 좌절하는 일은 줄어드니 말이다. 낯이 두꺼워지는 걸까. 하루도 빼먹지 않고 꿋꿋하게 2주간의 강습을 마쳤다. 나를 제외하고 모두 정해진 시험에 합격하여 빛나는 수료증을 받았지만 전혀 섭섭하지 않았다. 이제 어설프지만 바퀴를 굴리게 되었다는 사실이 기쁘고 뿌듯할 뿐이었다.

　세종시에서는 1년에 3만 원을 내면 무제한으로 곳곳에서 자전거를 빌릴 수 있다. 우선 빌린 자전거를 타고 공원 뒷길에서 연습을 시작했다. 내가 다니는 자전거 길은 한적해서 사람들이 거의 오지 않았다. 처음에는 마주 오는 사람이 있으면 겁이 나서 자전거를 세우고 지나가길 기다렸다. 커브는 엄두도 내지 않았다. 연습이 대가를 만든다고 했던가. 배운다는 것, 익힌다는 것은 시간 속의 무한반복이어서 천천히 나만의 속도로 자전거 타기를 체득해가는 중이다. 날렵한 안장 위에서 상체를 숙이고 도로 위를 질주하는 은륜의 행렬에는 비할 바가 아니지만. 나는 어쩌면 평생, 이 생에서는 동호회에서 타는 경주용이나 산악자전거를 타지는 못할 것이다. 다만 내가 원하는 수준까지는 많이 익숙해지고 기술이 섬세해졌음을 느낀다.

　나무는 생명이 다할 때까지 성장을 멈추지 않는다고 한다. 현자(賢者)라고 불리는 나무, 나무를 닮고 싶어서일까. 언젠가부터 나의 좌우

명이 무엇인지 묻는 사람에게 '늦음을 두려워 말고 다만 멈춤을 두려워하라(不怕慢 只怕站)'는 말을 해준다. 지금껏 배우고 익힌 것 가운데 자전거를 배운 기쁨이 다른 무엇보다 큰 까닭은 남보다 늦되어 힘들게, 어렵게 배워서일 것이다. 결핍은 더 큰 자극으로 다가오는지 모른다. 더 늦고, 더 많은 실패로 나는 행복해졌다고 믿고 싶다. 배움의 지난한 과정을 지나고 나면 쉽고 편해짐을 몸으로 체득한 점이 정말 좋다. 모든 배움의 과정이 그러하다면 마음만 먹으면 나는 무엇이든 배울 수 있다는 자신감이 생겨서이다. 성취의 결과와 속도에서 남과 비교하는 것은 무한한 우주의 시공간 속에서 무의미할 뿐이라고 생각해 본다.

「저녁에서 밤으로 가는 초입 아련히 내려앉는 어둠의 밀도가 참 마음에 들어, 신호등 앞에서나, 호숫가 산책길에서나 누굴 마주쳐도 낯가림을 면하게 해주네, 허술한 옷차림에도 뻔뻔해지다가 점점 더 으쓱 어깨가 올라가지 페달을 밟는 순간부터! 누가 지구를 돌려봤는가? 거대한 풍차의 끄트머리를 한 발씩 디뎌 굴리듯, 풍경은 3차원의 깊은 안개 속으로 꼬리를 감춘다 쓰윽, 등받이 없는 왕좌에서 천상천하 유아독존 나는 이제 지상에 빌붙어야 사는 불쌍한 짐승도, 없는 길을 내며 용을 쓰느라 창피한 줄 모르고 허공에서 똥을 갈기는 새들과는 영 다른 족속이지 머리 위엔 멀리서 달려오느라 허기진 별들이 반짝이며 박수, 박수를 보내고, 달리지 않으면 넘어질까 아슬아슬 공중부양 중 바람의 갈기를 접수하고, 마군처럼 다가오는 어둠도 두 개의 동그라미로 헤쳐가 앞으로 앞으로! 여름 날벌레가 시절을 핑계 삼아 악수를 청하지만 미안 난 바빠, 신나게 지구를 돌려야지 지구를 돌려보면 알아, 지구가 둥글다는 사실, 언제나 제자리 원점으로 돌아오게 되거든 낙마하여 지상의 짐승이 되는 그 자리로, 그래도 기억한다네 안장 높이만큼 고귀했던 순간을 증명하는 바람의 서명을, 시립한 검은 수목들의 비호를, 달을 향해 날아오르던 한 마리 짐승의 독백을」

　올여름, 어스름한 저녁 시간에 자전거를 타면서「기억」이란 제목으로 한 편의 시를 썼다. 조금 멋있어지고, 아름다워졌다고 뻐기는 지상의 한 마리 짐승에게 가만히 등을 두드려 주고 싶다.

사공정숙
- 1998년 수필
- 시집『푸른 장미』 수필집『꿈을 잇는 조각보』
- 산문집『노매실의 초가집』『서울시 도보 해설 스토리북』
- 한국예총 전문위원
- 계간『문파』 주간, 한국수필가협회 이사
- clean40@hanmail.net

수총(壽塚)에 눕다

이능수

행사를 알리는 징소리가 선산을 울린다. 참석한 가족들이 무덤 주위를 빙 둘러서자 녹음기에서 상여소리가 흘러나온다. '북망산천이 멀다더니 내 집 앞이 북망일세', '에헤 에헤에에 너화 넘자 너화 너.' 상여소리에 놀란 산새들이 하늘로 날아오른다.

'담천(潭泉)은 수총에 들어가세요.' 사망하라는 다른 표현으로 들려 축관을 쳐다보면 망설인다. 죽음을 체험하는 시간이 두려움의 대상으로 다가온다. 수의를 입고 무명 버선을 신고 시신이 묻힐 돌로 만든 네모난 작은 관에 들어간다. 천천히 몸을 눕히니 온몸에 차가운 소름이 돋는다. 삶과 죽음의 차이에서 오는 간극일까? 삼 미터 남짓한 땅 아래가 생경하기 짝이 없다.

아들이 지팡이를 짚고 애~고 애~고 곡을 한다. 그 소리가 장례의 실제 울음 같아 숨이 막히고 머릿속까지 하얘진다. 죽음에 대한 두려움인지 삶에 대한 미련인지 먹먹한 감정이 밀려와 가슴이 답답해진다. 주르르 눈물이 흐른다. 죽음이란 과연 무엇일까. 조카가 관과 몸 사이에 흰옷들을 가득 채우고 수총 뚜껑을 덮는다. 육십 년을 살아온 결과물이자 저승길에 동반할 부장품은 헌 옷이 전부다. 끝없는 욕망을 채우던 그 많은 시간은 어디로 가고 옷가지 나부랭이만 저승길에 동행하는 걸까?

수총은 집안 어른이 중병을 앓아 사경을 헤매면 환자보다 나이가 많은 분들을 위하여 만든 가묘(假墓)를 뜻한다. 오늘은 형수의 말기 암 판정으로 윗대 항렬과 동 항렬이 가묘를 만들었다. 수총 의식은 인생의 종착역에 도착하여 염라대왕의 심판을 받기 전에, 자신의 삶을 먼저 돌아보며 점검하는 날이다. 죽음을 체험하여 욕망에서 벗어나려는 의도에서 출발 되었다. 잘 살아온 삶에는 칭찬과 격려를, 잘못 산 삶에는 자기반성의 기회를 마련하기 위함이다.

어둠에 익숙해지자 무서움이 사라지고 사방이 고요해진다. 국화꽃 향기가 바람에 실려 오고 어디선가 새소리도 들려온다. 둘러선 사람들의 목소리도 귀에 와닿는다. 바스락거리며 낙엽이 스쳐 가는 소리도 들려온다. 저 잎들은 푸른 시절을 보내고 자신이 태어난 나뭇가지를 떠나 땅으로 돌아간다. 죽음의 무게는 저처럼 가볍다. 미련 없이 덜어내는 자연의 이치를 보며 욕심으로 삶을 붙잡고 있었던 내가 부끄러워진다.

죽으면 누구나 황천길 따라 저승사자의 안내를 받으면 명부(冥府)에 간다고 한다. 나도 염라대왕의 재판을 받기 위해 대기하는 뒷줄에 선다. 좌우 벽면의 거울에 재판하는 법정 모습이 은은히 비친다. 대왕은 옥좌에서 업경대에 비치는 욕망의 다양한 모습에 경악한다. 판관이 이승에서 저지른 죄목이 적힌 장부를 들고 망자에게 '지옥행'을 선고한다. 장작불에 시뻘겋게 달군 쇠몽둥이를 든 지하여장군(地下女將軍)이 망자를 끌고 지옥으로 간다.

재판의 차례가 점점 다가오자 몸이 부들부들 떨린다. 선과 악을 구분하기 위한 판관의 이론이 명쾌하다. 선은 타인을 배려하는 마음이고 악은 자신에 국한된 마음이라 정의한다. 착한 사람은 환생시키고 악한 사람은 바로 지옥으로 보낸다. 나는 선악의 양쪽을 거침없이 드나들었던 지난날을 돌아보면 환생은 한바탕 꿈에 불과할 것이란 생각에 가슴이 무너지고 후회가 혼줄을 뺀다.

인생의 희로애락은 대립과 갈등의 성과물이고 괴로움의 원인이라 하였다. 경쟁사회에서 살아남기 위한 발버둥이 어찌 갈등과 대립이지 않겠는가. 욕망의 주체로 또는 욕심의 노예로 결핍에 도전하는 삶이었다. 채우기 위해 물불을 가리지 않았고 인정받기 위해 밤을 새웠다. 생활의 안정은 끝없는 몸부림으로 해결되지 않았고 마음의 평화도 순간에만 국한되었다. 이 같은 삶에 지옥행 선고는 너무나 당연할 것이다.

나의 내면에 감추어져 있는 양면성, 증인이 없다면 재판정에서 결코 들추어내고 싶지 않다. 표면적으론 착한 측 하면서 이해관계에 따라 악으로 돌아서는 마음. 이루지 못한 꿈에 대해선 배척해 버리고 싶은 마음과 그러면서도 자꾸만 뒤돌아보아지는 어리석음에 고개를 숙인다. 다스리지 못하고 분출되는 내 감정은 작게 표현하면서 상대에 대한 감정은 더 부풀려 등을 돌린다. 스스로 만들어 놓은 울타리 안에 그 누구도 들여놓지 않으면서 자신은 외롭다고 침묵한다. 얽히고설킨 마음과 얼음장같이 싸늘하게 굳어져 있는 감정으로 살아온 삶을 재판한다. 일체유심조를 깨우쳐주려는 염불 소리 같다.

시간이 지나니 차가웠던 바닥의 흙도 따뜻해진다. 조금씩 죽음이 익숙해졌다. 탐진치는 불교에서 열반에 이르는데 장애가 되는 삼독을 일컫는다. 탐욕과 성냄과 어리석음이다. 돌아보면 내 삶은 탐진치 속을 헤매던 나날이었다. 자식에 대한 기대도, 사회변혁에 대한 열망도, 재물에 대한 욕망도 모두 부질없는 것이었다. 그것들은 신기루 같은 현상일 뿐이었는데도 거기에 매달려 끙끙거렸다.

인간생존본능인 오욕(五慾)을 떠올린다. 재욕(財慾), 성욕(性慾), 식욕(食慾), 명예욕(名譽慾), 수면욕(睡眠慾)의 머슴으로 살다가 어느 날 갑자기 마음을 바꾼다고 해탈할 수 있을까. 욕망을 남김없이 비워낸다면 삶도 죽음도 하나의 흐름이라는 '장자의 말'이 머리를 때린다. 이 흐름과 자연의 섭리를 따르면 슬픔이나 기쁨이 둘이 아니니 슬픔이 기쁨이고 기쁨이 곧 슬픔일 것이다. '자래'가 말하듯 '삶을 기뻐한다면 죽음도 기뻐해야 마땅하다.' 오면 가고 간 것은 되돌아온다. 간 것은 망각 속에서 그리움으로 싹트고 온 것은 현실에서 마주침으로 기쁨을 준다고 하였다.

천천히 관 뚜껑이 열리고 햇살에 눈이 부신다. 환생한 몸을 천천히 일으킨다. 이전까지의 삶은 죽었으니 이후론 새 삶을 살아야겠다고 다짐해본다. 가을 산은 비워내고도 저토록 의연하지 않는가. 채우려고만 했던 자리를 비우고 가지려고 했던 것들을 떠나보내며 바람처럼 구름처럼 흘러가리라.

낙엽이 산자락에 휘날린다. 공수래공수거. 처음부터 가진 것이 없었으니 하물며 나중이랴. 단풍 들어 깊어진 동대산은 나의 시간일지도 모르겠다. 다음 생을 준비하는 저 가을 산처럼 내 몸이 한결 가벼워진다.

담천潭泉 이능수
• 2015년 수필
• 수필집: 『인생가방2』(2020)
• 매일시니어문학상 수상(2020), 경북문화체험 국수필대전 입선(2020)
• 한국문인협회, 울산문인협회, 에세이울산문학회, 울산불교 문인회
• uccone@naver.com

파주꽃 향기

이소윤

　예쁜 꽃은 예쁜 마음으로 안겨 오고, 좋은 사람은 아름다운 향기로 안겨 온다. 그러나 가슴에 남아서 오래 곰삭은 사람의 향기야말로 세상에서 가장 아름다운 향기가 아닌가 싶다.

　세상에는 온갖 향기들로 가득하다. 비바람을 이겨낸 들꽃에는 들꽃 나름의 향기가 있고, 빈집 담장의 덩굴장미도 자기 나름의 향기를 뿜어낸다. 그러나 요즘 거리에 나가면 아로마나 라벤더 향기처럼 고상한 식물의 이름을 빌려온 향기 상품들이 그리 낯설지 않다. 그뿐 아니라 향기치료 요법이나 기분전환에 효과가 있다는 향기 상품들이 마구 쏟아져 나와 사람들을 솔깃하게 하고, 비싼 값을 치러가며 사람들을 끌어들이기도 한다.

　언젠가 나도 공장에서 가공한 라벤더 향기 상품을 선물로 받아본 적이 있다. 제법 이름있는 상표를 두르고 있는 포장을 뜯을 때 뿜어나오는 라벤더 향기가 한순간에 집 안 가득했다. 그러나 대량 생산된 향기 상품들은 쉽게 향을 내뿜고, 쉽게 사라지기 때문에 향기로움에 대한 신비로움과 느낌이 사뭇 가볍게 느껴진다.

　하지만 사람에게는 저마다 안으로 피워 올리는 은은한 향기가 있다. 저 내면 깊은 곳에서부터 당당하게 피워 올리는 사람의 향기야말로, 따뜻한 인품과 덕목이 느껴진다.

　요즘 들어 그런 사람의 향기가 그립다. 가공된 향기 상품처럼 억지스러움이 아니라, 자연스러운 사람의 향기가 그립다. 이따금 사람이 사람에게 상처받고 배신과 실망으로 얼룩진 상한 얼굴을 만나면, 안타까운 마음이 먼저 든다. 아무리 사람 사는 세상이 물질만능주의로 그 영역을 팽배하게 넓혀간다 해도 사람의 본질까지 변질이 된다면, 그것은 인류와 사회의 또 다른 불행이다. 그래서 사람이 사람답게 살아가기가 가장 힘들다는 말도 있다.

지난여름 어머님이 세상을 떠나시고 많이 울었다. 그 슬픔이 채 마르기도 전에 몸이 아프기 시작했고, 이리저리 병원 찾아다니는 일이 또 다른 중요한 일과가 되었다. 그나마 잠깐이라도 밀려오는 슬픔을 달래보려고 외출을 시도하지만, 코로나 때문에 현관을 서성이다가 그만 포기하고 만다. 그뿐 아니라, 몸이 아프다는 핑계로 베란다 화초들까지 시들해지도록 방관하는 날이 종종 있다. 겨우 정신을 가다듬고 부랴부랴 마른 화분에 물을 적셔주고 나면, 한창 제 향기를 뿜어대고 있을 벽제천 여름 풀꽃들이 궁금하고, 발길 끊어 놓은 뒷산 소나무 숲길도 궁금하기 짝이 없다.

그런 날은 문득 어머님을 떠올려 보는 것이 전부다. 어머님에게는 나만 느끼는 향기가 있다. 아니, 세상의 모든 어머님에게는 사람다움의 향기가 있다. 사람은 누구나 자기 마음속에 향기를 품고 태어난다. 그러나 세상의 그 어떤 향기보다도 어머님의 향기는 그지없이 아름답고 따뜻하다.

내가 어린 시절 어머니에게서 맡던 첫 향기는 바로 젖 냄새였다. 막연히 울고 보채는 나에게 기꺼이 가슴을 열어 주시던 어머니의 향기에는 사람다움의 아름다운 향기가 있었다.

그런 어머님이 천천히 기억을 잃어가시면서도 나에게 뿜어주시던 사랑의 향기는 그 어떤 꽃보다도 아름답고 따뜻했다. 세월의 무게에 주름 가득한 생전의 어머님에게는 배신과 상처와 실망의 흔적은 찾아볼 수 없었다. 오직 헌신과 사랑으로 우리들 가슴에 은은하게 스며오는 어머님의 향기, 그래서 세상에서 가장 아름다운 향기는 어머님의 향기라고 말하고 싶다.

눈으로 보이지 않고 손으로 만져볼 수도 없지만, 내 마음 저 깊은 바닥까지 들려오는 쓸쓸한 어머님의 숨결, 어쩌면 어머니의 향기는 이제 막 장독대를 돌아 나온 바람의 향기인지도 모른다. 진실한 삶의 의미와 행복과 슬픔을 이미 깨우치고 있는 사람에게서 향기로 배어 나오는 아름다운 어머님의 냄새.

그런 어머님이 의료사고로 막냇동생이 쓰러졌을 때 마음속 고통을 끌어안고 사셨다. 지금도 그 어머님의 고통스러운 속내까지 나에게는 상처로 남아 있다. 그리고 이제 나에게 그 소중한 어머님의 향기는 없다. 벽제천의 애기똥풀이나 베란다의 분꽃 향기가 철마다 옷을 갈아입으며 서로 다른 모습으로 나에게 손짓하겠지만, 그 무엇으로도 어머님의 냄새를 대신할 수는 없겠다.

지난여름 우리 가족은 어머님을 파주에 모셨다. 어머님이 파주에서 태어나셨으니 파주로 모신 것이다. 이제 어머님은 파주꽃으로 돌아가셨다. 그래, 나에게 어머님은 꽃으로 오셔서, 꽃으로 돌아가신 게 맞다. 그래서 나는 어머님을 파주꽃이라고 부른다.

어머님
살아온 만큼 다 내어주시고
그 바닥에 펼쳐 놓은 것까지
다 쓸어모아 퍼주시더니
꽃으로 묻히고 나서
파주꽃으로 환하게 피어오르시네

-〈파주꽃〉 전문

  햇살 좋은 지난봄에 모처럼 인사동에 나갔다. 마침 인사동 광장 입구에서 캘리그라피 작가의 시연회가 열리고 있었다. 문득 어머님 생각이 났다. 그날 나는 파주꽃이라는 시를 캔버스에 담아왔다.

  그때 캘리그라피 작가가 파주꽃이 누구냐고 물었다. 그런데 내 입에서 "어머님"이라는 말이 나오지 않았다. 가슴 속에 무거운 돌이 내려앉아 있는 것 같았다. 그래, 파주꽃은 세상에 없는 꽃이다. 내 안에 아름다운 향기로 피어계시는 어머님이다.

이소윤

• 2017년 수필
• 장편소설: 『어느 흰옷의 거짓말』
• 시집: 『당신만 한 사랑이 어디 있나요』, 『걸어서 하늘 끝까지 가지 않을래』
• 아토포스 동인
• soyoon7891@daum.net

사량도의 봄산에 오르다

이영실

발목이 시큰거려 개운치 않고 다리에 힘이 빠진다. 내 발걸음은 갈수록 느려진다. 배낭을 내려놓고 등산화를 벗었다. 겉으로 봐서는 크게 이상이 없다. 그가 발목을 만져보고 물파스를 칙칙 뿌리며 묻는다. "괜찮겠어. 힘들면 당신 배낭 내가 메고 갈까" "아니, 좀 쉬면 될 거 같아"

아침 8시에 출항하는 사량도행 배를 탔던 등산객들은 지리산 정상을 지나 다시 저만치 작은 능선을 넘고 있다. 하지만 가오치 항구로 돌아가는 뱃 시간은 아직 여유 있다. 굳이 서둘러 오르고 서둘러 내려갈 필요는 없다. 넘어진 김에 쉬어간다고 바위에 등을 기댄다. 바람의 끝에 서 있는 듯 먼 곳을 응시하던 그가 옆에 다가와 앉는다. 달바위에 앉아 바라본 바다는 그저 잔잔하다. 알록달록한 지붕이 연이어 앉아있는 바닷가 마을, 하얀 꼬리를 달고 항구로 돌아오는 어선 한 척, 둥근 해안선 안쪽으로 방파제가 보이고 수평선 위로 불쑥 여객선 뱃머리가 올라온다. 구불구불한 산길은 만개한 벚꽃으로 꽃길이 되었다. 올라왔던 길과 내려가야 할 길이 한눈에 보인다. 살아온 세월과 살아가야 할 세월이 거기 있는 듯하다.

쉬고 있는 사이 다리를 절룩이며 천천히 걷는 남자와 배낭을 앞뒤로 멘 여자가 올라온다. 남자에게 다쳤냐고 묻자 오래전에 다쳤는데 지금은 괜찮다며 말한다. 아내는 백두대간을 종주할 정도로 산을 잘 타는데 나랑 다니려니 엄청 답답할 거라고. 그러자 여자가 화들짝 놀라며 말한다. "전혀 답답하지 않아요. 천천히 가니 오히려 풍경을 오래 감상할 수 있어서 좋기만 하고만" 배낭을 앞뒤로 멘 모습이 힘들게 보이건만 여자는 손사래를 치며 애틋한 눈으로 남자를 바라본다. 나는 그들이 셀카로는 찍을 수 없는 뒷모습과 바위를 먼저 오른 남편이 배낭을 받아 내려놓고 아내의 손을 자연스럽게 잡아주는 모습을 찍어 주었다. 부부란 저런 것이다. 서로가 부족한 부분을 보완해 주는 것. 어느새 내 발목도 시큰거리지 않는다.

가파른 바위산을 엉금엉금 기어오른다. 아이러니하게도 걷는 것보다 더 편하다. 가마봉에 올라 쿰쿰한 냄새에 둘러보니 환약같이 동글동글한 염소똥이 바위에 널려 있다. 흑염소 두 마리가 옆구리를 맞댄 채 아슬아슬한 절벽 가파른 바위틈에 서 있다. 나는 금방 떨어질 것 같아 괜히 오금이 저리는데 염소들은 느긋하다. 어떤 시인은 별을 뜯어 먹여 염소들을 기른다고 하더니 저 염소들도 별과 가장 가까운 사량도의 꼭대기로 먹이를 찾아온 것인지 모른다.

길을 밝혀주는 등불처럼 능선 따라 환하게 꽃이 피었다. 내게 진달래 고운 분홍빛 시절은 언제였을까 생각해 본다. 직장을 옮겨 첫 출근하던 날 직원들과 인사하는데 반듯한 외모와 큰 키로 그는 한눈에 들어왔다. 무엇보다 붓으로 쓴 듯 시원한 글씨체가 좋았다. 당시 나보다 먼저 근무했던 여직원은 남자 직원들이 시키는 사소한 심부름까지 도맡아 했다. 나도 당연히 그래야 한다고 생각했는지 수시로 잔심부름을 시켜 일의 집중을 방해했고 때로는 자존심까지 상하게 했다.

어느 날 나는 상사의 담배 심부름을 거절했다. 더불어 앞으로는 업무 외의 어떤 심부름도 하지 않겠다고 선언했다. 까짓거 그만두라면 그만두면 된다는 배짱이었다. 순식간에 직원들 사이에 새로 온 미쓰리는 건방지다는 소문이 퍼졌지만 그는 나의 당당함을 응원해 주었다. 아마 그 시절이었을 게다. 사랑을 시작해 분홍빛 진달래색으로 빛나던 시절이.

바위에서 떨어져 내린 조각돌이 널브러진 너덜지대를 지난다. 둥글거나 뭉툭하지 않고 마름모꼴에 가까운 돌이 인기척에 놀라 잠을 깬다. 발끝에 차이는 돌이 서로 부딪치는 소리가 실로폰 소리처럼 맑고 경쾌하다. 바위틈에 뿌리내린 소나무 아래 보랏빛 산제비 꽃이 청초하다. 건너편에 우뚝 솟은 바위는 신이 쓴 한 편의 웅장한 서사시처럼 느껴진다. 물푸레나무 잎새 끝에 발갛게 살이 올랐다. 그 나무 아래 자리를 펴고 앉으니 섬의 일부가 된 듯 편안하다.

바라보기만 해도 경외심을 품었던 가마봉과 옥녀봉의 높다란 바위에 철계단을 만들고 봉우리와 봉우리 사이에 출렁다리를 놓았다. 덕분에 바위 봉우리를 편하게 오르기는 했지만 오르지 말아야 할 곳을 억지로 오르게 한 것은 아닐까 하는 생각이 든다. 때로는 바라보는 것만으로 좋을 때도 있는 것이다. 별이나 무지개가 멀리 있기에 더 아름답듯이.

항구로 가는 길목에서 해풍에 자란 두릅이라며 할머니가 불러 세운다. 사량도의 햇살에 무르익은 봄나물이다. 길 위에 선 여행자에게 봄은 이렇게 자연의 먹거리로 다가오기도 한다. 가오치행 막배의 고동 소리가 바람에 실려 길게 울려 퍼진다.

이영실

• 2005년 수필
• 포토에세이: 『짜면 반 숟갈 싱거우면 두 숟갈』
• 아프리카 7개국 풍경여행기: 『하쿠나 마타타』
• 한국문인협회, 한국시낭송치유협회, 동감예술공연협회
• sily-21@daum.net

아라비아사막의 달빛 속에서

이현실

 휘영청 대보름 달빛이 통유리 창을 뚫고 실내로 밀려든다. 세상은 물밑처럼 조용하다. 남편은 지금 불콰한 얼굴로 한 조각의 화석을 베고 혼곤한 잠에 빠져 있다. 먼 백악기라도 헤매는지 숨결이 고르지 못하다. 나는 화석을 들여다보면서 천지창조의 카오스 속으로 빠진다.

 천지를 흔드는 거대한 굉음과 함께 시뻘건 용암의 불기둥이 치솟아 오른다. 세상은 아비규환으로 회오리친다. 암흑의 세상에서 들려오는 저 소리. 살아 있는 모든 것들이 순간 사라진다. 어둠의 터널 깊은 곳에서 쿵쿵 지축이 흔들린다. 흙모래 뒤집어쓴 무수한 빗살무늬의 잎맥들과 은빛 지느러미가 박혀있는 화석이 한꺼번에 진저리친다. 수억 년 시간의 풍화작용을 거치면서도 선명한 무늬로 굳어진 파편들이다. 가만히 귀를 기울여 그들의 노래를 듣고 있다.

 갑자기 끙! 소리를 내며 남편이 돌아눕는다. 그러면서 두 다리를 쪼그리고 둥글게 몸을 말은 모습이 자궁 속 태아의 형상으로 축소된다. 정수리 옆, 흘러내린 은빛 곱슬머리 몇 가닥이 봄 응달의 잔설처럼 부서지는 이순耳順의 남자. 그는 지금 망망대해 우주의 어디쯤을 유영하고 있는 것일까.

 근원을 알 수 없는 바람 한줌이 내 마음속을 헤집고 들어온다. 무슨 꿈을 꾸고 있는 것일까. 숨결조차 가누기 어렵다는 열사의 땅, 아라비아의 사막 어디를 헤매면서 화석이라도 캐고 있는 것일까?

아파트 베란다 너머 교회당의 십자가에 광배처럼 걸려 있는 보름달을 조용히 바라본다. 마음이 숙연해지면서 언젠가 그가 들려주던 이야기가 생각난다.

"중동지사 근무 시절, 캠프의 투명한 유리창 너머 낮은 야산이 보였어. 항아리만한 보름달이 둥실 솟아올랐지. 사방에는 굶주린 들개들이 긴 목을 빼고 달을 향해 컹컹 짖어대는 소리뿐이었어. 그런 밤이면 괜스레 잠을 설치면서 윗도리 안주머니에 깊게 넣어둔 가족사진을 꺼내어 손바닥으로 쓸어보곤 했어. 오늘처럼 이렇게 달 밝은 밤이면 그때 그곳이 무척이나 그립구먼. 언제 한 번 그곳을 다시 가 보고 싶어"

흙먼지만 풀썩거리는 열사의 땅에는 늦은 봄부터 초여름까지 광막한 모래 폭풍(Sand storm)이 분다고 했다. 거대한 모래바람이 산자락을 쓸고 지나가면 또 하나의 낯선 언덕(sand dune)이 만들어진다던 그곳. 석회질이 많아 한 모금의 물조차 제대로 마실 수 없다고 했다. 나무 한 그루, 풀 한 포기 자랄 수 없을 것 같던 척박한 땅에도 짧은 우기가 스치듯 지나가면 키 작은 풀꽃들이 화사하니 꽃망울 맺으며 자랐다. 여덟 개의 발이 달린 전갈의 꼬리에는 맹독의 독침이 숨겨져 있어서 침대나 신발, 옷 속에 숨어 있던 놈들에게 느닷없이 당하는 경우도 드물지 않았다.

이에 대비한 해독제는 상비약으로 비치되어 있어야 했다. 50도에 육박하는 태양열의 한낮과는 달리 저녁이면 기온이 뚝 떨어지면서 한국의 가을밤처럼 서늘했다. 그런 밤의 낮은 모래언덕 위로 정물처럼 걸려 있는 달이 신비스럽도록 맑고 아름다웠다.

어느 날 밤, 자신도 모르게 달빛에 끌려 차를 몰고 나섰다. 가도 가도 끝이 없는 바위산, 사방은 온통 하얀 모래와 자갈로 뒤덮인 사구의 능선뿐…. 속도 제한의 표지판도, 차선도 없는 도로를 질주하던 중, 갑자기 핑그르르 도는 현기증과 함께 정신을 잃고 말았다. 이내 의식을 회복하면서 주위를 둘러보니 인적 없이 낯선 도로의 한복판에서 핸들 위로 엎어져 있었다. 귀신도 모르게 죽을 수도 있겠구나 하는 생각과 함께 "하나님 감사합니다."라는 감사의 기도가 저절로 터져 나왔다. 승용차의 엔진이라도 꺼져버렸다면 달빛만이 교교한 사막의 미로에 갇힌 채 영영 화석으로 굳어질지도 모를 일이었다.

간간이 불어오는 바람 속에 서걱대는 모래 알갱이의 움직임이 느껴질 뿐, 사방은 절대 적막으로 괴괴했으니 남편은 광막한 사막 위로 떨어진 한 알의 모래에 불과했다. 극도의 외로움이 두려움과 함께 몰려왔다. 한 가정의 가장이거나 조직의 일원이 아닌 완벽한 개체로서의 고독이었다. 그런 와중에도 인공의 불빛 한 점 스며들지 않는 사막의 달빛이 서럽도록 곱게 눈에 부셔왔다는 것이다.

나이가 들면서 가끔 흔들리는 그의 눈빛을 본다. 살아온 여정에의 회한이 문득문득 사무치면서 누구의 남편도 아버지도 아닌 오로지 혼자만의 자신이 되고 싶은 외로움일까. 한 가정의 가장으로서, 사회의 일원으로서 세파를 향해 고개를 들고 대적하지만, 실패와 좌절로 거듭되는 삶의 피로감이 그의 외로움의 원류일까. 설사 그렇다고 하더라도 나로서는 그의 외로움의 근저에 동의하지 못한다. 왜냐하면 그것이 그 혼자만의 부담일 이치는 아니기 때문이다. 오랜 날을 그와 나는 서로의 섬에 갇혀 살아왔다. 그와 함께 수많은 세월을 건너 왔지만 그와 나는 시퍼런 바닷물 한 가운데 서로 다른 섬이 되어 떠 있었다.

한 갑자를 돌아가는 시간의 언덕에 기대어 그에게 말하고 싶다. 부부란 수직의 관계가 아닌 수평의 관계에서 마주 보며 가는 것이라고. 이제 서로의 고단한 어깨의 짐을 내려놓자고. 그를 향해 완강했던 마음의 철문을 조용히 열어두고 싶다.

지상의 달빛은 어느 곳에나 골고루 쏟아진다. 남편의 마음속에서 혼자가 되어 젖어드는 달, 그의 달빛 한 조각을 나눠서 갖고 싶다. 그가 베개처럼 괴고 있는 화석 조각을 살그머니 빼내어 혼곤히 잠든 그의 머리를 내 무릎으로 괴면서 그의 은빛 머리칼을 쓰다듬는다.

그의 은발 위로 달빛이 부서져 내린다. 그러면서도 그는 여전히 깊은 잠결에 잠겨 있다. 아마도 아라비아 사막의 푸른 달빛을 꿈꾸고 있으리라. 마치 어니스트 헤밍웨이의 「노인과 바다」에서 노인이 밤마다 소싯적의 사자 떼를 꿈꾸듯.

청년들은 앞날에의 꿈으로 살고 노인들은 지난날의 회상으로 버틴다고 하던가. 이제 젊은 날의 태양이 아닌 달빛에 젖은 그의 꿈결이 애처롭다. 그러면서도 그의 외로움에 한 치도 다가서지 못하는 내가 무색하고 미안하다. 단지 그의 곁에서 달빛이나마 그와 함께 쏘일 밖엔…

그는 이제 몇 시간 후면 꿈을 털고 새벽 달빛을 밟으면서 자신의 일터로 나갈 것이다. 낮 동안 내내 태양 빛에 퇴색한 달의 음영을 찾으

면서 땀방울도 마다치 않을 것이다. 그의 꿈길이 이대로 밤새 깊었
으면 좋겠다.

이현실

- 2003년 수필
- 제31대 회장
- 수필집: 『꿈꾸는 몽당연필』, 『그가 나를 불렀다』
- 시집: 『꽃지에 물들다』, 『소리계단』
- 둔촌이집문학상, 농촌문학상, 국가보훈콘텐츠 수상 외 다수.
- 현)계간 〈미래시학〉편집주간
- 중앙대문인회
- hyunsilpen@daum.net

남자의 강

임미옥

한 아기가 사과를 먹는다. 아니, 두 아기가 먹는다. 한 아기는 스냅 사진 속에서, 한 아기는 동영상 속에서. 7개월 된 손자가 사과를 먹는 동영상을 보다가, 전설 같은 그날 과수원을 하셨던 시부모님이 보내주신 사과를 7개월 된 아들에게 주었던 생각이 났다. 빛바랜 사진 한 장을 꺼냈다. 시공을 초월하여 과거와 현재를 오가는 아가신神들이 임하기라도 한 겐가. 35년 전에 사과 먹는 아들 사진과, 그 아들이 아버지가 되어 사과를 먹는 제 아들을 촬영하여 보낸 아기를 분간할 수가 없다.

35년 전 봄날, 아들을 낳아 남편에게 안겨주었더니, "나 세상을 다 얻은 것 같아."하고 말했다. "옛날 희랍의 여신은 별을 낳았다~지…." 젖을 먹일 때마다 나는 아기를 쓰다듬으며 노래했다. 남편도 자신과 똑같이 생긴 아들을 안고 흥얼거렸다. 어떤 날은 기저귀 똥 냄새가 구수하다는 말도 했다. 아들에게 빠진 남편, 그 사랑을 먹고 자라는 아들, 자분자분한 아버지 사랑이 목말랐던 나는 두 남자를 보는 것만으로도 환희였다.

남편은 4월생인 아들을 호적에 음력으로 올렸다. 그 결과 아들은 물레손잡이를 돌려 투명한 유리 부스 안에 초록 은행알을 떨어뜨렸고, 8대1의 경쟁률을 뚫고 소수 어린이들만 다니는 초등학교로 1년 일찍 배정받았다. 그날 남편은 히말라야 정상을 정복이라도 한 것처럼 만세를 불렀고, 어린 아들도 덩달아 만세를 외쳤다.

그런데 언제부터인가 두 남자 간에 전쟁이 시작됐다. 본디 남자의 계보란 것이 전쟁의 계보였지. 밤이 생겨나고 밤에서 다시 낮이 생겨나 혼돈과 공허가 흐르고, 세상에는 신들만 존재하던 카오스시대부터 부자간 전쟁이 있었으니까. 말이 전쟁이지, 아들이 번번이 항복하여 휴전했다. 절대자의 승리가 뻔한, 해보나마나한 전쟁인지라 아들이 깃발을 내리곤 했다. 강자의 잔소리가 무슨 전쟁일까마는, 무기를 사용하지 않아도 상흔이 남으면 전쟁이다. 한바탕 치르고 나면 우리 모두 냉과리 가슴앓이를 했다.

모든 이들에게 사람 좋은 그가 유독 아들에게만은 절대 권력을 행사했다. 한번 패권을 차지하면 누구의 도전도 허용하지 않는 희랍 신화 이야기 속의 비정한 아비들처럼 아들에게 남편은 넘을 수 없는 존재였다. 두 남자 간에 갈등 원인은 무엇일까. 중간에 있는 나에게 문제가 있는 걸까. 나는 아무 나쁜 짓도 하지 않았다. 열지 말아야 할 판도라 상자를 연 것도 아니고, 두 사람 간에 이간질 같은 건 더욱 안 했다. 다만, 네 아빠는 시오리 길을 걸어 초등학교에 다녔고, 6학년 때 교육감상을 탔으며, 열네 살 때 쌀 한 말 짊어지고 도시로 나가 자취하며 중고등학교를 다녔고, 장학금으로 대학을 나왔다는 둥, 집안에 회자 되는 그의 계보를 말해준 건 있다.

아들은 궁금한 게 많았다. 독서를 즐기며 기타연주 등, 재능꾼이다. 문제는 문제지를 풀지 않고 시험을 치는 것이 문제였다. 그는, 아들이 1등을 못 해서가 아니고, 불성실 문제라며 포성의 정당성을 말했다. 아들이 중학교 3학년 때였다. 그날은 무기를 사용했다. 성적이 5등으로 밀려난 이유로 엉덩이 타작을 했다. 그날, 치욕과 무너지는 자존감으로 흘리는 아들의 눈물을 보았다. 웃는다고 외롭지 않은 것은 아니듯, 눈물을 흘리지 않는다고 슬프지 않은 것은 아니다. 아들은 어느새 잠이 들었는데, 그는 밤새 뒤척였다.

때로는 말을 하지 않는 것이 더 확고한 의사 표현일 때도 있다. '하고 싶은 말이 많지만 절대자의 말씀이니 함묵하겠습니다.' 하고 아들은 공격받을 때마다 무언으로 항변했다. 무릎 꿇고 제 아비 설교를 듣고 있지만 불끈 움켜쥔 제 주먹을 향해 내리깐 눈은 '때가 되면 크게 한 방 먹여드리지요.' 하고 말하는 것 같았다. 여자들은 제 자식을 안다. 양처럼 엎드려 있으나 후일을 도모하는 눈빛을 알고, 언젠가는 아비를 굴복시키고 말, 결코 만만히 볼 놈이 아니란 걸 안다.

드디어 그날이 왔다. "아버지 기대에 휘둘리는 삶 이젠 그만하겠습니다." 가히 핵폭탄이다. 세 번째 고시에 낙방하고 내려온 아들이 선공격을 했다. 가고자 하는 길이 아니었으나 아버지를 감히 거역할 수 없어 미친 짓을 했다는 거다. 노량진은 신기루 동네이더라고, 자신 정도의 실력자가 수십만 명이 있더라고 말했다. '신도 포기할 것 같은 광야에서 한 우물 속을 종일 오르내리는 두레박처럼, 고독을 감내한 시간이 얼마인데, 중고등학생 시절 올 백 점 같은 건 하지나 말 것이지, 뭣에 홀린 것처럼 합격 턱선까지 가지나 말 것이지, 고지가 손끝인데 포기라니!' 남편이 할 말을 나는 속으로 꿰고 있다.

그런데 남편은 눈을 감은 채 말이 없다. 이거야말로 비장할 때 나오는 태도다. 가슴이 후둘거린다. 주변에 무기가 될만한 물건은 없는지 살핀다. 제 자식 죽이기야 할까마는, 혈압이 급상승하며 심장이 조여 온다. 그런데 "그간 고생했다. 우리 접자." 예상을 뒤엎고 남편이 패배를 선언하는 거다. 이거야 패자의 절규치곤 너무 간단하잖은가.

크로노스 시대는 끝났다. 금시 자라 힘을 갖춘 제우스가 제 아비 크로노스를 굴복시키는 그리스신화 한 장면을 떠올렸다. 아들이 최선을 다했는지 그딴 건 중요하지 않다. 아비에 대한 두려움을 제압하고,

공격할 수 있는 용기와 이성과 의도를 휘두르며 세상으로 나가는 가슴을 키운 아들을 보았다는 거다.

신화 이야기에서 크로노스는 아내가 자식을 낳는 족족 잡아먹었다. 아내 레아는 그런 남편을 끝까지 참아주지 않았다. 하여 막내 제우스가 태어났을 때는 돌멩이를 강보에 싸서 아기인 양 넘겨주고 아기를 빼돌려 동굴에 숨겨 키웠다. 레아의 계략으로 크로노스는 목숨처럼 사랑하는 아들에게 참패한 것이다.

자식을 낳는 대로 집어삼켰던 크로노스, 그는 정녕 비정한 아버지인가? 당시는 하늘과 땅만으로 구성된지라 선택은 두 가지뿐이었다. 그는 아버지 우라노스가 그랬던 것처럼 적들로부터 자식을 보호하려면 여인을 상징하는 땅속이든, 하늘인 자신의 뱃속이든 감추어야만 했다. 하여 툭하면 배신을 일삼는 여인이 아닌, 자기 뱃속을 택했던 것이다.

그들과 경우는 다르지만, 남편의 사랑 법은 이렇게 패하고 말았다. 긴 포성이 멈추었다. 인간과 신들이 서로 얽혀 하나의 세계를 이룬 것처럼 부자가 하나 되어 뒹군다. 오늘 이 평화의 주자는 누굴까. 힘을 길러 제 아비를 꺾은 아들일까. 내려놓음을 터득한 남편일까. 무엇이 있다. 형체는 보이지 않지만, 물 가운데를 지날지라도, 불 가운데로 지날지라도, 둘을 갈라놓거나 끊을 수 없는 그 무엇, 두 남자 사이에는 사랑이니 천륜이니 하는 통상의 말로는 부족한 남자들만의 강이 흐른다.

임미옥

• 2021년 수필 등단
• 제20회 동양일보 신춘문예 당선
• 현)충북일보 '임미옥의 산소편지' 고정 집필 중
• 현)청주시 1인 1책 프로그램 강사, '청주문화의집' 수필 강사
• 수필집: 『음악처럼』(2015), 『수필과 그림으로 보는 충북명소』(2017),
　　　　『꿈꾸는 강변』(2020), 『내 마음 아직도 그곳에』(2021)
• ohk.2226257@daum.net

7학년에게 묻다

조명래

그저께 손자 녀석이 방학을 맞아 왔을 때 나는 어김없이 장래 희망이 무엇이냐고 물었다. 열심히 공부하라는 은근한 압박이 이면에 깔린 질문이었다. 9만리나 남은 청춘에 높은 탑 하나 세우길 기대하는 것이 잘못일까?

나의 장래 희망은 무엇이었는가? 어릴 때는 장래 희망이 대통령이나 이순신 장군과 같은 국가적 인물이었고 나이가 들면서 의사나 과학자, 교사와 같은 현실성이 고려된 것으로 바뀌었다. 가끔은 음악이나 미술 분야의 전문가는 어떨까 하다가도 운동장에서 멋진 활약을 하는 운동선수를 보면서는 저것도 좋은데 하는 생각이 들 때도 있었다. 악기를 연주하거나 노래를 잘 부르거나 춤을 멋지게 추고 싶다는 생각도 했었다.

지금 돌아보니 그 어떤 것도 제대로 이룬 것이 없다. 더러는 처음부터 불가능했고, 더러는 시도하다가 중도에 포기하기도 했다. 그러니 전문가가 되기는커녕 모두가 적당하게 즐기는 정도에 머물고 있다. 결국 내 자리는 연주하거나 춤추고 노래하는 무대 위가 아니었다. 운동장을 뛰는 선수가 아니라 관중석이었다. 목표의 성취를 향하여 최선의 노력을 다하며 살아오지 않은 결과이다. 치열하게 노력했다면 지금과는 다른 모습일 수도 있었겠지만, 그래도 후회는 없다.

인생의 반환점을 한참 지나 골인 지점이 시야에 들어오고 있다. 팔뚝에 힘이 빠진 데다가 시간도 부족하다. 불가능한 것을 계속해서 붙들고 사투를 벌이는 것이야말로 무모한 일임을 깨닫는다. 내 인생의 가장 젊은 날인 오늘, 남은 생애에 꼭 이루고 싶은 것을 찾는 것이 아니라 미련을 버려야 할 계획은 무엇인지 새겨본다.

내 나이 7학년 중간반. 고학년생인 나에게 장래 희망을 묻지 마라. 마지막 날까지 그냥 뚜벅뚜벅 걸어갈 작정이니까.

조명래

- 1990년 수필
- 한국문협, 영남수필문학회, 대구·경북문협 회원
- 영호남수필문학상(2009), 경북문학상(2007) 수상
- 수필집: 『버리고 가벼워지기』(2008), 『여행을 수채하다』(2022)
- 수필선집: 『그리운 풍경』(2012), 『감자꽃』(2014)
- mrcho0510@daum.net

사투리 味學

최희명

해마다 가을이면 약속이나 한 듯 가슴이 헛헛해져서 함께 길을 떠나는 친구가 있다. 올해는 길이 한적한 충청도의 작은 도시에 들러보기로 했다. 정오가 조금 지난 시간에 해미읍성 앞 식당에서 친구를 만났다. 주문을 받는 주인아주머니에게 이 집에는 뭐가 맛있느냐고 물으니 "갈치조림이지유~"라고 했다. 음식보다 사투리가 더 입맛을 돋우었다. 반주가 들어가자 진하게 드러나는 친구의 경상도 사투리, 그 여자의 충청도, 나의 전라도 사투리가 어우러져 곰삭은 말 반찬들을 만들어내고 있었다. 갈치조림 맛은 신통치 않았지만 비슷한 나이의 여자들이 풀어내는 사투리 수다로 푸짐한 점심 식사가 되었다.

경상도나 전라도 등 비교적 서울에서 먼 지방에서는 경기도 말을 비롯해서 표준어 비슷하게 하는 말을 통틀어 서울말이라 여긴다. 고향 여수에서는 야무지다는 찬사를 제법 들었던 터였다. 그러나 서울의 손아래 동생쯤 되어 보이는 수원에 처음 와서는 갈데없는 촌닭이었다. 국어책에도 나오지 않은 니네 집이 어디야 라든가, 이딴만한 것 등의 표현은 너무나 서울스러워서 대번에 기가 죽었다. 그 표현들이 경기도 사투리라는 사실을 알게 된 건 몇 년이 지난 후였다. 사람들이 나의 순수한 전라도 말을 알아듣지 못하는 게 내 잘못도 아닌데 본인들의 기준으로 정한 '희한한' 표현에 대하여는 미묘하게, 때로는 대놓고 빈정거리는 것이었다. 예컨대 '내가'를 '나가'로, '~했다니까'를 '~했당께'로 표현했을 때는 여지없이 '깽깽이'라고 무시를 당해야 했다. 몸 아픈 건 참아도 자존심을 다치면 견디지 못하는 성정 때문에 일 년도 채 못돼서 완벽한 '서울말'을 구사하게 됐다. 어쩌다 고향에 가서도 친구들을 만나면 새치름한 표정으로 '어머 얘, 오랜만이다'라 면서 서울 사람 흉내를 냈던 것이다. 그때 그 친구들이 얼마나 아니꼬 운 느낌이었을까를 생각하면 지금도 뒤통수가 간지럽다.

가까운 친구 중에 부산 출신이 있었다. 서로 의견도 잘 맞았지만 그 친구의 리드미컬하고 시끌시끌한 부산 사투리가 정겨워서 그 친 구를 더 좋아했는지도 모르겠다. 자갈치시장에서 먹었던 매운탕 맛 보다 '자갈치아지매'의 "잡수이소"라는 사투리가 더 진국이지 않던 가. 친구는 가끔 쓰는 내 서울 말투를 고급스럽다며 부러워하였다. 나는 평소 표준말을 쓰는 친구의 아들이 엄마와 사투리로 대화할 때 는 귀엽다 못해 두 개 국어를 하는 듯 신기해 보였다. 가끔 노래방에 서 친구가 패티김 류의 창법을 진지하게 구사하다가 '너'를 '느'로 발 음할 때나 '경'을 '갱'으로 읽을 때, 열정적인 표정으로 '뜨겁게'를 '떠 급게'라고 노래할 때는 배꼽을 잡기가 일쑤였다. 지금은 돌아가 해 운대 갈매기들과 합창단이라도 만들었는지 연락이 없는 친구의 맛있 는 부산 사투리가 참 많이 그립다. 사투리로 기억되는 그 사람의 맛 과 색깔이 그립다.

사투리로만 구사하는 출연자의 뜻을 짚어내는 TV 프로그램이 있 었다. 팔도의 토박이들이 그 지방에서도 심한 사투리만을 썼기 때문 에 알아맞히기가 여간 어려운 게 아니었다. 그중 백미는 나중에 유명 개그맨의 아버지로 알려진 '충청도 양반'의 사투리였다. '아니 말 이여어'로 시작되는 그이의 천안 능수버들처럼 휘휘 늘어지는 입담 은 차라리 패널들이 답을 못 찾게 되기를 바랄 만큼 구성진 것이었다. 따끈한 누룽지 한 대접을 마신 느낌이랄까. 흔히들 충청도 말을 느리다고 하는데 가만히 들어보면 말의 꼬리만 조금 리듬감 있게 늘일 뿐 사람에 따라 다르다. 말이 빠른 사람들은 처음부터 끝까지 속사포처럼 빠르게 말해 놓고 끝에 가서야 ~했슈우'라고 길게 늘이는 것이다. 반음으로 이어지는 충청도 사투리. 마치 깐소네를 들을 때처럼 빠름과 느림의 미학을 동시에 느끼게 된다.

A라인의 샤넬풍 치마가 유행할 때는 속초에 있었다. 강원도는 그해 따라 눈이 미터 단위로 쌓였었다. 밤길을 걸을 때 갑자기 눈이 와서 하늘을 보면 가로등 불빛을 배경으로 온 하늘의 눈송이가 모두 나를 향하고 있는 것만 같았다. 눈이 쌓여도 겨울바람이 칼끝처럼 매서워도 나이가 나이인지라 무릎길이의 약간 타이트한 샤넬 스커트를 즐겨 입었다. 길에서 팽이를 돌리던 어느 당돌한 녀석이 입꼬리를 말아 올리며 침을 뱉듯 하던 말이 생생하다. '종간나 저거 쪽다리 안 시리나'. 관광지의 아이들이라 그랬을까. 그때부터 아이들은 외지에서 온 사람들이 강원도 사투리를 알아듣지 못한다는 걸 알았을까. 그랬다. 그 아이들의 짐작대로 그 말뜻을 몰라 그냥 지나쳤는데 나중에야 알고는 괘씸하기도 하고 맞는 말 같기도 해서 실소를 하였다.

속초에서 배를 타고 청초호를 건너가면 청호동이라는 마을이 있다. 함경도에서 피난 내려온 사람들이 마을을 이루어 살아온 곳이다. 통일이 되면 조금이라도 빨리 고향에 가기 위하여 고향과 가장 가까운 곳에 살고 있다고 했다. 허름한 차림의 소문난 알부자 할아버지의 사투리를 전부 알아들을 수는 없었지만 갈 수 없는 곳이기에 더 절절하게 가고 싶은 그 심정만은 조금 알 것도 같았다. '아바이촌'이라고도 부르는 그 마을 사람들의 억센 사투리는 두고 온 고향을 잊지 못하는 향수로 대를 잇고 씨앗을 퍼뜨려왔다. 청호동 사람들은 보통의 강원도 말보다 강한 어투로 함경도 사투리의 내력을 이어가고 있었다. 고향의 것이라고는 세 치 혀로 구사하는 고향 사투리밖에 없는 사람들. 그들에게 고향 사투리는 족보 같은 것이리라.

'저녁 잡샀시꺄?'. 한때 안방극장에서 사미자의 대사로 세간에 알려졌던 강화도 사투리를 백령도에 가서 들었을 때는 잠깐 어리둥절했었다. 지명과 위치가 정리되지 않아서였다. 그건 강화도뿐 아니라 경기도와 황해도의 섬 주변 사투리였던 것이다. 황해도 지방의 말투하며 음식을 만드는 방법 또한 북녘 문화에 속하지만, 국토의 잘린 허리로 인하여 백령도는 묘한 위치가 되었다.

같은 말이라도 각기 맛이 다른 사투리는 문화인 동시에 색깔이다. 통일감은 그 하나하나의 색깔들이 제빛을 충분히 발하여 조화를 이루었을 때 더욱 아름답고 장엄할 것이다. 사회적인 분위기 때문에 철없이 삼켜버린 고향 사투리였다. 말 못하는 짐승들도 그 지방의 사투리에 길들여지면 다른 지방의 방언을 알아듣지 못한다는 말을 들었다. 십여 년 전, 집안 사정으로 귀향하여 한동안 살면서 고향 사투리를 잔뜩 묻혀왔다. 왠지 어색하고 딱딱한 분위기를 자연스럽게 바꾸는 데는 사투리가 제격이다. 텔레비전이 통일시켜 버린 언어의 획일은 문자로 충분할 것 같다. 젊지도 늙지도 않은 우리 세대는 사투리 특유의 리듬과 표준어가 다하지 못하는 틈새의 표현들을 살려 마땅하다. 사투리 보존위원회 같은 걸 만들어서라도 말이다.

최희명

• 2006년 시
• 시집: 『밥차리미 시인의 가을』, 『청소골 편지』
• 전북도민일보 신춘문예 수필 당선
• 수필집 『간 맞추기』
• 웅진문학상 소설 당선
• a01034715680@gmail.com

콩트

류미연

그 순간 나는

류미연

은행 문을 열려다 손잡이를 놓았다. 문이 몇 번 앞뒤로 움직일 때 뒷사람이 반작용을 이용해 유리문을 힘차게 열고 들어갔다. 그 사람이 어깨를 가볍게 쳤을 때 휘청거리는 걸 참으려고 다리에 힘을 줬지만, 옆으로 몇 발짝 잔걸음을 뗄 수밖에 없었다. 개의치 않았다. 아니, 그런 것에 감정을 소비할 만큼 여유가 내겐 없었다. 나는 돌아서 몇 걸음 옮기다 은행 계단에 걸터앉았다. 어떤 의지가 있어서 하는 행동이 아니었다. 양지가 바른 곳이었다. 내리쬐는 볕이 봄이 오고 있음을 알리고 있었다.

나는 운동화 코를 쏘아보았다. 달리 볼 것이 없었다. 감색 운동화가 낡아 곧 천이 터질 것 같았다. 그것을 감싼 고무는 반질거렸고 때가 타서 거의 회색에 가까웠다. 나는 발가락을 꼼지락거렸다. 엄지발가락이 운동화를 뚫고 나올 것 같았다. 유난히 큰 엄지발가락은 양말이나 운동화를 빨리 닳게 했다. 어릴 때부터 그것이 불만이었지만 나의 키가 크면 저도 자라났다. 바람이 불어 머리카락이 아무렇게나 흩어졌다. 나는 그대로 두었고, 앞으로 쏟아 내려진 머리카락이 눈을 가렸다. 그랬음에도 내가 신은 운동화는 눈앞에 있었고, 쏟아진 머리카락이 나를 모두 가린듯해서 편안했다. 사람들이 옆으로 계단을 올라가거나 내려가는 것을 느낄 수 있었다. 이들은 무슨 일로 은행 문을 이렇게 자유롭게 드나들까, 이런 생각들을 했다.

어젯밤 아버지는 마지막 서류를 내게 건넸다. 나는 말없이 받았다.

"이자는 네가 갚고 원금은 졸업 후에 갚아도 된다니 네가 알아서 해라."

나는 안도의 한숨을 삼켰지만 왠지 눈물이 고였다. 눈물을 삼키느라 입을 비죽거리며 몇 가지의 서류가 든 봉투에 그것을 함께 넣었다. 그리고 준비된 서류로 대출을 받았다. 내가 안고 있는 갈색 비닐 가방 속에는 그 돈이 들어있다. 나는 병아리의 부화를 꿈꾸는 암탉처럼 가슴으로 그것을 다잡아 품었다.

한 달 전, 집이 팔리고 이사 날이 정해졌다. 하필이면 그날 밤 나는 대학 진학을 아버지께 얘기했고, 아버지는 다짜고짜 내 귀때기를 내리쳤다. 더 이상 미룰 수 없었다. 등록 마감일이 다가오고 있었기 때문이었다. 귓속이 먹먹했다. 눈물을 흘렸을까. 이, 삼분의 시간조차 길게 느껴지는 때가 있는데 그때 그랬던 것 같다. 당황스럽고 길게 느껴졌던 그 순간은 기억조차 갉아먹는가 보았다.

나는 방문을 열고 아버지, 라고 했는지 문을 두드리며 아버지라고 했는지 생각을 더듬었다. 쓸데없는 회상이었다. 그런데도 이상하게 나의 기억은 한 달 전으로 달아나고 있었다. 행복이나 단란함, 즐거움 같은 것은 내게는 사치의 감정이었다. 그렇다고 해도 맞기까지 해야 하나 싶었고, 본 사람도 없는데도 그 순간이 창피했다. 바람이 쏟아낸 머리칼을 훔쳐 귀 뒤로 넘겼다.

자다 일어난 아버지는 내 말이 날벼락이라도 되는 듯 분노했다. 내 따귀를 내리친 아버지가 조용히 직장 생활하다 결혼이나 하지 쓸데없는 짓 하냐고 당장 이 집에서 나가라고 소리쳤다. 맞다. 난 그때 소리 내어 울었다. 왼쪽 뺨이 얼얼했고 귀가 멍멍했다. 하지만 아파서 운 건 아니었다.

눈물 너머 흐리게 보였던, 아버지가 밀쳐 낸 이불과 요를 딛고 섰던 힘줄 선명한 발등. 엄지발가락이 유난히 큰, 두꺼운 아버지의 발이 생각난다. 나는 이젠 전혀 아프지 않은 왼쪽 뺨을 감싸 쥐고는 운동화 속에서 엄지를 습관처럼 꼼지락거려 본다.

어디서 날아왔는지 벌 한 마리가 내 운동화를 기어오르고 있다. '이렇게 이른 봄에도 벌이 나오나,'라 생각하며 지켜보았다. 벌은 꿀 한 방울도 얻지 못했는지 내 운동화 위를 오르다 굴러떨어졌다. 안간힘을 다하는 것 같았다. 하긴 아직은 이월인데 꽃이 피려면 한참 있어야 할 시기였다. 꽃이 폈는지 보고 오마, 라며 겨우내 움츠렸던 날개를 호기롭게 펼쳐 보였을 것이다. 하지만 차가운 바람에 길을 잃고 낙오된 철없는 놈일 수도 있었다.

운동화를 기어오르다 떨어질 때마다 벌의 몸통은 둥글게 말렸다. 몸에 난 털이 모두 일어서고 여섯 개의 발을 버둥거렸다. 그러면 벌의 뒤집혀 진 몸통이 바로 세워졌고 그건 기적처럼 보였다. 나는 벌이 더 많은 기적을 시도하길 기대했다. 그래서 내 발등에서 비행을 시작하길 바랐다. 날기를 시도하는 벌을 보며 나의 날아보기는 어떤 것일까를 생각했다. 어쩌면 나도 길을 잃은 이것처럼 철딱서니 없는 짓을 해보겠다는 건 아닐까.

버둥대다 몸을 바르게 하면 벌은 날개를 가다듬듯 몇 번 비벼댔다. 그것이 정말 기적이라도 되듯. 투명한 날개엔 가느다란 선들이 얽혀 있었는데 그것이 실핏줄처럼 돋아나 붉게 변하는 것 같았다. 내 낡은 운동화를 비행을 위한 활주로쯤으로 생각하는 걸까. 아니면 조금이라도 높은 곳에서 날아봐야겠다는 놈의 의지일까. 나는 벌을 집어 손바닥 위에 올렸다. 벌의 몸통이 가슬가슬했다. 몸속에 남아있는 모든 액체를 쓰고 난 후의 말라버린 껍질이라는 생각이 들었다.

"아가씨, 일어서 봐요. 흠, 흠, 거긴 내 자리야.".

행색이 추레한 노인이 자리를 비켜 달라고 했다. 그가 입고 있는 패딩 점프는 흘려보기에도 겨우내 벗지 않았다는 것이 느껴졌다.

"이 시간엔 여기가 젤 따뜻해. 은행 볼일을 본 사람들이 동전을 던져주기도 하거든."

나는 마치 잘못이라도 있는 사람처럼 벌떡 일어나 죄송하단 말을 했다. 노인이 괜찮다며 활짝 웃었다. 마음대로 자란 콧수염 아래로 누런 치아가 보였다.

손바닥의 벌을 내려다보았다. 벌은 제대로 날아보려는 듯 다시 날개를 가다듬고 있었다. 계단 옆에 있는 사철나무가 먼지를 뒤집어쓰고도 가지 끝에서 노란 새순을 터뜨리고 있었다. 나는 사철나무 새 순 위에 벌을 올려놓았다. 바람을 등진 자세였다.

그 순간, 아버지를 더 이상 미워할 일을 만들지 말자는 생각이 났다. 은행 문을 힘차게 밀었다. 그리고 등록금접수라는 안내가 붙은 창구로 곧장 걸었다.

류미연

• 2017 소설
• 2022 경남신문 신춘문예 당선〈단편소설- 배웅〉
• ymy051@daum.net

소설

고승우
배선영
신재동
이진준
전경애

그와 그녀

고승우

"저희 결혼이벤트 회사는 전국 1천만 선남선녀를 대상으로 최적의 배필을 찾는 프로그램을 갖추고 있습니다. 이는 AI 인공지능으로 가동되는 최첨단 궁합 시스템이라 할까요?"

결혼 중매 회사 직원의 걸쭉한 목소리에 힘이 실려 있다. 그는 직원의 입에서 줄줄 쏟아지는 직업적 전문성에 조금은 주눅이 들었다. 직원은 자동기계의 마이크에서 나오는 기계음과 같은 목소리로 말을 이어갔다.

"21세기 최첨단 지식을 총집결해 만든 이 같은 새로운 배필 찾기 프로그램은 국내에서 가장 앞선 것으로 자부합니다. 특히 우리 고유의 맞선 전통을 현대화시킨 것이 우리 이벤트 사의 자랑입니다."

미혼인지 기혼인지 분간이 가지 않는 직원은 만남의 문화에 대해서는 자신이 최고 권위라는 것을 확신하고 있는 표정이다. 그런 탓인가, 범접할 수 없는 위엄마저 풍기고 있었다.

"요즘의 높은 이혼율은 컴퓨터 중매에 의해 개선될 수 있습니다. 컴퓨터는 인간보다 더 치밀하게 결혼 조건을 따져줍니다. 저희 이벤트 사는 전국에서 엄선한 미혼남녀 각각 5백만 명의 리스트와 미국에서 수입한, 배우자 선택 최신 프로그램을 갖춘 초정밀 소프트웨어를 갖추고 있습니다."

직원은 청춘사업도 투자한 만큼의 효과가 보장된다는 점을 특히 강조했다. 그는 망설이다가 비용이 가장 저렴한 맞선 방식을 택하기로 했다. 그가 신용카드로 결제하자 직원은 컴퓨터가 선정한 맞선 상대의 사진이 포함된 신상 명세서, 만날 날과 장소 등이 적힌 서류 몇 장을 건네준다. 직원은 예식장과 신혼여행지 알선 등이 포함된 패키지 상품에 특별 할인 서비스가 제공된다며 자세한 내용은 서류 속에 잘 적혀 있다고 설명했다.

'이번에는 괜찮은 아가씨가 나올까?'

그는 이벤트사를 뒤로 하고 자동차 소음이 붕붕 대는 거리로 나온다. 행인들이 바쁘게 오가는 모습을 보면서 이번에도 큰 기대는 말아야겠다고 생각한다. 그가 결혼이벤트 회사를 찾은 것이 이번이 처음이 아니다. 몇 차례 컴퓨터 중매를 경험했지만, 아직도 싱글이다. 컴퓨터가 소개한 상대는 직장, 부모 재산 정도 등에서 그와 처지가 엇비슷했다. 그러다 보니 '가난을 대물림하는 것 아닌가'라든가 '둘의 결합으로 경제적 여건 등이 전혀 나아지지 않을 것 같다'는 생각을 하게 되었다. 상대방도 그런 생각을 하는지 그에게 적극적으로 연락한 경우는 없었다.

'장가를 꼭 가야 하나? 나 혼자도 벅찬데 처자식을 책임지는 부담을 떠안아야 해?'

그는 결혼을 생각할 때마다 솔직히 자신이 없다. 오르지 못할 높은 벽 앞에 서 있는 것같이 막막하다. 자신이 너무 별 볼 일 없는 존재처럼 여겨진다. 그렇게 생각이 가라앉다 보면 어떤 때는 화가 치민다. 사회가 잘못돼 자신이 피해를 보고 있다는 생각 쪽으로 옮아가는 것이다. 그러면 사회를 원망하게 되고 부아가 치밀어 오른다. 주먹을 불끈 쥐면서 누군가를 패주고 싶다는 욕구가 치민다. 하지만 그것도 잠시 뿐 결국 자신을 탓하면서 자책하게 된다.

'하필 왜 이런 때 태어났을까?'

개천에서 용 난다는 말을 한때 믿었고 그 자신이 용이 될 것이라는 자신감을 가질 때가 있었다. 하지만 이젠 아니다. 개천이 모든 것을 빨아드리는 블랙홀이라는 것을 알게 된 것이다. 용이 될 놈은 태어날 때부터 용 새끼였고 3류 인생은 태어날 때부터 정해져 있었다. 그는 대학 졸업을 몇 번 뒤로 미루면서 발버둥 쳤지만, 취업은 뜻대로 되지 않았다. 그보다 잘난 젊은이가 너무 많았다. 좋은 직장은 다 그들 차지였다. 그는 서른 살로 넘어갈 즈음 마음이 급해져 적당한 중소기업에 만족해야 했다. 봉급이나 장래 전망이 다 맘에 들지 않았지만 달리 갈 곳도 없었다. 지금 수년째 출근하고 있다. 이래저래 걱정이 태산인데 부모님은 장가를 가야 한다고 서두르신다. 결혼하고 싶은 맘이 없는 것은 아니지만 처자식을 제대로 부양할 자신이 없다. 쥐꼬리 월급으로 살아간다는 생각만 해도 아찔하다. 다 갚지 못한 대학 등록금 융자 상환도 아직 끝나지 않았다. 그는 제대해 복학할 즈음 집안이 어려워져 학자금 융자를 받게 되었고 졸업하면서 수천만 원의 채무자가 되었다. 많이 갚았지만 아직 꽤 남았다.

결혼이벤트 회사가 지정한 날 약속된 시간에 그는 시내 k호텔 커피숍으로 나갔다. 이벤트사에서 지시한 대로 카운터 근방에서 컴퓨터가 뽑아준 전화번호의 버튼을 누른 뒤 커피숍 안을 쓱 훑어본다. 홀한 귀퉁이 테이블에 앉아 있는 한 아가씨가 손을 들듯 말듯 했고 그는 그것을 놓치지 않았다. 그는 그녀 쪽으로 다가가 정중히 미스 아무개가 아니냐고 물었고, 그녀는 엉거주춤 몸을 일으키면서 그렇다고 대답한다.

"안녕하세요?"

그녀에게 인사를 한 뒤 자리에 앉으면서 그녀 위아래를 스캔하듯이 살핀다. 그는 경력 소개장에 박힌 그녀의 사진이 실물보다 훨씬 예뻤다는 생각이 들었다. 그렇다고 밉상은 아니었다. 그녀의 학력은 꽤 괜찮은 편이었고 가정 형편 또한 중상이었지만 현재 무직이었다. 그에게 결혼 상대는 맞벌이가 최상이라고 생각하기 때문에 그녀가 실직 상태라는 것은 크게 맘에 걸리는 결격 사유였다. 이번 맞선이 썩 내키지 않았지만 이벤트사에 지불한 돈이 아까웠고 혹시나 하는 기대도 있었다. 그는 어깨에 힘을 주면서 입을 열었다.

"반갑습니다. 저는 A 중소기업 대리로 일하고 있어요."

"예, 반갑습니다."

그녀는 가볍게 답례를 한 뒤 날라져 온 커피잔으로 시선을 옮긴다. 그녀는 속으로 그에 대한 컴퓨터 자료를 떠올리며 그의 말과 행동을 세밀히 살피고 있다.

'나를 바라보는 표정이 왜 저 모양이냐? 어깨에 힘이 들어가 있잖아? 그러면 안 되지. 쯧쯧.'

첫인상이 중요하다는데 그의 표정이나 태도가 영 맘에 들지 않는다. 하지만 그녀의 표정에서 그런 감정 상태는 읽을 수 없다. 그녀는 그가 먼저 말할 때까지 침묵을 지키기로 맘먹으면서 창밖으로 시선을 돌린다.

'이런 자리는 항상 어색해. 무슨 말로 시작해야 하나?'

그는 분위기를 좋게 할 무슨 말을 하고 싶었지만 적당한 화제가 얼핏 생각나지 않는다. 그러다가 문득 아직 무직에, 장가도 못간 형의 모습이 떠올랐다. 그는 형에게 미안한 맘이 든다. 형은 고시 공부한다고 젊음을 책 속에서 소비하다가 실패를 거듭하자 결국 꿈을 접었다. 아직 직장도 없다. 게다가 형은 모태싱글이다. 이성 교제와는 담을 쌓았고 어머니가 어쩌다 여자 친구 있냐고 물으면 침묵하다가 횡

나가버린다. 때로는 '왜 그런 걸 물으시냐.'며 역정을 냈다. 어느 때부터인가 어머니는 형에게 여자 친구나 결혼에 대해서는 입을 닫았고 그에게 먼저 결혼하라고 다그치고 있다. 형을 자극하기 위해서라도 동생이 먼저 결혼하라면서 어머니는 그의 등을 떠밀고 있다. 그는 그런 어머니의 모습이 부담스럽고 형에게도 미안했다. 하지만 형님 먼저라는 식으로 뻗댈 수만은 없어 결혼이벤트사 문을 두드리고 있다.

　'얘야, 그 아가씨하고 궁합을 보니까 결혼은 하지만 그 뒤 잘해야 한다더라.'

　그는 전날 밤 퇴근했을 때 어머니가 동네 사주쟁이 집에서 본 궁합 얘기를 해주신 것을 생각했다. 그녀와 자신과는 괜찮은 궁합이라 하지 않았는가. 그는 그녀가 어쩌면 괜찮을지 모르겠다는 생각이 불현듯 치솟는다. 그녀에 대한 기대치가 조금 높아지면서 그녀를 향한 그의 감정이 부드러워진다. 그는 자세를 바로잡으며 목소리를 가다듬고 입을 열었다.

　"요즘 인기 있는 신부 후보는 약사나 교사, 공무원 순이라는데…"

　그는 자신의 말이 채 끝나기도 전에 '아차'했다. 생각하지도 않은 말이 입에서 불쑥 튀어나와 버린 것이다. 그는 당황스러워져 입을 다물었다. 그녀가 무직이라는 사실을 컴퓨터 서류에서 본 것이 맘에 걸린 탓일까. 순식간에 말이 튀어 나간 것이다. 그는 상대의 아픈 곳을 휘저은 것 같아 미안한 마음이 치밀었다. 하지만 어쩌랴, 이미 쏟아진 물인데. 그는 어색한 표정을 감추려고 커피잔을 들면서 그녀의 표정을 힐끗 살폈다. 그녀는 아무런 표정의 변화가 없었다. 그저 조용히 커피를 홀짝이고 있다. 그녀는 '누가 지금 무슨 말을 했나, 나 못 들었는데.'라는 식의 표정을 짓고 있었다. 그러나 그녀의 속은 그게 아니었다. 그의 말에 기분이 확 틀어져 버린 것이다. 세상이 이런 형편없는 남자가 있을까 싶었다. 인사 끝내고 한다는 첫 마디가 자기의 속을 긁는 말이라니. 그녀는 그가 무직이라는 것을 꼬집으면서 길게 갈 것 없이 끝내자는 말을 하고 있다고 생각했다.

'너도 마찬가지야. 너도 별 볼 일 없는 2등 인생 아니냐.'

그녀는 속이 부글부글 끓어올라 가슴을 진정시키려 애를 쓴다. 이런 식의 모욕은 요즘 들어 처음이다. 이런 버릇없는 노총각에게 팍 쏘아주지 않고 그냥 넘길 수 없었다. 그녀는 조용히 입을 열었다.

"네, 인기 있는 신붓감의 조건은 잘 말씀하셨어요. 그건 그렇고 요즘 인기 있는 신랑감의 조건은 잘 아시죠? 자기 능력으로나 부모덕에 넉넉한 경제력을 갖춘 건강한 남자라고 하대요. 전문 직업을 갖고 있어 명예퇴직 걱정 안 하고 부부가 여유 있게 여가를 즐길 시간을 많이 가질 수 있는 그런 남자라지요, 아마?"

그녀는 마치 책을 읽듯이 또박또박 말했다. 그녀의 목소리를 들으면서 그는 얼굴이 화끈거렸다. 그녀가 무슨 말인지 너무도 분명해서다. 너 별 볼 일 없는 남자야, 그런 주제에 나에게 무슨 소리냐 하는 면박이었다. 조금 전 한 모금 마신 식은 커피가 목줄을 타고 거꾸로 치달아 오르는 것 같다. 그것을 삭이느라 침을 꼴깍 삼키며 생각한다.

'내가 말을 좀 실수했다 해도 이렇게까지 말하는 건 심하지 않나? 그래, 나 별 볼 일 없어, 하지만 네 주제에 의사, 판사. 검사, 교수 등은 올려다보기 어려울걸?'

그는 속이 부글거리면서 한 방 날려야겠다는 생각이 굴뚝처럼 치솟는다. 하지만 화난 티를 내세는 안 된다. 그는 목소리를 부드럽게 가다듬으려 애를 쓰며 말했다.

"요즘 남성들이 맞벌이를 원하는 이유는 사실 합리적인 면이 있어요. 아시겠지만 여성들이 결혼 뒤에도 자기 발전을 시도할 수 있어서 좋지 않아요? 가정 경제에 도움이 된다는 거야 그다음 문제지만요."

그녀는 그가 무슨 말을 하는지 얼른 알아차렸다. 자신이 직업 없이 집에서 놀고 있다는 것을 계속 공략하려는 노림수였다. 첫 마디부터 자신의 약점을 찌르더니 거듭 같은 곳을 공격하며 펀치를 날리고 있는 것이다. 그녀는 그의 말꼬리를 이어 가듯 입을 열었다.

"당연하죠. 한 지붕 아래라 해도 역시 부부간에 추구하는 목표는 다를 수 있겠죠. 그러나 세상 변한 것을 모르는 남자도 많아요. 내조를 충실히 해서 남편을 출세시키려 노력하는 순정파를 기대하는 덜 떨어진 남자들이 아직도 있다니까요. 요즘 여성들이 가장 좋아하는 신랑감은 쓰리 에프를 갖춘 남자라는 것 아시죠?"

"쓰리 에프요?"

갑자기 던져오는 질문에 그는 순간 당혹스런 표정을 짓는다. 분명 어디서 들어본 것 같은데 그 의미가 얼핏 떠오르지 않는다. 자기와는 거리가 먼 최상급 신랑감 이야기라는 것은 분명했다. 그는 조금 망설이다가 풀죽은 목소리로 답했다.

"잘 모르겠는데요."

그녀는 당연히 그럴 줄 알았다는 표정으로 예쁜 입술로 또박또박 말을 시작했다.

"그건요. 오래전에 어떤 인터넷에서 보았던 말인데요. 돈과 시간, 일로부터 자유스런 그런 남자를 말해요. 영어로 말하면 free from money, free from time, free from work라나요."

그는 그녀의 말을 들으면서 둘의 만남은 이쯤해서 끝내야 하겠다는 생각이 들었다. 자기의 말실수가 화근이 된 것은 큰 실수였다. 하지만 그녀는 한술 더 뜨는 식으로 나온 것이다. 그녀가 말투만 점잖을 뿐 멱살 잡고 싸우자는 식의 반응을 보이고 있다. 그는 정나미가

십 리는 떨어졌다. 그는 손목시계를 들여다보면서 그녀가 들릴락 말락한 목소리로 중얼거렸다.

"이거 약속 시간이 다아 돼가네."

그러자 그녀도 핸드백을 추스르면서 말했다.

"아 선약이 있으신 모양이죠? 저도 다른 일이 있어 지금 일어나야겠어요."

"아, 그러세요?"

그는 이런 경우에 '좀 더 같이 시간을 보내야 하는데 유감'이라는 식으로 말하곤 했지만 오늘은 그러고 싶지 않았다. 둘은 서둘러 커피숍을 나와 목례로 작별 인사를 나눈 뒤 헤어졌다.

'흥 별꼴이야.'

'참 재수 없는 날이네.'

둘은 상대의 발자국 소리가 들리는 것조차 싫었다. 그들은 뒤도 돌아보지 않고 제 갈 길을 서둘렀다.

그 후 계절이 두어 번 바뀔 만큼 꽤 시간이 흘렀다. 그와 그녀가 그날의 짧은 만남을 까맣게 잊어버릴 만큼 긴 시간이었다. 그런데 우연이라고 치부하기 뭐한 일이 벌어졌다. 그와 그녀가 다시 만난 것이다. 둘이 만난 곳은 달리는 버스 속이었다.

"손님 여러분 다음 정거장에서 내리 실 분은 하차 준비를 해주시기 바랍니다."

가을의 정취가 하루가 다르게 짙어지던 토요일 오후의 버스는 승객들로 조금 혼잡했다. 그는 요행히 자리에 앉아 버스 기사의 안내 방송을 들으면서 눈을 감고 있었다. 퇴근길이라 전신이 나른하기도 했지만 서 있는 승객 보기가 민망해 자는 척하고 있었다. 도심을 달리는 버스 창안으로 무임승차한 햇볕은 그래도 꽤 열기가 느껴졌다. 한낮이 한 참 지난 시간 탓인지 점차 졸음이 밀려온다. 무거워지는 눈꺼풀을 이기지 못하고 졸기 시작했다. 그는 고개가 푹 숙여지면서 잠속에 빠져들 때마다 얼핏얼핏 꿈을 꾸었다. 그는 꿈속에서 부모님과 형님 등이 등장했다.

'아, 내가 꿈을 꾸었나.'

그는 졸다가 깨면 꿈의 내용이 무엇이었나 하고 생각해 내려했지만 잘 떠오르지 않았다. 잠깐잠깐 조는 사이에 꾼 꿈들이라 그런지 그 내용은 연결되지도 않고 종잡을 수가 없었다. 그렇다 해도 잠의 세계를 넘나드는 짧은 순간은 솜사탕처럼 무척 달콤했다. 그는 꿈인지 생시인지 구별이 안 되는 몽롱한 상태 속에서 버스가 가다 서다하는 것을 의식하고 있었다. 얼마나 지났을까. 그가 졸음을 쫓으려고 힘겹게 눈을 뜨자 여자 승객 한 사람이 가까이에 서 있는 것이 보였다. 절반쯤 떠진 눈꺼풀 사이로 옅은 물색 바지와 검은 물방울무늬가 점점이 박힌 상의가 얼핏 들어왔다. 젊은 여자 승객이었다. 그 승객이 팔을 올려 버스 손잡이를 잡은 탓일까. 위로 치켜 올려진 상의와 허리춤에 걸쳐 있는 바지 사이에 한 뼘쯤 공간이 생겼고 거기에 동그란 배꼽이 드러났다. 배꼽은 그녀의 팽팽한 뱃가죽 위에 자랑스럽게 자리 잡고 있었다. 그는 그 모습에 잠이 스윽 물러가는 것을 느낀다. 그는 자는 척 실눈을 뜨고 그 여인의 배꼽을 훔쳐본다. 배꼽 주인공의 얼굴로는 시선을 보내지 않았다.

'오늘 같은 초가을 날씨에 웬 배꼽티? 그건 그렇고, 다른 사람의 배꼽은 오목한데 네 배꼽은 어째 볼록하냐? 하지만 몸은 잘 빠진 아가씨네.'

그녀의 배꼽을 감상하다가 그는 자신이 몰카 범행을 저지르는 못

된 어른 망나니 같은 생각이 들어 눈을 얼른 감았다. 그는 한 번 더 보고 싶은 욕망을 누르다가 눈을 뜨고 창밖의 거리를 살피는 시늉을 하려 했다. 순간 버스가 갑작스럽게 속도를 줄이면서 물방울무늬들이 그 앞으로 확 달려들었다. 예쁜 배꼽도 빠른 속도로 그에게 덤벼든다고 느끼는 찰나 배꼽의 주인공이 중심을 잃고 그의 무릎 위로 무너져 내렸다. 그는 무의식중에 그녀를 부축하기 위해 팔을 뻗었다. 그런데 손바닥이 공교롭게도 그녀의 배꼽 위를 덮치고 말았다.

"아, 미안해요."

그와 그녀의 입에서 동시에 똑같은 말이 터져 나왔다. 두 사람 모두 상대방에게 실례했다며 사과를 한 것이다. 그는 쓰러지는 그녀를 부축한다는 것이 그만 그녀의 배꼽을 만진 꼴이 되고 말아 크게 당황했다. 그러나 동시에 그녀의 뱃살 감촉이 너무도 황홀했다는 느낌 또한 강렬했다. 그는 낯선 여인의 몸을 접촉해 생긴 미안한 감정과 손의 감촉을 통해 전달된 야릇한 느낌을 동시에 의식하면서, 그런 자신이 우스꽝스러웠다. 한편 그녀도 버스가 급정차하는 바람에 젊은 남자 승객의 무릎 위로 쓰러진 꼴이 된 것이 매우 무안했다. 그녀는 자신이 중심을 잃고 휘청하면서 화들짝 놀라는 바람에 남자의 손이 자신의 몸에 닿은 것을 거의 의식치 못했다. 둘은 서로 미안하다고 말하면서 상대를 바라보다가 시선이 마주쳤다.

'어, 어디서 봤더라?'

그와 그녀는 상대방이 낯이 익다는 생각을 동시에 했고 이어 '아' 하면서 서로를 알아보았다. 그는 어색하게 웃었고 그녀는 눈길이 잠시 허공을 헤맸다. 그는 엉거주춤 자리에서 일어나면서 '오랜만입니다'라고 인사를 건넸다. 그녀도 어색한 미소를 지으면서 들릴 듯 말 듯 '네, 안녕하세요.'라며 고개를 까닥했다. 그는 그녀에게 자리를 양

보했고 그녀는 웃으며 그 제안을 받아들였다. 둘은 우연한 만남을 신기해했다. 그와 그녀는 몇 마디 주고받은 뒤 버스를 같이 내렸고 찻집에 마주앉았다.

"오늘 날씨가 좀 뭐 했어요. 그렇지만 오늘은 배꼽에 바람을 좀 쐬려고 입고 나온 걸요."

그녀는 그가 가을인데 배꼽티가 괜찮으냐고 묻자 거침없이, 묻는 그가 이상하다는 듯 말했다.

"여성이 날씨 때문에 멋을 안 낸다는 건 상상키 어렵네요. 쌀쌀하다고 움츠러들면 어떻게 해요? 아름답게 보이려면 대가를 치러야 해요. 쉬운 일은 없잖아요."

그녀는 남 눈치 안 보고 살아가는 인생이 제일 멋지다고 강조했다. 그녀는 그가 허물없이 지내는 사이나 되는 것처럼 자연스럽게 이야기를 했다. 그녀는 어떤 면에서는 그보다 더 적극적이고 활달한 성격을 지니고 있었다. 그런 그녀의 모습이 그는 좋았다. 그들은 그날 시간 가는 줄 모르고 많은 이야기를 나눴다. 밤늦어서야 둘은 다음 데이트를 약속하고 헤어졌다. 그 뒤 그들의 만남은 여러 차례 더 이뤄졌고 그들의 관계도 빠르게 진전되었다. 둘은 거듭된 만남을 통해 장래를 같이 할 수도 있을 것 같은 예감을 자연스레 나눠가졌다. 그들은 서로의 모든 것을 확인하기 위해 1백 일째 만난 날 잠자리를 같이했다. 그도 그녀도 그것을 처음 치르는 예식이 아닌 것은 분명했다. 둘은 거기에 대해 별다른 관심도 보이지 않았다. 그렇게 하는 것이 요즘 세태라는 것을 익히 아는 듯한 태도를 서로에게 무언으로 확인시키려 했다. 한번 큰 행사를 치른 뒤 그들은 모텔이나 작은 호텔을 드나드는 일이 잦아졌고 침대에 같이 누울 때마다 격렬한 애정교환이 뒤따랐다. 어느 날 그녀가 땀에 젖은 얼굴을 그의 가슴에 얹은 채 손가락으로 그의 젖꼭지를 가볍게 문지르면서 나직이 말했다.

"우리 결혼한 담에 말이지, 자기 내말 안 들으면 아침밥은 안 해줄 거다."

"그게 무슨 말이지?"

그는 아직 호흡이 가다듬어지지 않은 목소리로 물었다.

"얼마 전에 페이스북에서 본 건데 자기에게 꼭 읽어주고 싶었거든. 잠깐 기다려봐."

그녀는 침대를 빠져나가 자기 핸드백에서 핸드폰을 꺼내더니 냉큼 시트 속으로 들어왔다. 그녀는 그의 팔을 베개 삼아 누운 뒤 핸드폰 속의 자료를 읽기 시작했다.

"자알 들어봐. 그대로 읽어볼게. 우리 사회의 침대문화 변혁의 현주 소를 실감케 하는 사례가 있다. 이 시대의 부부라면 가정의 평화를 위 해 반드시 알아야 할 필수 사항이 바로 이것이다. 얼마 전 서울의 한 재판부는 주당 3, 4회의 관계를 주장하다 이혼소송을 제기한 32살 주 부의 청구를 받아들였다. 이 주부보다 몇 살 더 연상인 남편은 법정에 서 달력에 표시까지 해가면서 주 1회의 관계를 유지하는데 혼신의 노 력을 다했다고 주장했지만 패소한 것이다. 재판부는 판결문에서 부 부는 상대방의 부부관계 요구에 대해 성실하게 응할 의무가 있으며 남편은 부인의 요구를 건설적인 방법으로 해소시켜주지 않은 책임이 있다고 밝혔다. 패소한 남편은 피곤한 탓으로 밤일이 제대로 안 되었 을 경우 다음날 아침밥을 얻어먹지도 못했다고 말해 이시대 남성의 비극적인 모습을 적나라하게 드러냈다. 다 읽었어. 잘 들었어, 자기?"

그는 몽롱하던 머릿속에서 서늘한 바람이 휘잉 일어나는 느낌이 들 었다. 이게 무슨 소리인가? 아침밥 못 주겠다는 것은, 결혼 후 침실 생 활에 대한 조건 제시가 아닌가? 벌써 예비 신부의 선전포고인가? 그가 침묵을 지키자 그녀가 말을 잇는다.

"자기 확실히 알았지? 침실문화는 여성이 주도하는 거야. 앞으로 내 말 잘 들어야 해. 우리의 평화를 위해서 말이지. 나 앞으로 달력에 꼭 표시할 거다. 자기를 의심해서 그런 것은 아냐. 달력 표시는 우리가 서로의 애정을 확인하면서 불필요한 충돌을 예방할 수 있게 해줄걸로 믿어, 나는."

그녀는 말을 마치고 그의 눈을 빤히 들여다보며 까르르 웃었다. 그 눈빛에는 '너 이혼 당하지 않으려면 반드시 의무방어전을 이행해야할 거야.'라는 메시지가 담겨있었다. 그는 눈을 지그시 감으면서 입가에 웃음을 띠려고 애를 썼다. 그러나 그의 표정은 묘하게 일그러지고 있었다. 갑자기 회사 팀장이 생각나면서 기분이 더욱 가라앉았기 때문이다. 며칠 전 팀장이 퇴근 시간 무렵 그의 자리로 와서 한 말이 생각나면서 머리가 지끈거렸다.

"정리해고가 임박했는데 명퇴를 신청하면 석 달 치 월급을 더 준다는데, 당신 생각은 어때?"

팀장은 말을 마치고 그의 얼굴을 빤히 바라본다. 그는 뒤통수를 망치로 두들겨 맞은 것 같아 아무 말도 못 하고 멍하니 서 있었다. 그는 최근 회사 돌아가는 분위기가 심상치 않다고 느꼈다. 하지만 자신에게 그런 최후통첩이 올것이라고 생각지 않았었다. 그래서 충격이 더욱 컸다.

"저 열심히 일했잖아요? 정말 몸이 망가질 정도로 회사를 위해 일했는데…"

그가 당황해서 말을 더듬거리자 팀장이 비웃는 표정으로 말했다.

"이 사람아 회사에 몸 바쳐 일하지 않는 사람이 어디 있어? 모두 다

마찬가지야. 나도 언제 이 회사 떠날지 모른다고, 자네 위로금 3개월 더 준다니 잘 생각해 보게."

팀장은 자기 말만 하고 홱 등을 돌려 가버린다. 그는 우두커니 서서 팀장의 뒷모습을 바라보다가 털썩 의자에 주저앉았다. 가슴 속에서 분노와 놀라움 그리고 서글픔이 동시에 끓어올랐다. 실업자라는 세 단어가 그의 눈앞에서 명멸하면서 동시에 그녀의 얼굴이 떠올랐다. 그가 씩씩거리며 자리에 앉자 옆자리 직원들이 그의 눈치를 보다가 슬금슬금 사무실을 빠져나갔다. 팀 원 중에서 그만 정리해고 대상이라는 말이 돌아다니면서 다른 직원들은 그와 말을 섞는 것도 피했다. 시간이 흐르면서 그는 외톨이가 되어 버렸다. 그는 그 팀장과 몇차례 실랑이를 하다가 포기했다. 그는 연말에 회사를 정리하겠으니 그때까지 휴지 처리를 부탁한다고 말해버렸다. 팀장은 회사가 석 달 후 그를 정리 해고하는 방안을 검토키로 했다고 전해주었다. 팀장의 얄미운 표정을 생각하면 주먹으로 한 대 갈기고 싶었고 지금도 마찬가지다. 그는 그녀가 아침 식사 제공의 조건을 말할 때 하필 회사 팀장의 얼굴이 떠올랐을까를 생각니 그녀에게 미안했다. 그는 얼른 고개를 이불 속에 파묻자 그녀가 물었다.

"자기 무슨 생각해?"

"아니, 아무 것도 아냐."

그녀가 눈꼬리가 올라간 표정으로 그에게 묻자 그는 얼버무리다가 그녀의 가슴에 얼굴을 묻었다. 그러면서 내뱉듯이 그녀에게 말했다.

"우리 곧 결혼하자."

그가 그녀에게 두 달 뒤 결혼하자고 제의하자 그녀는 두 눈을 동그랗게 뜨면서 놀란 표정을 지었다. 그녀는 어찌 그리 급하게 할 수 있느냐며 손사래를 쳤지만 밀어붙이는 그의 기세에 결국 동의했다. 그날 이후 둘은 무척 바빠졌다. 우선 결혼식장부터 구해야 했다. 둘은 밤낮으로 인터넷을 뒤져 혼인 예약이 취소된 곳을 찾아내 계약하는 데 성공했다. 그리고 시 변두리에서 한참 먼 곳에 신혼집을 사글세로 계약했다. 그는 결혼을 서둘러 준비하면서 그녀는 물론 어느 누구에게도 자신이 정리해고 대상이라는 이야기를 하지 않았다. 특히 그녀에게 엄청 미안했지만 결혼과 구직을 동시에 알아보면 될 것 같았다. 아무리 청년 실업이 심각하다 해도 자기는 경력직으로 취업이 될 것 같은 생각이 들었다.

'결혼이 3개월 남았으니 그 이전에 새 직장이 나설 거야.'

그는 자기를 정리 해고하는 회사 따위는 빨리 청산하고 좋은 직장에 취직해 그녀와 행복하게 살고 싶었다. 잘하면 두 마리 토끼를 한 번에 잡을 수 있을 것 같았다. 형보다 먼저 결혼하는 것이 미안했지만 자기가 먼저 결혼하면 행도 분발할 것이라 생각했다. 그렇게 하는 것이 부모님께도 효도하는 것이라며 자신을 달랬다. 그는 결혼 준비를 서두르면서 매일 구인 광고를 샅샅이 뒤지고 있다. 될 수 있다면 회사가 자기를 정리해고하기 전에 새 직장으로 버젓이 출근하고 싶었다. 그렇지만 취업난이 더욱 심각해진다는 보도가 줄을 이으면서 그의 불안감이 엄청 커지고 있다. 때때로 숨이 막힐 만큼 고통스러웠지만 아무에게도 말 못하고 혼자 새김질을 해야 했다. 그녀는 그런 사실을 까맣게 모른 채 결혼식 날을 손꼽아 기다린다. 그런 그녀에게 그는 너무 미안해, 발바닥에 땀이 나도록 열심히 뛰고 있었다. 몇 군데서 면접을 보러 오라 해서 다녀왔지만 애프터는 없었다.

"신혼여행이요? 이건 간단한 것이 아닙니다. 2세가 좋은 곳의 정기를 받아야 세계를 호령할 인재가 태어날 것 아닙니까? 사랑의 열매인 아들딸이 삼천리 금수강산의 정기만 받아서는 안 됩니다. 세계에서 가장 강한 땅기운과 물기운을 받고 태어나야 합니다. 그래야 2세가 세계를 호령할 강력한 경쟁력을 지니게 됩니다.”

이벤트사 직원은 정말 청산유수다. 예식장과 패키지 상품으로 묶여 있는 신혼여행은 동남아와 유럽에서 즐겨야 한다고 그와 그녀에게 열심히 권하고 있다.

“과거 우리 어른들은 어디로 신혼여행을 갔습니까? 설악산, 한라산 쪽으로 신혼여행을 갔었지요. 그래서 오늘날과 같은 똑똑하고 잘생긴 신세대가 다수 배출된 겁니다. 그러나 앞으로 삼천리 금수강산의 테두리를 확 벗어나야 합니다. 우리 어린이들이 동남아나 유럽의 유명 관광지 정기를 타고 태어나야 합니다. 그래야 우리의 미래가 보장됩니다.”

이벤트사 직원의 설득에 저항할 수는 없었다. 그와 그녀는 결국 동남아행 티켓 을 예약했다. 그녀는 그에게 아쉬운 시선을 보내면서 말했다.

“우리 첫 아이는 남태평양의 짙푸른 바다, 감미로운 해풍의 정기를 받고 태어날 거야. 하지만 스위스가 훨씬 좋았을 텐데 아쉽네. 우리 2세가 알프스산맥의 그 웅장한 기백을 받고 태어났어야 하는 건데.”

그는 다음에 유럽에 가서 정기를 받자고 말하면서 그녀를 달랬다.

“우리 애들은 몇 명이나 낳을까?”

그녀가 묻자 그는 얼른 대답하지 않자 그녀가 “둘이나 셋?”하며 웃는다. 그는 속으로 결혼식 이전에 새 직장을 잡을 걱정이 태산이라서 아무 말도 할 수 없었다. 그의 검게 타들어 가는 속마음을 까맣게 모르는 예비 신부는 첫 아이가 자기를 닮은 딸이었으면 좋겠다면서 또 혼자 웃는다.

“당연히 화장해야지. 무슨 말씀이야? 결혼사진을 화장 안 하고 찍는다고? 말이 안 돼. 어떻게 그런 야만적인 생각을 하지?"

"아니. 꼭 그걸 해야 해?"

결혼 날짜가 한 달 앞으로 다가오면서 둘은 예식장에 걸어둘 결혼 사진 찍는 행사를 하러 미용실에 들렀다. 그녀의 화장을 위해 간 것인데 그녀는 그에게 화장을 당연히 해야 한다고 다그쳤다. 하지만 그는 화장은 하고 싶지 않았다. 우선 화장품 냄새가 비위에 맞지 않았다. 콧속과 입안이 온통 비릿해지는 것이 싫어 평소에 그는 화장품을 일체 사용치않고 지내왔다. 그는 장황하게 그녀에게 화장을 안 하는 이유를 설명했다. 하지만 그것이 다는 아니었다. 회사 팀장 탓도 컸다. 팀장은 회사가 그를 연말까지 봐줄 것이라고 전해주었지만 회사는 그런 사실이 없다며 언제 사표 쓸 거냐고 하루가 멀고 다그치고 있어서다. 팀장이 거짓말을 했는지 회사가 그런지 알 수 없었다. 이날도 인사과로부터 전화를 받고 난 뒤라 그의 기분은 최악이었다. 한껏 속이 뒤집혀 있는데 몇 시간 동안 꼼짝못하고 앉아 화장을 해야 한다는 것이다. 그녀가 강권하다시피 사정하는데도 그는 요지부동이다.

"화장은 필수라니까."

그녀가 일생에 한 번 뿐인 결혼사진이라며 그를 설득하려 애를 쓴다.

"남는 것은 사진뿐이야. 우리에게 영원히 기념이 될 결혼사진을 작품처럼 찍어 놓아야 한다니까. 다른 것은 생각하지 마아. 남자가 무슨 화장이냐고 큰 소리 치는 사람이 어디 있어? 당신 간 큰 남자야? 자기 정말 그렇게 꽉 막힌 사람인지 몰랐어. 정말."

그녀의 표정이 험악해지고 있었다. 폭발 직전의 모습이다. 그래도 그는 화장을 할 맘이 생기지 않는다. 결혼식 이전에 새 직장을 잡아야 한다는 생각이 온통 머릿속을 가득 채우고 있다. 그는 회사 인사과에서 그의 책상을 뺐다는 말을 전해 들었을 때 받은 충격의 여운에 시달리고 있었다. 몇 년 동안 한솥밥 먹은 회사가 그럴 수가 있나 하는 서운하고 분한 마음을 주체하기 힘들었다. 하지만 그는 결혼을 마칠 때까지는 사표 쓰지 않고 버틸 생각이었다. 사표를 쓰고 결혼식을 한다는 것은 정말 비참할 것 같았다. 그는 회사 어느 누구에게도 결혼 사실을 알리지 않았다. 회사가 정나미가 떨어진데다 결혼 예정을 알리면 회사 직원들이 정리해고 대상인 주제에 웬 결혼이냐고 비웃을 것이 뻔했다. 결혼을 할 입장이니 봐달라는 비굴한 모습으로 비춰질지 모른다는 생각이 들면서 절대 알리지 않겠다고 맘을 굳혔다. 그가 피가 마를 정도의 초조한 날을 보내는데 결혼사진 찍는 날이 닥쳤고 그녀가 그에게 화장을 하라며 닥달하고 있는 것이다.

"자기 정말 내 말 안 들을 거야?"

그녀의 목소리가 칼 소리가 되어 귀에 꽂힌다. 그는 더 버티기 힘들 것 같았다. 정리해고 문제를 그녀에게 비밀로 하면서 큰 죄를 짓고 있는 판에 그녀의 작은 소원을 들어주지 않는 것은 잘못이라 생각하니 더 거부할 수가 없었다. 그는 결국 그녀에게 등을 떠밀려 미용사에게 얼굴을 맡기고 말았다.

드디어 둘이 결혼하는 그날이 왔다. 일가친척과 친구들의 뜨거운 축복 속에 그와 그녀는 결혼식을 올렸다. 그의 회사에서는 아무도 오지 않았지만 특별히 그것을 신경 쓰는 사람은 없었다. 그는 회사 직원들의 축의금을 못 받는 것이 아쉬웠지만 새 직장을 구하지 못하고 식을 올린 것에 맘이 무척 무거웠다. 그녀에게 너무 미안하고 죄스러웠다. 신랑, 신부 입장이 끝나고 주례가 말씀하는 차례가 되었다. 결혼 이벤트사 전속 주례인 만큼 말솜씨도 예사롭지는 않았다.

"가정은 소중히 여겨야 할 유리그릇 같은 것입니다. 유리그릇을 함부로 다루다 보면 깨지듯이 가정도 아차 하는 사이에 그렇게 될 수 있습니다. 부부간은 촌수가 없습니다. 가장 가까우면서도 헤어지면 남남입니다. 부부간의 미움은 사랑하는 열기에 비례합니다. 사랑한 만큼 미워지는 것입니다. 그렇다고 덜 미워하기 위해 사랑을 하지 않으려고 노력하는 것은 현명한 일이 아닙니다. 사랑과 미움은 우리 손바닥, 손등과 같습니다. 그래서 이리저리 뒤집을 수 있습니다. 사랑할 때 서로 조심하면서 사세요. 그것이 행복을 상한선까지 유지할 최선책입니다. 둘이 검은 머리가 파뿌리가 되도록 행복하게 살아야 하고 그러기 위해 항상 노력해야 합니다."

주례사는 길지 않았고 신랑 신부는 행복한 미래를 위해 행진하면서 결혼식이 끝났다. 피로연이 끝나고 하객들은 모두 집으로 돌아갔다. 신랑 신부의 가까운 친구 몇 명이 공항까지 그들을 배웅했다. 비행기가 수평선 위로 사라지는 것을 본 하객들은 발길을 돌렸다. 신랑신부는 들 뜬 듯 비행기에 올랐다. 기내에는 신혼여행을 가는 신혼부부 몇 쌍이 눈에 띄었다. 그와 그녀는 누가 보아도 갓 결혼식장을 나선 신혼부부처럼 보였고 주변 승객들이 축하한다는 덕담을 건넸다. 둘은 "고맙습니다."로 답례하면서 기쁜 표정을 지었다. 그때 한 중년 남자가 자기 자리를 찾으려 두리번거리다가 그와 눈길이 딱 마주쳤다. 회사의 팀장이었다. 팀장은 놀란 눈빛으로 그를 바라보며 입을 열었다.

"자네 결혼했나? 왜 회사에 연락도 안했어? 나도 몰랐잖아."

"예, 그게 그러니까."

그가 더듬거리자 팀장이 물었다.

"자네 재주 좋네. 훌륭한 신부를 맞이하고 좋은 직장도 구한 모양이지?"

그는 팀장의 질문에 말문이 막힌 듯 아무 소리도 하지 못하고 얼굴이 흙빛이 된다. 팀장은 자기 자리를 찾는 것이 바쁜 듯 눈길을 옮기면서 건성으로 말했다.

"축하해요. 좋은 직장 구하고 결혼했으니 행운이 겹쳤구만."

말을 마친 팀장은 스튜어디스의 안내를 받아 급히 가버린다. 그는 팀장의 뒷모습을 바라보며 엉거주춤 자리에 앉는다. 그러자 그녀가 놀란 얼굴로 그에게 물었다.

"아니, 그 분 무슨 말을 하는 거야? 자기 새 직장 구했다는 것 말이야."

그녀의 질문에 그는 얼굴 표정이 더욱 흙빛이 되면서 머뭇거렸다. 그는 그녀의 눈빛을 피하면서 쩔쩔맨다.

"그, 그게…"

그때 기내 안내 방송이 "승객 여러분은 이륙 준비를 해주세요."라고 알렸다. 그는 입을 다문 채 좌석 벨트를 조이려는데 잘 안되는 듯 고개를 숙이고 손을 놀린다. 손이 떨리는 것을 주체하기 어려웠다. 그 모습을 그녀가 놀란 토끼눈이 되어 바라보며 질문을 계속한다. 그가 계속 침묵하자 그녀의 표정이 험하게 변하면서 눈빛이 사나워진다. 그는 계속 좌석 벨트를 잡고 씨름하고 있다. 그녀는 주변 승객의 눈치를 살피다가 질문을 멈춘다. 둘 사이에는 무거운 침묵이 흐르고 비행기가 이륙을 시작한다. 그는 비행기 엔진소리가 무척 크게 들린다고 생각하며 눈을 감는다.

"부아앙~~"

그와 그녀가 신혼여행을 떠난 뒤에도 시간은 흘러 겨울이 깊어 가면서 연말이 다가왔다. 크리스마스와 새해맞이를 앞두고 거리는 흥청거렸다. 모두가 바쁘고 들뜬 분위기처럼 보였다. 저녁 퇴근 시간 무렵 그가 그녀와 자주 다니던 거리에 나타났다. 그는 혼자였다. 신혼의 모습과 분위기는 찾아볼 수 없었다. 어깨가 축 늘어진 채 휘적휘적 걸음을 옮기고 있다. 손에는 구인 광고가 실린 전단을 들고 있다.

'직장을 구해야 할 텐데.'

그는 혼잣말을 하면서 오가는 행인들을 바라본다. 그와 비슷한 연배의 젊은 남녀들이 큰 건물 출입문에서 쏟아져 나온다. 모두 활기찬 모습이다. 희망찬 새해를 맞을 연말 분위기에 들떠 있다. 그는 그들의 기세에 눌린 듯 큰 빌딩 옆으로 뚫린 골목 안으로 들어간다. 그리고 가로등 불빛이 미치지 않는 곳을 찾아가서 가만히 서 있다. 연인한 쌍이 그를 힐끗 보더니 종종걸음으로 스쳐 지나간다. 그는 장승처럼 서 있다. 눈가에 이슬이 맺히면서 고개를 푹 숙인다. 하늘에서 겨울비가 한두 방울 내리기 시작했다. 가로등 불 속으로 떨어지는 빛줄기가 점차 굵어진다. 그는 비를 맞으며 오래 어둠 속에 서 있다가 골목의 어둠 속으로 사라져 갔다. 그가 들고 있던 구인 광고 전단이 비내리는 골목 바닥에 나뒹굴고 있었다.

고승우

- 2018년 소설
- 언론사회학 박사
- konews80@daum.net

Do u miss me?

배선영

　장마와 함께 찾아온 무더위가 잠시 소강상태에 접어들 무렵, 그날 아침은 단 하루뿐이었지만 가을이 찾아왔다. 나는 여름 내내 굳건히 닫혀있던 작업실의 큰 창문을 열어젖혔다. 에어컨 필터를 통해 실내 순환을 무한 반복한 공기가 너무 건조해 입안이 갈라질 지경이었다.

　창을 열고 오랜만에 맛보는 자연 바람의 신선함을 목과 이마에 느끼려는 순간, 커다랗고 검은 물체가 휙하니 날아들었다. 너무 급작스러운 일이라 놀랄 틈도 없이 무엇인지 살펴보니 그건 비둘기였다.

　어디서나 볼 수 있는 흔한 새 한 마리, 비둘기라는 것은 알지만 암컷인지 수컷인지도 분간할 능력이 되지 않는 나로선 더 생각할 것도 없이 이 작지 않은 크기의 무단 침입자를 창밖으로 쫓아내야 했다. 그러나 그 일은 결코 쉽지 않았다.

　대충 손에 잡히는 대로 양손에 책과 우산을 들고 비둘기를 몰아냈지만 녀석은 창이 아닌 쪽으로만 계속 날아다녔다. 더구나 눈앞에서 퍼드득거리는 비둘기의 날개짓은 생각보다 훨씬 위협적이어서 나는 비둘기가 아니라 꼭 독수리를 쫓아내는 것 같은 기분이었다.

　어설픈 내 손놀림을 비웃는 것처럼 작업실 곳곳을 유유히 날아다니던 비둘기는 마침내 컴퓨터 키보드 앞에 안착했다.

　"그건 안돼!"

　컴퓨터는 조금 전 종합편집을 끝낸 광고동영상 최종본의 랜더링을 돌리는 중이었다. 자칫 비둘기가 키보드를 건들기라도 해서 잘못된다면 며칠 치의 작업 분량이 사라지는 것이다.

비둘기가 사람 말을 알아들을 리 없지만 절박한 내 외침이 통했는지 녀석은 목을 뱅그르 돌려 나를 힐끔 보고 눈을 한번 깜빡했다. 그리고 아무 일도 없었던 것처럼 날개를 펼쳐 창밖으로 휘리릭 날아갔다. 그렇게 쫓을 때는 꿈쩍도 않더니 잠시 멍한 기분으로 비둘기가 날아간 파란 하늘을 눈으로 쫓았지만 녀석은 흔적도 보이지 않았다. 말없이 사라진 여자 친구와 똑같이.

/어디 좀 다녀올게. 찾지마./

그녀는 어디로 갔는가? 처음 며칠은 늘 그렇듯 짧은 여행을 떠났다고 생각했다. 내가 편집작업에 들어가면 최소 이틀은 밤낮없이 작업실에 틀어박힌다는 것을 알고 있으니 그녀도 종종 말없이 사라졌다. 하지만 일주일째 연락되지 않자 그녀가 남긴 쪽지를 유심히 살펴보게 됐다.

어디 좀 다녀온다더니 '어디'가 어디지? 전화는 꺼져있고 카톡도 읽지 않았다. 일단 잠수타면 연락이 끊긴 적도 꽤 있었던 터라 2주가 넘을 때까지 걱정하지는 않았다. 그런데 3주가 넘어가자 별의별 생각이 다 들었다.

나, 차인 건가? 아니다. 쪽지에는 다녀온다고 돼 있다. 아무리 이별통보의 문법이 변했다고 하나 이런 식의 쪽지는 돌아오겠다는 의미가 분명했다. 다만 맘에 걸리는 것은 '찾지마'란 세 글자였다. 왜 찾지마? 곧 돌아올 테니 찾는데 기력을 쓰지 말라는 말이 아니었나? 혹시 영원히 떠나 찾아도 소용없으니 찾지 말라는 말을 잘못 이해했나?

연락이 끊기고 한 달이 훌쩍 지나자 포기하는 심정이 되었다. 이건 끝이다. 5년이면 충분히 사귄 것이다. 보헤미안 기질이 있는 그녀로서는 꽤 오래 버틴 것이다. 자상하지도 않고 딱히 매력도 없는 나와 그만큼이나 사귀었으면 질릴 만도 했다. 그녀가 좀 밉기도 하고 서운하기도 했지만 이해했다. 어쩌겠나? 싫어서 떠난다는데. 아무리 나라도 나를 좋아하지 않은 사람을 되돌릴 방법은 생각나지 않았다.

자진해서 창밖으로 날아간 비둘기는 작업실을 완전히 떠난 게 아니었다. 굳이 말하자면 그날은 정탐이나 사전답사 같은 것이었다. 왜냐하면 다음 날 비둘기가 또 찾아왔기 때문이다. 이번에는 작업실 창문이 아니었다. 저녁으로 먹을 빵과 커피를 사기 위해 출입문을 열었는데 그때 비둘기가 날아 들어왔다.

이번에는 놀라지도 않았다. 사전답사를 한 탓인지 비둘기는 거실을 가볍게 가로질러 곧장 작업실로 진입했다. 난 비둘기를 쫓을 생각은 하지 않고 그저 작업실 창을 열어두고 밖으로 나갔다. 한번 더 자진 퇴장하기를 바라며. 내 실력에 녀석을 효율적으로 쫓아낼 방법도 모르거니와 출입문을 열어 놓을 수는 없었으니까.

디카페인 커피와 갓 구운 캄빠뉴를 손에 들고 돌아왔더니 비둘기는 여전히 집에서 나를 기다리고 있었다. 혹시나 날아갔을까 기대도 했지만, 책상 위에서 나를 올려다보는 비둘기가 그리 밉지만은 않았다. 고작 하루가 지났지만 비둘기와 나는 한층 가까와진 것 같았다. 비둘기는 혼자 있는 동안 집안을 어질러 놓지도 않았다. 게다가 강제로 쫓아내지 않을 것이라는 것을 눈치챘는지 날 보고 도망치는 대신 여유롭게 집안 곳곳을 틈틈이 걸어 다녔다.

내가 캄빠뉴를 먹는 것을 유심히 보기에 조금 뜯어서 던져줬더니 조금의 경계심도 없이 다가와서 빵쪼가리를 콕콕 쪼아댔다.

"그래, 천천히 놀다 가라."

나는 비둘기의 존재를 잊고 작업 때문에 미뤄뒀던 드라마를 보기 시작했다. 2개쯤 보고 창을 닫을까 해서 비둘기를 찾았더니 녀석은 없어졌다. 심심했는지, 아니면 볼일이 끝났는지 떠난 것이다. 간다는 말도 없이.

올 때는 온다 말 안 해도 떠날 때는 간다 말해야 하는 거 아닌가? 그래야 기다리지 않지. 이게 뭔가? 다녀온다고 했으면 와야지. 왜 안 와? 하긴 다녀온다고만 했지 언제 온다고는 말하지 않았다. 그래 그녀는 죄가 없다. 떠나지 말라 한 적도 없고 속박하지 않겠다고 여러 번 선언했었다. 그래도 완전히 떠날 거면 자기 물건은 다 챙겨가야 하는 것 아닌가? 저렇게 다 두고 가면 그걸 보는 나는 어떡하라고? 내다 버릴 수도 없기에 나는 그녀의 방을 없는 셈 치고 마음에서 봉인했다.

새벽까지 드라마를 정주행 하느라 늦잠을 자고 있는데 창문을 톡톡 두드리는 소리가 들렸다. 직감적으로 비둘기가 찾아왔음을 알았다. 부지런도 하지. 꼭 그녀처럼. 그녀는 늦잠 자는 나를 깨우는 게 주요 일상이었다. 애써 몸을 일으켜 창문을 열어주고 다시 침대에 누웠다. 그렇게 한참을 더 자고 일어났더니 비둘기가 보이지 않았다.

이제 비둘기가 있건 없건 신경쓸 단계는 지났지만 궁금하긴 했다.

"어딨어? 빵 줄까?"

여기저기 기웃거리며 비둘기 수색에 나섰다. 비둘기는 의외의 장소에 있었다. 바로 그녀의 방안에.

"여길 어떻게 들어갔어? 너 문도 따냐?"

오랜만에 그녀의 방문을 열었더니 눅눅하게 죽은 공기 냄새가 코를 자극했다. 으레 그녀의 방에서 나던 화장품 냄새는 거의 사라졌다.

"야, 나가자. 여기는 이제 없는 곳이야."

그때 비둘기가 날개를 푸드덕거리더니 그녀의 책장 꼭대기에 올라가 앉았다.

"거기 전망이 좋아? 그만하면 내려와서 나가지?"

당연하게도 비둘기는 내 말을 듣지 않고 뭔가 끙끙거리더니 눈에 익은 노트 하나를 떨어뜨렸다. 그건 그녀의 다이어리였다. 여행을 떠났다면 당연히 들고 갔어야 할 필수품 1호!

그녀가 나를 떠나지 않았다면 결코 열어 보지 않았겠지만, 다이어리도 나와 같이 버려진 것이라면 못 읽을 이유도 없다 싶어 페이지를 펼쳤다. 예상했던 대로 대단한 비밀이 적혀 있지는 않았다. 다만 일기장 곳곳에 나타나는 외로움에 내 감정도 동조하기 시작했다.

고아였던 그녀는 남들이 당연하게 가진 것을 자기는 없다고 투덜댔었다.

"심지어 내 이름도 내 것이 아니래."

"뭐? 그게 말이 돼?"

"고아원 원장이 원래 다른 애 이름으로 지어뒀던 것인데 그 애는 바로 입양되는 바람에 내 이름으로 썼다는."

아무렇지 않게 슬픈 비사를 얘기하는 그녀의 얼굴이 더 쓸쓸해 보였다. 그래서 즉흥적으로 위로한다고 한 말이었다.

"우리 같이 살까?"

"난데없이?"

"내 집 너 가져. 그리고 보너스로 나도 가져가고. 비밀이지만 난 내가 필요없어."

그녀는 망설였다. 청혼은 아니니 도망치지는 않을 테고, 싫다 그러면 안 하면 그만이었다.

"좋긴 한데, 대신 나간다고 잡기 없기다?"

"당연하지. 나 알잖아."

그녀가 가진 게 없다면, 난 집착할 게 없었다. 삶도 애정도 날 붙잡지 못한다. 일로 하고 있는 광고 편집도 밥 벌이일 뿐, 뭐든지 이보다 적은 시간에 더 많은 돈을 준다면 직업도 바꿀 수 있다. 결말에 집착하고 싶지 않아 드라마도 끝까지 안 본다.

"자기는 왜 나랑 살아?"

"이유가 있어야 하는 거지?"

"그럼 그것도 없어?"

"왜 사는지도 모르고 사는데 어떻게 일일이 다 이유가 있겠어?"

"날 사랑한다면서?"

"그렇지."

"그럼 사랑해서 라고 하면 안 돼?"

그때 난 어떤 대답도 할 수 없었다. 오히려 함정에 빠진 기분이었다. 그러나 그날 대화는 결과적으로 그녀가 날 떠날 수 있는 빌미를 제공했다. 나는 그녀가 있어 외롭지 않았는데, 그녀는 나와 있어도 외로웠던 것일까?

비둘기는 매일 나를 찾아왔다. 열어 둔 창으로, 열린 문으로, 아무렇게나 아무 때에 내 곁을 맴돌았다. 심지어 산책이나 커피전문점에 갈 때에도 비둘기는 나를 따라 나섰다. 반려조도 아닌 것과 거의 일상을 함께 하다보니 의문이 들었다.

"어이, 너 무슨 목적이냐?"

"구구."

"너 나 좋아해?"

"구구."

함께 사는 게 이유가 있는 것은 아니라면서 어느덧 나도 이유를 묻고 있었다. 비둘기, 너! 왜 내 옆에 있지? 비둘기가 목적이 있어 내 옆에 날아든 것은 아니라 해도 범신론적인 관점에서 이런 괴이한 동거가 계속되는 데에는 어떤 이유가 있지 않을까?

어떤 이유에서 이건 내 곁을 떠난 것만은 확실하니 그녀의 짐들을 정리해야 했다. 차라리 비둘기 방을 만들더라도 집 나간 여자 친구를 위한 공간을 무한정 비워둘 수는 없었다. 버릴 것은 버리고 중요해 보이는 것은 모아 박스에 넣어둘 생각으로 그녀의 방에 들어갔다. 하지만 기다렸다는 듯이 전화가 울렸다. 좀체 울지 않는 놈인데도.

"이혜원 씨라고 아십니까?"

한마디만 들어도 경찰 같은 목소리로 전화기 너머 불친절한 남자는 다짜고짜 내게 물었다.

"네, 그런데요. 누구시죠?"

"서울 경찰청 외사과인데요, 이혜원 씨와 어떤 관계이십니까?"

나는 그녀와 어떤 관계인가? 부부는 아니고 친구도 아니다. 이제 그녀가 나를 떠났으니 애인 관계도 아니다.

"그냥 좀 아는 사이인데요, 무슨 일 때문에 그러시죠?"

내 대답에 경찰은 머뭇거렸다. 그냥 좀 아는 사이에게 말해도 되는 일인지 고민하는 것 같았다. 약간의 침묵이 몇 초간의 공백을 메우고 나서 그는 다시 물었다.

"이혜원 씨가 사망했습니다. 몇 가지 확인할 게 있는데 경찰청에 출두해 줄 수 있습니까?"

그녀가 죽었다는 말에 멍해졌다. 그리고 그다음은 기억나지 않는다.

전화를 끊고 시간이 정지한 것 마냥 꽤 오랫동안 같은 자세로 앉아 있었다.

그녀의 시신은 아이슬란드에서 발견됐다고 한다. 좀 다녀온다던 그 '어디'는 꽤 먼 곳이었다.

실은 그녀가 아이슬란드 여행을 제안한 적이 있었다.

"왜 하필 아이슬란드야?"

"불과 얼음의 나라라니, 멋지잖아!"

과장된 반응은 뻔히 보이는 거짓말이며 그 거짓말을 간파해주기를 바라는 것이다.

"됐고, 솔직히 말해봐."

"블로그에서 봤는데 아이슬란드는 태초에 신이 만들다 만 곳이래. 그래서 개념없이 불과 얼음이 공존하고, 사막도 있고 빙하도 있고… 이제 와 인간들이 멋지다고 하는 거지, 실은 신에게 버려진 곳이었던 거야."

언제나처럼 그녀는 버려진 것들에 본능적으로 끌린 것이었다.

"여름에는 온통 초록이라 원래 이름은 그린란드였는데 진짜 얼음 밖에 없는 북극의 그린란드를 팔아먹으려고 두 섬의 이름을 바꿨다 나? 나랑 비슷하지?"

왜 슬픈 사람들은 더 슬픈 사연을 찾아다닐까? 자기보다 더 슬픈 것을 찾아 위로받기 위함일까? 바로 그 이유 때문에 나는 아이슬란드 여행에 반대했다.

버려졌으면 자유롭게 살면 된다. 자기연민에 빠진다고 구해주는 사람은 없다.

그러나 그녀 혼자 아이슬란드를 헤매다 죽었을 생각을 하니 속이

아려왔다. 나는 무슨 짓을 한 것인가? 같이 갔더라면 최소한 그녀는 아직 살아있을 것이다. 아이슬란드 여행이 마뜩치 않으면 어떤가? 그녀가 아이슬란드에 가고 싶은 이유가 고아로 자란 콤플렉스면 어떤가? 내가 모든 것을 받아줄 수 없어도 그런 나를 사랑하지 않아도 그녀는 살아있을 권리가 있다.

　비둘기마저 없었다면 완전히 혼자라는 기분을 떨치지 못했을지도 모른다. 경찰청의 연락을 받은 뒤 종종 TV 화면이 멈춘 것처럼 멍때리고 있으면 어느새 비둘기가 구구거리며 나를 깨우고 있었다.
　그녀가 떠나 영원히 보지 못하는 것이나 죽은 것이나 나에게는 같은 결과인데 느낌의 차원이 달랐다. 이게 왜 이렇게 다르지?
　차라리 작업에 몰두하면 좋은데 이럴 때는 일감도 없다. 혼자 있는 건 새삼스러울 것도 없지만 너무 적막하다. 그래, 버려진 느낌. 이것이었나? 그녀가 평생 떨치고 싶었지만 그러지 못했던 기분. 혼자 남겨진 느낌. X같다!
　지금까지 몇 명이나 되는 여자들이 나를 떠났지만 이런 식은 아니었다. 사람에게도 집착하지 않겠다는 다짐은 신념이 되었고 신념은 내 일상을 지배해 왔다.
　'내가 싫어 떠난 여자, 남아있는 감정의 찌꺼기는 있는 대로 내버려둬! 난 변하지 않아! 시간이 지나면 결국에는 잊혀져. 흔들리지 말자.'
　아무 일도 없었던 것처럼 작업하고 산책하고 커피 마시고 드라마 보면 또 그런대로 살아간다. 어차피 인생 뭐 없다. 무미건조한 게 인생의 맛이다!
　그런데, 날 떠났다고 굳이 죽을 것까지 있나? 내가 보기 싫으면 안 보면 되고, 맘에 안 들면 욕하고 떠나면 되지. 죽긴 왜 죽어? 이거 혹시 나에 대한 복수인가? 아냐, 누가 복수를 이딴 식으로 해?

언제 마지막으로 식사했는지, 지금 보고 있는 드라마의 줄거리가 뭔지도 생각나지 않았다. 어떻게 해도 루틴으로 돌아갈 수 없었다. 그녀가 죽기 전의 내 일상, 정확히는 그녀가 죽었다는 것을 알기 전의 내 일상은 돌아오지 않았다. 그렇게 숨쉬기도 귀찮아 몸 움직임을 최소화하며 눈만 간신히 깜박거리고 있는데 기척이 느껴졌다. 비둘기였다.

맞아, 네가 있었지? 언제부터 거기 있었니? 내가 불쌍해? 니가 보기에도 내가 불쌍해?

비둘기는 언젠가처럼 포로롱 날아 컴퓨터 키보드 앞에 내려섰다. 아무 작업도 하지 않은 내 컴퓨터는 모니터 위에 흰색 메모장만을 띄워놓고 있었다. 비둘기가 키보드를 쪼아도 상관없는 것이다.

아니나 다를까 비둘기는 키보드를 콕콕 쪼기 시작했다. 메모장에는 비둘기가 두서없이 입력하는 알파벳이 찍히기 시작했다. 신경 쓰지 않았다. 열린 창문으로는 바람이 들어왔다. 선선하지도 덥지도 않은 미적지근한 바람이 습기를 가득 머금고 내 얼굴을 훑고 지나갔다. 멍하니 창밖을 보며 바람이 불어온 곳을 눈으로 쫓으며 또 시간을 보냈다.

참으로 지겨운 시간은 가라고 가라고 노래를 부르면 더 느리게 간다. 그러다 비둘기가 키보드를 두드리는 소리가 더 이상 들리지 않는 것 같아 모니터를 돌아봤다. 녀석은 자신의 작업이 꽤나 자랑스러운지 의연한 포즈로 나를 보고 있었다.

뭘 썼는데 날 이렇게 보지?

m m do iss u e

뭐야? 비둘기가 쓴 낙서에 의미를 부여하는 일이 넌센스라고 생각했지만 녀석의 진지한 눈빛 때문에 외면하긴 쉽지 않았다. 그래, 뭔가 뜻이 있다는 것이지?

나는 비둘기가 입력한 알파벳의 순서를 바꿔 그나마 이해할 수 있는 문장을 만들어보기로 했다.

do issue는 아니고, 이렇게 하면 m이 2개가 남는데….

한동안 뚫어지게 모니터를 쳐다보다가 드디어 이해할 수 있는 문장을 만드는 데 성공했다.

do u miss me

우리말로 하면 내가 그립니? 아, 말이 된다.

'이제야 내가 그립니?'

나를 떠난 그녀가 하는 말 같다. 이 세상 어느 곳에도 없기에 만날 수는 없고 그리워할 수만 있는 대상, 이혜원. 나는 그녀가 그립나?

비둘기를 돌아봤다. 녀석은 내가 이해한 것이 맞다는 듯이 머리를 몇 번 끄덕이고 창밖으로 날아갔다. 날개를 활짝 펴고 힘차게 날아가는 모습이 다시는 돌아오지 않을 것이다.

난 일어나 그동안 꽤 오래 열려있던 창문을 닫았다. 그녀가 그립다.

배선영(裵璇瀅)

• 2021년 소설
• 서울대학교 철학과 졸업, 연세대학교 정보대학원 박사학위
• 『미디어 다양성』 커뮤니케이션북스, 2011년 / 『너 어느 별에서 왔니』 소담출판사, 2003년
• MBC 기자(1995~2017)
• imt4408@icloud.com

진정한 사랑

신재동

인천 공항에는 친구 K가 나와 있었다.

"어, 너 젊어졌네? 어떻게 된 거야?"

공항에서 만난 K는 내가 기억하고 있던 K보다 10년은 젊어 보였다. 예전의 잿빛 머리는 온데간데없고, 얼굴에 지저분하게 피어난 노인 반점이며 잡티도 깔끔히 사라진데다가 부티까지 흘러내렸다.

"한국에 오면 젊어지는 거야. 숙소는 어디로 정했어?"

"조선 호텔로 가야 하니까 칼 리무진을 타야지. 그런데 너, 젊어진 비결이 뭐야?"

K는 빙그레 웃으면서 약 올리는 투로 말했다.

"우리 형수님이 발이 넓잖냐. 여기저기 따라다니다 보니까 이렇게 됐어. 그래놓고 뭐라는 줄 아니?"

"뭐랬는데?"

"나더러 맞선을 보라는 거야."

"그래, 맞는 말이다. 젊어진 김에 선봐도 되겠다."

"야, 난 선 안 봐. 너까지 그러니? 제발 선보란 소리는 꺼내지도 마."

"늘그막에 마누라 없이 어떻게 살려고 그래. 밥해주는 여자라도 구해야지."

"캐나다에도 여자는 많아. 교회 다니는 혼자 사는 여자들이 우리 집에 와서 밥을 해주질 않나, 젊은 목사님이 자기 어머니를 소개해주겠다고 하질 않나. 귀찮아 죽겠어."

"마침 잘됐다. 한국에 들어온 김에 제수씨 한 명 고르면 되겠네."

"쓸데없는 소리 하지 말라니까. 그러지 않아도 내가 한국에 들어간다고 했더니, 우리 교회 목사님이 자기 어머니가 종로 3가에서 보석상을 한다면서 꼭 만나보라는 거야."

"어! 그래? 벌써 선약이 있었군."

"선약은 무슨. 너, 누구한테 이런 말 하지 마. 창피하니까."

친구 C의 장례식에 참석하기 위해 K와 나는 한국에서 만났다. K는 캐나다 밴쿠버에서 살고 나는 미국 샌프란시스코에서 살기에 같은 북미라고 해도 자주 만나지는 못했다. 고등학교 때는 삼총사라고 불리던 친구들이었는데 나는 미국, C는 한국, K는 캐나다에 떨어져서 사는 바람에 서로 만날 기회를 만들기조차 쉽지 않았다. 제각기 먹고 사는 데 바빠서 까맣게 잊고 지내다가 가끔 전화로 안부나 묻는 정도였다. 이제 자식들 다 키워서 내보내고 한가해진 나이가 되면서 서로 구태여 찾을 것도 없이 저절로 다시 친해지게 되었다. 그렇다고 가깝게 사는 것도 아니어서 어쩌다가 한국에 들어오면 만나서 밀렸던 회포나 푸는 식이었다.

"넌 어디서 묵어?"

"형네 집에 있지."

칠십이 넘은 나이에 아직도 형네 집에서 신세를 진다는 게 듣기에 좀 그랬다.

"나하고 같이 지내자. 혼자 자기도 쓸쓸한데 잘됐다."

"그러지 않아도 딴 데로 옮기려던 참이었어. 형수님이 맨날 재혼하라고 성화를 해대서 미치겠어."

K는 아내를 저세상으로 보낸 지 5년이 다 돼간다.

전화가 걸려온 것은 저녁 7시 경이었다.

"야, 내 처가 죽었어."

K의 음성을 듣는 순간. 망치로 한 대 얻어맞은 것처럼 머리가 멍했다. 정신이 없어서 두서없이 떠들었다. 전화를 끊고도 착잡한 마음이 가라앉지 않아서 한참 숨을 고르고 나서야 다시 전화를 걸었다.

K의 아내는 급격한 신장 질환으로 투석을 해야 했고, 간에 커다란 혹이 생겨 제거 수술도 받았다. 희망을 잃은 아내는 우울증까지 겹쳤다.

남을 도와주는 일이라면 두 팔을 걷고 나서는 K인데 처가 죽을병에 걸려 있으니 오죽했을까. 보지는 않았어도 눈에 보이는 듯했다. K의 아내가 차라리 죽겠다며 수일씩 먹기를 거부하는 바람에 K는 속깨나 썩었다. 그러다가 삶의 의욕이 조금은 되살아나서 휠체어를 타고 쇼핑도 가겠다고 하고, 집 안 구석구석을 다니면서 잔소리를 하던 때도 있었다.

그런가 하면 우울증 증세가 심할 때는 쇼핑센터에 가서 마음에 드는 물건은 다 사겠다고 카트에 집어넣지를 않나, 집 차고에 나가 쓸모없는 물건들이라면서 닥치는 대로 바닥에 내려놓던 때도 있었다. 이건 어린 애 같아서 따라다니지 않으면 안 되었었다.

K와 나는 멀리 떨어져서 살기도 했지만, 그동안 연락이 없어서 K가 아내 때문에 고생한다는 것도 모르고 지내다가 사망 소식을 듣고서야 그간의 사정을 알았다.

*

K와 함께 지내면서 다시 학창 시절로 돌아간 듯 신나게 떠들었다.

죽은 C는 다른 화가들처럼 고집이 셌다. 진정으로 사랑하는 여자가 나타나지 않는 한 절대 결혼하지 않겠다던 친구였다. 그는 진정한 사랑이란 아름다운 만남이 선행되어야 하고 영혼 깊은 곳까지 서로 통할 때 이루어진다고 믿고 있었다. 오직 한 사람을 사랑하고 거기에 일생을 거는 그런 바보가 되고 싶다고 입버릇처럼 말했다. 언젠가는 찾을 수 있을 것이고, 시간이 좀 걸려서 그렇지 반드시 나타날 거라고 믿고 기다렸다. 그러나 시간이 흘러도 사랑하는 여자는 나타나지 않았다. 결혼도 이뤄지지 않았다. 처음에는 '조금 늦어지나 보다' 했다가, 나중에는 '늦게라도 하겠지……' 했는데 그만 다 늙고 말았다. 석연치 않은 C의 삶에 대해서 K에게 물어보았다.

"그렇게 고집을 부리더니, 결국 결혼도 안 하고 죽은 거잖아?"

"안 한 거냐? 못 한 거지. 능력이 없어서 못 한 거야."

"맞선을 봐서라도 결혼했다면 여자하고 같이 벌어먹으면서 그럭저럭 살았을 거 아니야."

"능력이 있어야 맞선도 보지."

K는 C가 생활 능력이 없어서 결혼하지 못하고 홀로 살다가 죽었다고 했다. 맞는 말이다. 그도 그럴 것이, C는 평생 팔리지도 않는 그림만 그렸지, 돈과는 담을 쌓고 살았다.

학교 다닐 때도 C는 혼자 지내는 걸 좋아했다. 그 이유를 마냥 우울한 성격 탓으로 돌리기에는 C의 고집이 너무 셌다.

예전에는 한국에 들어올 때면 C의 화실에 들르곤 했었다. 2층 골방이었는데 작은 창문이 하나 있을 뿐, 방안은 캠퍼스로 가득 차 있어서 발 디딜 틈도 없었다.

"내가 C의 화실에 들른 적이 있잖니. 의자에 홀로 앉아서 책 읽는 여자를 그렸더라고. 여자 옆의 탁자엔 다 마시고 얼음만 남은 컵과

입도 대지 않은 칵테일 컵이 있는가 하면 재떨이엔 비벼서 끈 꽁초가 서너 개 있는 그림이었어. 그림 제목을 〈술 못 마시는 여자〉라고 붙였더라고. '그림 제목이 좀 이상하지 않니? 〈책 읽는 여자〉라고 했으면 좋았을 텐데, 〈술 못 마시는 여자〉가 뭐냐?' 하고 핀잔을 주었지."

"그랬더니?"

"그랬더니 글쎄, 칵테일을 마시면서 사랑을 속삭이려는데 여자가 사랑의 묘약인 칵테일을 마시지도 않고, 사랑을 받아들이지 않더라는 거야. 남자가 속이 타서 비벼 끈 꽁초들이라나? 구겨진 꽁초를 보고 애인이 속을 태워서 비벼 껐다고 해석할 사람이 누가 있겠어? 그땐 C가 한창 그림을 그리던 때였어. 그림이라는 게 자주 팔리는 물건이 아니잖아? 그런 주제에 한다는 소리가 가관이었지. '초상화 그려 달라고 해서 그리면 돈은 되지만, 그건 예술이 아니야.' 이러는 거야. 예술이 밥 먹여주냐? 내가 두어 점 팔아 주겠다고 미국으로 가지고 갔지. 그런데 무명작가의 그림을 난들 어떻게 팔겠니? 어쩌겠어. 그냥 팔렸다고 하고 돈을 보내 줬지."

"잘했다. 넌 그렇게라도 도와줬으니. 난 아무것도 해준 게 없어. 늘 그막에 혼자 살자니 밥해주는 사람도 없고, 맨날 라면이나 끓여 먹고 지낸다는 걸 알면서도 딱히 도와줄 게 없더라고. 그래도 그렇지, 아직도 살길이 창창한데 갑자기 죽다니."

그날 밤 K와 나는 C에 관한 이야기를 나누는 것으로 추모를 대신했다.

아침부터 비가 추적추적 내리고 있었다. 하늘이 가라앉아 있는 꼴이 좀처럼 그칠 기세가 아니었다. 어제만 해도 해가 쨍하고 났었기에 오늘 이렇게 비가 오리라고는 상상도 하지 못했다. '친구 C를 떠나보내기가 서러워서 하늘도 우는가' 하는 생각도 들었다.

장례식장에는 관광버스를 개조해서 만든 장례의전 버스가 기다리고 있었다. 장례의전 버스라는 게 있는 줄도 몰랐다가 오늘 처음 보는 거여서 궁금증이 샘솟았다. 특이한 점은 버스 중간 아래층 짐칸에 관을 넣고 버튼을 누르면 관이 위로 올라와 승객들과 함께 탑승한 것처럼 객실 중앙에 놓이게 되어있었다.

'처자식도 없는 친구인데 대형 장례의전 버스까지 동원할 필요가 있을까?' 하는 의구심이 들었지만, 의구심은 곧 풀렸다. 버스 중간에 관을 길게 놓았으니 승객이 앉을 좌석은 30석에 불과했다.

30인승이라고 해도 군데군데 빈 좌석이 눈에 띄었다. C의 대학 동창 두 명과 누님과 막냇동생 그리고 몇몇 조카들이 앉아 있을 뿐이었다.

장례의전 버스는 고속버스처럼 편안한 좌석에다가 전면에 TV 모니터도 달려 있었다. 장지로 가는 동안에도 비는 그치지 않고 주룩주룩 내리고 있었다. 빗줄기가 창문에 부딪치는 바람에 운전석 앞유리 와이퍼가 쉴새 없이 움직였다. TV를 켜자 C의 웃는 얼굴이 동영상으로 나타나면서 고인의 차분한 목소리가 흘러나왔다.

"안녕하세요? C입니다."

표정은 웃고 있었고 목소리도 떨리거나 슬퍼하는 기색이 전혀 없어 보였다.

"비가 오는데도 불구하고 장례식에 참석해주셔서 고맙습니다."

C의 인사말이 흘러나오자 나는 그만 깜짝 놀랐다. 죽은 사람이 밖에 비가 오는 걸 어떻게 알지? 주변을 둘러보았다. 나만 놀란 게 아니었다. 하객들이 웅성거렸다.

"세상에 왔다가 진정한 사랑 한 번 못해보고 떠나자니 아쉽기만 합니다."

C의 고별사를 들었지만, 인사말만 머릿속에서 맴돌고 그다음에 이어진 말은 기억나는 게 없다. 오로지 '이 친구가 죽은 게 맞아?' 하는 의문이 가시지 않았다.

*

K와 함께 저녁을 먹었다. 같은 북미권에 살아서 가끔 전화 통화는 하지만 직접 만난 건 오랜만이었다. C가 소화 기능에 문제가 있어서 병원에 입원했다는 소식은 들었지만, 갑작스러운 죽음이 궁금해서 K에게 물어보았다.

"C, 사인이 뭐야?"

"호흡 정지래."

"뭐? 그런 사인이 어디 있어? 원인이 있을 거 아니야."

"심장 쇼크에 의한 호흡 정지."

"그렇다면 그게 심장마비 아니야?"

"심장마비지. 하지만 병원에서 사인을 심장마비라고 적어 놓으면 의사들은 뭐 했느냐고 할 게 아니야. 그러니 호흡 정지라고 쓰는 거야. 그러면 의사는 책임이 없지. 요새 나이로 치면 아직 멀었는데……."

K는 C가 이제 겨우 칠십을 넘겼는데 벌써 죽은 게 아깝다고 했다.

식당에는 저녁을 먹으려는 손님들이 줄을 서서 기다리고 있었다. 먼저 식사를 끝낸 우리는 얼른 일어났다. 질질 시간만 끌고 앉아 있기에는 분위기가 좀 그랬다. 막상 호텔로 돌아왔어도 술은 안 마시겠다는 K 때문에 딱히 앉아서 이야기라도 나눌 만한 자리를 찾지 못했다. 우리 두 사람은 일찌감치 방으로 들어가 둥근 탁자를 놓고 마주 앉았다.

창밖으론 거리의 자동차 불빛이 요란했다.

"그런데 말이야. 아까 장례 버스 안에서 C의 육성을 듣다가 깜짝 놀랐어."

'적어도 K는 어떻게 된 건지 알고 있겠지' 하는 생각에 물어보았다.

"너만 놀랐니? 나도 놀랐어."

"어떻게 된 거야?"

"난들 알아? C 조카 애가 동영상을 틀었으니, 걔만 알겠지, 뭐."

조카라는 애는 C의 누님의 아들이다. 우리는 시차에 적응하기 위해 일찌감치 잠자리에 들려고 샤워도 하고 부산을 떨었다. 그러나 막상 침대에 누웠지만 잠이 오지 않았다. 잠도 안 오고 TV도 볼 만한 게 없었다. 고등학교 때는 이 친구하고 같이 공부하다가 한 방에서 쓰러져 잔 적도 많았다.

"야, 너 요새도 코 고니? 오늘만큼은 자제해 주기 바란다."

"죽은 내 마누라는 코 고는 소리가 들리지 않으면 잠이 안 온대."

"난 네 마누라가 아니니까 착각하지 마. 그런데 넌 와이프 고향이 제주도잖아? 그러면 신혼여행을 어디로 갔니?"

"부산 해운대로 갔었지."

그게 언제적 이야기냐? 까마득해서 기억도 나지 않을 지경이다. 내가 먼저 미국에 가 있을 때였다. K가 캐나다에 이민 갈 예정이라면서 현지에서 자리 잡으려면 도움이 될 만한 게 무엇인지 물어왔다. 그때는 한국이 못살던 시대여서 한 사람이라도 외국으로 떠나는 것이 유행처럼 번지던 때였다. 어떤 친구는 브라질로 떠났고, 어떤 친구는 과테말라로 간다며 배를 탔다.

나는 누님이 미국에서 초청해 준 덕분에 샌프란시스코에 가 있었다. K도 캐나다에 먼저 가서 살던 작은 누님의 초청으로 캐나다로 떠날 준비를 하던 중이었다. 학원에서 영어 공부도 하고 자동차 정비도 배우고 있었다. 그러면서도 불안해서 그랬겠지만 무엇을 배워 가면 정착에 도움이 되겠냐고 물어오곤 했다.

K는 태생적으로 매사 미적거리는 성격이어서 무슨 일이든 스스로 결정하지 못하고 시간만 끌었다. 대학에 갈 때도 전공을 놓고 미적미적하면서 선택하지 못하고 시간만 끌기에 옆에서 지켜보던 내가 너처럼 꼼꼼한 성격으로는 건축과가 어울릴 거라고 가르쳐준 적도 있었다.

캐나다로 떠나기 전에 쓸데없는 거 배우지 말고 결혼해서 와이프하고 같이 가라고 조언해주었다. 그것은 순전히 내 경험에서 우러난 충고였다. 혼자보다는 두 사람이 힘을 합치면 자리 잡을 때 도움이 되기 때문이었다.

내가 보낸 편지를 읽고 K가 맞선을 보러 다닌다는 이야기도 들었고, 나중에는 결혼했다는 소식도 들었다.

K와 함께 호텔 방에서 재미있게 지낼 일이 뭐가 있을까 생각하다가 이 친구의 첫사랑이 궁금했다.

"너 고등학교 다닐 때 교회에 다녔잖니."

"성암교회에 다녔지."

"같은 교회에 다니는 여학생을 좋아한다고 했잖아?"

"좋아했지. 근데 좋아하면 뭐해. 말도 못 걸어보고 속으로만 좋아했는걸. 그러다가 그것도 정길이가 채갔어."

정길이는 동창이지만 욕심이 많은 친구였다.

"그걸로 끝이니?"

"그래, 그걸로 끝이야."

"그러면 대학에 다닐 때는 여자 친구가 없었니?"

"같은 과 친구가 자기 여동생이라면서 소개해준 일이 있지."

"그래서 사귀었니?"

"처음 만나던 날, '우리 형님을 소개해 드리면 어떻겠냐'고 물어보았더니 그걸로 그만이었어. 끝나버렸어."

"저런. 널 보고 나온 여자더러 형님을 소개해주겠다면 어떻게 하니. 그건 당신이 싫다는 말이잖아?"

"싫은 게 아니라, 마음에 들었지. 하지만 형님이 여자가 없어서 장가를 못 가고 있는데 내가 먼저 가면 안 되잖니? 그래서 그랬을 뿐이야."

"아이고야. 그 여자가 언제 너하고 결혼하겠다던? 만나자마자 그런 말을 하면 어떻게 하니?"

"지금 생각하면 네 말이 맞다만, 그때는 안 그랬어. 내가 먼저 여자를 사귄다는 게 형님에 대한 도리가 아니라고 생각했거든."

"그래서 그걸로 끝이니?"

"그걸로 끝이야."

당시만 해도 K의 집안은 고리타분한 유교 전통이 이어져 내려오던 집안이었다. 옥인동 한옥에서 살았는데, 어쩌다가 K네 집에 놀러 가면 아버님께 큰절부터 하고 공부방으로 건너가야 했다. 아버님은 흰 수염에 머리도 하얗고 자주 기침을 하셔서 매우 연로해 보였다. 어머니는 우리더러 불편한 게 없느냐고 연신 물어보곤 했다.

지금도 생각나는 건 여름에 방문을 열어놓고 둘이서 바둑을 두고 있었는데 아버님이 지나가다가 물끄러미 바둑판을 들여다보더니 아들에게 훈수를 두던 기억이다.

그렇다고 K한테서 고리타분한 냄새가 나는 것도 아니었다. K는 친구 중에서 누구보다도 먼저 사회생활에 눈을 떴다. 같이 당구를 쳐도 나야 겨우 배우는 수준이었지만 K는 이미 300이 넘었다.

밤이 깊어지면서 이야기는 점점 멀리까지 흘러갔다.

"신혼여행 갔던 이야기나 해봐. 신혼여행 가서 어떻게 했니?"

여자라면 알레르기 현상을 일으키는 K가 첫날밤을 어떻게 치렀는지 궁금했다. 단도직입적으로 핵심을 물었으니 꾸물대면서 피해갈 줄 알았다. 그러나 나의 예상은 빗나가고 말았다. 담담하게 노골적으로 말하는 게 아닌가. 세상을 포기하고 떠나는 사람처럼 미련 없이 다 털어놓고 가겠다는 투로……

"그러니까 그게…… 결혼식이 끝나고, 부산행 열차를 탔지."

나야 그때 미국에 있었으니 이 친구 결혼식도 보지 못했다.

"신부가 제주도에서 올라온 다음 날이 결혼식이었으니까 별도로 둘이서 만날 기회도 없었어. 선볼 때 한 번 보고 결혼식장에서 처음 만난 거야. 당연히 서먹서먹했지. 열차를 타고 부산에 다 가도록 신부하고 말 한마디 못 했어."

"왜, 겁나서?"

"뭐 그런 건 아니지만, 딱히 할 말도 없고, 물어볼 말도 없어서 그냥 창밖만 내다봤지."

"그럼, 신부도 그러든?"

"그 사람은 나보다 더해. 아예 날 쳐다보지도 못하는 거야."

"아, 답답한 사람들. 조선 시대도 아니고. 그래서 어떻게 했니?"

K는 여러 번 맞선을 봤다. 간단하게 표현해서 여러 번이지, 실은 서른 번도 더 봤다. 그러면서도 좀처럼 성사되지 않았다. 그래도 맞선이 계속 줄을 이었던 것은 K의 배경이 좋았기 때문이다. K는 집안도 뒤지지 않았고, 시부모를 모시지 않아도 되는 막내인 데다가, 인물도 잘생겼다, ROTC 출신에 그때만 해도 해외로 나가는 신랑감은 부러움의 대상이었다. 그런 이유로 중매쟁이들이 흠잡을 건 아무것도 없어 보이는 신붓감들을 연이어 소개해주었건만, 한 번 만나보고 나면 그것으로 그만일 뿐이고 더 이상의 진전이 없었다. 맞선은 실패를 거듭했다. 다들 신랑의 눈이 높아서 까다롭게 군다고 생각했다. 그래도 중매가 끊이지 않고 들어온 까닭은 놓치기 아까운 신랑감이었기 때문이다.

그러나 지금 생각해보면 마음에 드는 여자가 없어서가 아니라 미적미적하면서 결정을 내리지 못하는 K의 성격 탓이었다. K는 여자가 마음에 들어도 무슨 말을 어떻게 해야 할지, 어떻게 분위기를 이끌어 갈지 몰라서 돌아서곤 했는데 남들은 신부가 마음에 안 들어서 그런 줄로만 알았다.

나중에는 하다못해 제주도까지 가서 선을 보았다. 서귀포시 다방에서 만났는데 신부가 장모님과 함께 나와 있었다. 그때도 K는 아무말 없이 커피만 마시다가 밖으로 나왔다. 전에 하던 방식대로 그냥 가려고 했더니 장모님이 여자의 팔을 끌어다가 K하고 팔짱을 끼워주면서 같이 가라고 하더란다. 갑자기 팔짱을 끼게 된 K는 "어이쿠" 이젠 빼도 박도 못하고 결혼을 해야 한다는 책임감인지, 의무감 같은 것이 생기고 말았다.

숙맥도 이런 숙맥이라니. 어려서부터 같이 커온 친구지만 여자에 관한 한 그렇게도 주변머리가 없는 줄은 몰랐다. 당구도 잘 치고 운동도 누구보다 잘하면서 여자 앞에서는 맥을 못 쓰는 줄을 진작부터 알았다면 '내가 나서서라도 도와줄걸' 하는 생각도 들었다.

중학교 미술 선생이었다는 신부의 성격 역시 K보다 더하면 더했지, 조금도 뒤지지 않는 숙맥이었던 모양이다. 선보는 자리에 장모 될 사람이 함께 나와서 혼인을 성사시킬 정도라면 장모님은 이미 딸의 성품을 알고 있었으리라는 짐작이 가고도 남았다.

다 지나간 지금에서야 알았는데 K는 운동 경기 중계방송 보는 걸 싫어했다. 영화 보러 극장에 가는 것도 싫어했다. 보통 친구들과는 달랐다. 여러 명이 어울려서 노는 걸 좋아했고 번번이 앞서나가서 식대를 먼저 계산하는 친구였다.

아무튼, 신혼여행까지 가게 되었으니 가서 잘 보낸 줄 알았다. 그러나 그것도 아니었다. 열차 안에서도 말 한마디 못 했고, 부산 해운대 호텔에 도착해서도 말 한마디 안 하고 지내다가 밤이 되었다. 잠자리에 들었으니 부부 노릇을 해야 할 텐데 아는 게 없었다. 두근대고 긴장도 됐지만 남자니까 큰맘 먹고 시도해 보았으나 안 되는 바람에 덜컥 겁이 났다. K의 말로는 남자한테 문제가 있는 게 아니라 여자한테 문제가 있더라고 하는데 믿어지지 않았다. 어쨌든 첫날은 실패하고 그냥 자고 말았다.

다음날도 말 없는 하루가 계속 이어졌다. 얼굴을 마주 보기도 미안해서 눈길을 피하자니 불편하기 짝이 없었다. 하루해가 너무 길어서 지옥같이 느껴졌다. 친구들끼리 모이면 잘도 지껄이던 친구가 신부 앞에서는 말 한마디 못 했다는 게 이해가 되지 않았다.

이게 열 살 먹은 소년, 소녀도 아닌데다가 어느 고리타분한 시절의 사람도 아니고, 대학까지 나온 두 사람이 이럴 수가 있나 하는 의구심이 일었다. 최소한 신문 사회면만 읽어도 그런 상식은 저절로 터득하는 게 아니냐고 K에게 물어보았다.

"너는 신문도 안 보니? 신문이나 잡지에 보면 별별 기사가 다 있는데 정말 어떻게 하는지 몰랐단 말이야?"

"난 그런 거 안 봐. 유치하다는 생각이 들어서 보고 싶지 않아."

"그래, 누군들 유치하다고 생각하지 않는 사람이 어디 있니? 그래도 몰래 보고 싶은 게 남자들 마음 아니야?"

"그래도 난 안 봐."

하느님 맙소사. 이 친구한테 이런 면이 있었다니. K를 다시 쳐다보지 않을 수 없었다. 스포츠 중계방송도 안 봐, 영화도 안 봐 이게 그냥 일부러 그러는 게 아니라는 걸 알게 되었다. 세상사라는 게 정말 알다가도 모를 일이었다. 남녀칠세부동석이라고 했으니 일곱 살이면 알고도 남을 일을 삼십이 다 된 친구가 모르고 있었다니…….

"그래서 다음날은 성공했니?"

"똑같은 일이 벌어졌어. 아무리 시도해도 안 되는 거야."

"뭐? 그럴 리가 있나. 무언가 잘못됐겠지. 그러거든 술을 한 잔 마시지 그랬어. 그러면 배짱이 생겨서 오히려 일이 잘 풀릴 수도 있었을 텐데."

"그러게 말이야. 그때는 왜 그런 생각이 나지 않았는지 몰라. 아마 여자 데리고 술집에 가면 안 된다는 고정관념이 있어서 그랬나 봐."

ㅣ아이고 맙소사. 그래서 어떻게 했니?"

"사흘 만에 서울로 돌아왔지. 오자마자 산부인과로 갔어."

"뭐? 그런 일로 산부인과를 찾아갔다고? 야, 너 정말 웃기는구나."

나이가 든 여자 의사였는데 검사를 마치고 의사 선생님이 두 사람에게 같이 들어오라고 했다. 둘이서 여의사 앞에 나란히 앉았다. 여의

사는 웃으면서 아무 이상도 없다고 했다. 신부가 너무 긴장해서 그런 거라며 처음부터 강제로 시도하지 말고 적어도 2~30분 정도는 애무하고 난 다음에 하면 괜찮을 거라고 가르쳐주었다. 그러면서 신부도 너무 방어적으로 대하지 말고 협조해야 한다고 충고 같은 말도 해 주었다. 그날 밤에는 의사가 하라는 대로 했더니 잘 풀렸다.

잘 풀렸다는 말을 듣는 순간 답답했던 내 가슴이 뻥 뚫리는 느낌이었다.

"그러면 넌 애무도 없이 그냥 덤벼들었던 거니?"

"애무가 뭔지 몰랐지. 손도 잡지 않았으니까."

"뭐? 신부를 만지지도 못했다구?"

"그렇지. 손도 대지 못했지."

남이 이런 소리를 했다면 어찌 믿겠는가? 이건 어려서부터 사귀어 온 가장 친한 친구가 그랬다는데 믿지 않을 수 없었다.

그러던 K가 아들을 낳아 길렀으니 이 친구 말대로 분명 잘된 것은 사실이었던 모양이다.

입은 살아서 잘 떠들고 맨날 웃어대니까 그런 줄만 알았지. 그 이면에 생뚱맞은 순진함인지, 무지함인지, 숙맥인지가 숨어 있는 줄 누가 알았겠는가.

*

맑게 갠 가을 하늘에 드문드문 구름이 떠다녔다. 한국과 미국은 너무나 달라서 같은 것이 하나도 없는데 그래도 파란 하늘과 흰 구름이 닮았다는 걸 발견하니 반가웠다.

아침에 K에게 오늘 스케줄이 어떻게 되느냐고 물어보았다. 무엇보다 오후 1시에 한일 축구생중계방송이 있는데 꼭 봐야 하는 거 아니냐고 물어보았다. 아무리 스포츠 중계방송 보는 걸 좋아하지 않는다고 해도 그렇지 한일 축구 경기가 아니더냐. 하지만 K는 보고 싶지 않다고 했다. 한일 축구 경기가 보고 싶지 않다는 대한민국 남자가 있다니? 이해가 되지 않았다.

"야, 이거 10년 만에 맞붙는 한일 축구야. 이걸 안 보겠다고?"

"난 스포츠 경기 같은 건 안 봐."

"아이고야, 남자가 스포츠를 안 보면 뭘 보니?"

"난 직접 뛰는 건 좋아도 남들이 뛰는 건 보기 싫어."

K는 볼일이 있다면서 나갔고 나 혼자서 빈 호텔 방에서 한일 축구생중계방송을 보았다. 경기는 재미있어도 혼자 본다는 게 어딘가 적적해서 맥없이 맥주 캔만 따 댔다.

오후 늦게 돌아온 K가 말했다.

"C의 조카를 만났어. 장례 버스 안에서 틀어준 동영상 말이다. 비가 올 거라는 걸 어떻게 미리 알고 찍었냐고 물어보았지."

"뭐라고 하든?"

"해가 나면 틀 것하고 비가 오면 틀 것을 미리 만들어 놨대. C가 주도면밀하잖아. 죽어서도 실력 발휘를 한 거지."

저녁에 K와 나는 삼계탕을 먹으러 갔다. 삼계탕은 죽은 K의 아내가 잘 만들던 음식이라면서 K가 먹고 싶다고 했다. 툭하면 와이프 이야기를 꺼내는 걸 보니 '이 친구가 아직도 죽은 아내와 살고 있구나' 하는 생각이 들었지만 대놓고 말은 하지 않았다.

서소문 뒷골목 삼계탕집은 기다리는 손님이 너무 많아서 한 시간은 족히 서성대야 차례가 올까 말까 해 보였다. 방향을 바꾸기로 했지만,

딱히 무엇을 먹을지는 정하지 않았다. 골목을 걸어 나오는데 멀지 않은 곳에 조그마한 영양탕 간판이 눈에 띄었다. 영양탕집으로 향했다. 낡은 한옥 대문으로 들어가기 싫다는 친구를 억지로 끌고 들어섰다.

삼계탕만 몸보신이 아니라 영양탕도 보신이 된다는 걸 가르쳐주고 싶었다. 일하는 아주머니를 따라서 방에 들어가 앉았다. 친구가 개고기를 먹으려나? 사뭇 걱정이 되기도 했으나 못 먹으면 구경이라도 하라지 하는 배짱으로 개고기 전골을 시켰다.

행주치마를 두른 아주머니가 뜯어 모은 개고기가 수북이 쌓인 쟁반을 들고 들어왔다. 들깻잎과 마늘도 가져왔다. 아주머니는 무릎을 꿇고 앉아서 무쇠 이중턱 전골판에 개고기와 마늘, 들깻잎을 넣고 보글보글 끓여냈다. 소주를 곁들인 저녁이었으니 소주 먼저 마시고 안주로 개고기 한 점을 집어 먹으면서 친구더러 먹어보라고 먹는 시늉을 해 보였다. 친구는 말없이 보고만 있었다.

한 잔 마시고 난 다음 빈 소주잔을 친구에게 건네면서 한마디 했다. "별식인데 소주 한잔해야지. 그냥 맨숭맨숭 고기만 먹을 수는 없잖아?"

옆에서 시중들던 아주머니가 웃으면서 "한잔하셔야지요" 하더니 친구의 잔에 소주를 채웠다. 채우기만 하는 게 아니라 아예 잔을 들어서 친구의 입에 넣어줄 기세였다. 친구는 고개를 뒤로 젖히면서 소주잔을 받아 들었다. 받아 들었다고 들고만 있게 내버려 둘 아주머니가 아니었다. 아주머니의 손길이 소주잔을 밀어 친구 입에 넣어줄 기세로 독촉이 이어졌다. 미적미적 대던 친구가 아주머니의 독촉에 떠밀려 소주잔을 입에 대는 순간 아주머니가 아이 약 먹이듯 "쭉~ 쭉~" 하면서 술잔을 밀어대는 바람에 결국 친구는 잔을 비웠다. 기다렸다는 듯이 젓가락으로 고기 한 점을 집어 친구 입에다 대고

"아~" 하면서 입을 벌리라고 성화를 부리는 아주머니의 모습이 프로다웠다. 친구가 민망해서 입을 벌리는 순간 고기를 입속에 넣어주었다. 친구는 코뚜레에 코가 꿰인 송아지처럼 하라는 대로 우물우물 씹어 넘기는 게 아닌가.

친구 따라 강남 간다더니 정말 그런 것 같았다. 웃으면서 친구에게 한마디 했다.

"갈비구이 먹을 때 소를 생각하면서 먹니? 삼겹살 먹으면서 돼지를 떠올리는 사람이 어디 있니? 그냥 고기라고 생각하는 거 아니야? 이 고기나 저 고기나 다를 게 뭐가 있겠어."

옆에서 듣고 있던 아주머니가 생글생글 웃으면서 맞장구를 쳤다.

"맞아요. 맛있고 건강에 좋으면 된 거지 따질 게 뭐가 있어요."

뒤질세라 나도 말을 이어갔다.

"남들이 먹는 거 다 먹어보고, 남들이 하는 대로 하면서 살아. 산다는 게 뭐 별거니? 떠밀려 가면서 사는 거지. 선도 보고, 마음에 드는 여자가 있으면 재혼도 하고……."

내 말을 듣던 친구가 심각하고도 단호한 어조로 말했다.

"고루하다 하겠지만, 난 선 안 봐."

진심 어린 친구의 말속에서 변하지 않는 다이아몬드를 보는 것 같았다. 그러면서 이런 말도 했다.

"진부하게 들려도 할 수 없지. 지금도 그래. 아내가 죽은 것 같지 않아. 어디 간 거지. 갔다 오겠지. 밤에 자다가도 아내가 생각나면 '나도 머지않아 따라가야지……' 하는 생각이 들어. 가서 꼭 만나야지. 맨날 보고 싶어. 맞선보라는 이야기 들을 때마다 죄짓는 것 같아."

신재동

- 2021년 소설
- 소설집 '유학', 수필집 '참기 어려운, 하고 싶은 말'
- 장편 소설 '소년은 알고 싶다'
- jdshin2005@hanmail.net

불꽃놀이

이진준

새는 언제나 지상에 내리는 꿈을 꾼다. 새는 비상을 두려워한다. 이륙할 때의 그 아찔한 무중력감. 새는 언제나 그것을 두려워한다.

새는 날아야 한다. 새는 새가 되기 위해 난다. 그러나 새의 꿈은 하늘이 아니다. 빈 하늘에서 내려다보는 푸른 대지, 그것이 새에게는 영원한 동경의 세계이다.

나는 무엇 하러 이 높은 곳에 올라와 있는가? 도시의 불빛이 조명탄처럼 휘황하게 빛나는데 나는 왜 총을 들지 못하는가? 여기까지 왔는데. 까짓것 세상을 박살내 버릴 수도 있을 텐데. 난 뭘 망설이나. 이러다 조명탄이 꺼지면 나는 다시 어둠 속에 잠기고 말 것을.

시간이 얼마 없다. 그런데 나는 자꾸 기어오르기만 한다. 나는 거머리처럼 철탑에 붙어서 서서히 기어오른다. 달팽이처럼이라고나 할까. 끈끈한 점액이 바닥을 적시면 나는 그 점액을 타고 기어오른다. 저 높은 곳을 향해서. 저 자유의 푸른 공간을 향해서.

정말 그런가? 내가 오르는 이곳은 진정 자유로운 곳인가? 저 밑에서도 자유롭지 못한 내가 이만큼의 높이에서 얼마나 더 자유로울 수 있는가? 아니. 무엇에서부터 자유롭다는 것인가? 구속이 없는데 무슨 자유인가? 아무도 날 제지하지 않는데 무슨 자유인가? 지금 내게 정말 필요한 것은 자유인가? 구속인가?

"왜 떠나려 해?"

"그냥."

"그게 말이 돼?"

"안 되는 줄 알아. 그래도 그 말밖에 할 말이 없어."

"날 사랑하지 않아?"

"글쎄. 그것도 사랑이라면 사랑이겠지. 하지만 이젠 모르겠어."

"내가 당신을 속박했어?"

"아니. 차라리 속박받고 싶었어. 그랬다면 이렇게 되지는 않았을지 모르지."

그 여자가 원한 것은 무엇이었나? 그 여자는 늘 나와 함께 있는 것이 구속이라고 했다. 나와 함께 있는 시간이 고통이라고 했다. 그 여자는 내게서 자유롭고 싶다 했다. 그런 그 여자가 내게 속박받고 싶어 했다고 말한다. 도대체 그게 말이 되는 소리인가. 초등학생도 아니고 속박이 무슨 말인지, 자유가 무슨 뜻인지, 구속이 무슨 의미인지도 모른다는 것인가.

적어도 우리에게 한때는 모든 것이 명쾌했다. 자유라고 말하면 그대로 자유였다. 속박이라고 말하면 그대로 속박이었다.

"날 용서하면 안 돼?"

"차라리 용서할 무엇이 있었으면 좋겠어."

"나의 태만이라든가, 무책임, 무능, 아니면 뭐든지 좋아. 생각해 봐."

"당신이 다른 여자라도 만났으면 하고 바란 적도 있었어. 그러면 당신을 증오할 수도, 용서할 수도 있었겠지. 그러니 그만 해."

그게 그 여자의 마지막 대답이었다. 아무래도 좋다. 이미 그 여자는 떠났다. 그렇게 가버리면 그만이지. 언제 우리가 약속하고 살았던가. 언제 우리가 서로를 그렇게 간절히 원했던가.

왜 우리가 만났고, 어쩌다 우리가 함께 살게까지 되었는지. 남들처럼 사랑한 것도 아니라면 무엇이 우리를 함께 있게 했고 또 말 한마디 없이 떠나게 했는가? 우리가 서로에게 가진 애정이 없었다면? 그렇다면 우리가 서로 어루만져줄 상처는 있었던가?

하늘에 폭죽이 터진다. 휘황한 빛의 무리가 일시에 솟구쳐 올라 하늘을 화려하게 물들이고 쓰러진다. 빛은 한순간 하늘에 별이 된다. 저 너른 우주 공간에서 벌어지는 운석의 쇼가 저런 모습일까? 무수한 불꽃이 한꺼번에 터지면서 우리의 눈을 유혹하고, 눈이 불꽃에 취하는 순간 그것은 쓰러지면서 우리를 비웃는다. 우리에게 환상은 찰나이고 그 뒤에 남는 공허는 크다.

불꽃을 보라. 터지는 저 불꽃을 보라. 소리 없이 갑자기 하늘 한가운데 빛이 솟아올라 터진다.

펑!

그것은 무수한 색깔로 어둠을 가른다. 빛은 한강 수면에 쏟아져 물결에 일렁인다. 얼마나 아름다운가. 환상은 늘 저렇게 아름답다. 그것은 하늘에 터지는 불꽃인가 하면 수면에 잠드는 별똥이다. 우리는 그것에 취해서 잠시 이 세상을 잊어버린다. 자동차의 소음도 잠시 우리의 뇌리에서 사라지고, 지독한 공기도 잠시 우리의 코에서 사라진다.

펑펑펑. 뚜루루루루. 펑.

세상이 내게 터진다.

"당신과 함께 있으면 세상이 아름다워요. 꼭 불꽃이 터지는 아치 사이를 걷는 것 같아요. 우리 이다음에 결혼식을 할 때는 폭죽 속을 걸어요. 캄캄한 밤에 말예요. 예식장의 불을 모두 끄고 어둠 속에서 쏟아지는 불빛 속을 함께 손잡고 들어가요. 환상처럼요."

나는 흠칫 놀라 고개를 돌린다. 순간 내 손이 미끄러져 내린다. 나는 간신히 난간을 움켜잡으며 팔에 힘을 준다.

아무도 나를 바라보지 않는다. 나는 몸을 낮추어 다리 난간을 다시 기어오른다. 저 밑에 깊은 어둠이 보인다. 그 어둠에 잔물결이 인다. 어둠은 시시각각으로 빛에 깨지고 빛은 물결에 받혀 가뭇없이 수면 아래로 가라앉는다.

젠장. 모르겠다. 왜 내가 이렇게 달팽이처럼 기어 올라가야 하는지. 그래도 이 철제 난간의 꼭대기에 서면 세상이 눈 아래 보이고 저 검은 강물이 그저 아득하게만 느껴질 것 같다. 적어도 여기에 오르면 세상에서 조금은 멀어질 것이다.

나는 세상에 너무 가까이 가 있었다. 그래서 그것에 치이고 다치고 기름때가 앉고 더럽고 얼룩이 졌다. 이곳에 오르면 조금은 더 하늘에 가깝고 그만큼 더 세상을 내려다볼 수 있을 것이다. 나는 그것을 확인하고 싶다.

그렇다. 나는 세상을 경멸해야 한다. 저 오물투성이 세상을 비웃어야 한다. 저 정액이 넘쳐흐르는 세상에, 저 욕정이 강물로 흐르는 세상에 어느 시인처럼 침을 뱉어야 한다. 나는 저 속에서 너무 오랫동안 뒹굴었다. 그 여자의 육체를 끌어안고 나는 너무 오랫동안 정액 속에 잠겨 있었다. 그러는 사이 나는 파충류가 되어버렸다.

가벼움을 위장한 무게, 그것이 우리가 애초에 서로에게서 원한 것인지도 몰랐다. 그러기에 우리는 처음 만났을 때부터 이미 집에 돌아갈 생각을 않고 그 자리에서 뭉그적거렸는지 모른다. 그러다 결국에는 집에 들어가기에는 너무 늦었다는 핑계로 자신을 달래고 서로에 대한 부끄러움을 감추었는지 모른다. 통금시간을 기다리며. 우리는 시대의 무게를 그렇게 털어 내려 했는지 모른다.

"남자가 생겼어?"

"아니."

"그러면 뭐야?"

"그냥."

"환장할 소리네. 그 그냥이라는 소리 그만하면 안 돼?"

"헤어지는데 무슨 이유가 필요해?"

"그러면?"

"그냥 싫으면 떠나는 거지. 우리가 부부도 아니고. 이불 걷고 돌아서면 남남 아닌가? 부부도 돌아서면 남이라는데."

"우리가 부부가 아니라면?"

"우리가 언제 결혼식을 했어?"

"그게 말이 되는 소리야? 그걸 원치 않은 것은 당신이었어."

"그래, 내가 그랬어. 그러니까 이제 내가 끝내겠다는 거잖아."

"당신이 무슨 사춘기야?"

세상은 엉망이다. 아니 요지경 속이다. 더러운 게 세상이다. 여기까지 애써 기어 올라왔는데 이게 뭔가. 저기 아득히 검은 강물도 보이는데 도대체 이게 뭔가. 내가 여기까지 기어 올라온 것은 뭔가 세상에 할 말이 있어서가 아닌가.

내 여자를 돌려 달라. 아니면 저 물속에 뛰어들겠다. 아니면 저 쏟아지는 차량 속에 뛰어들어 자살이라도 하겠다. 뭐 이런 생각으로 기어오른 게 아닌가?

물론 좀 더 거창한 소리를 할 수 있으면 더 좋은 줄은 나도 안다. 한 송이 아름다운 불꽃이 되어 저 강 속에 뛰어든다면 훨씬 더 극적이고 아름답다는 것도 안다. 그러나 이미 그런 시대는 지났다. 이것이 이 시대에 내가 할 수 있는 가장 극적인 일이다.

"당신은 예전의 당신이 아니야. 변해도 너무 변했어. 아니 당신은 너무 변하지 않았어. 세상은 변하는데 당신은 예전 그대로야. 그래서 당신은 변한 거야. 당신은 아직도 원시인을 꿈꾸고 있어. 남들이 세계인, 우주인을 꿈꾸는 이 시대에 말이야. 당신은 아직도 저 하늘에 반짝이는 것이 다 별이라고 생각하지? 안 그래. 그 속엔 수많은 인공위성이 떠 있어. 그게 세상이야."

저놈의 불꽃놀이. 사람들이 모두 불꽃에 취해 넋이 빠져버렸다. 휘황하게 달무리처럼 타올랐다 사라져 버리는 저 불꽃에 취해 사람들은 나를 잊어버리고 있다. 나도 황홀하게 타오르는 불꽃에 취해 내가 왜 이곳에 기어올랐는지 알 수 없게 되었다.

도대체가 혼란스럽기만 하다. 그렇다고 내려갈 수도 없잖은가? 내려가면 뭘 하는가? 이대로 내려가면 나는 내일 또다시 어렵게 이곳에 기어 올라와야 한다. 그리고 모레 또 이곳에 기어 올라와야 한다. 달리 선택할 여지도 없다. 그런데 뭣 하러 새삼 다시 내려가야 하는가?

나는 고함을 질러본다. 나는 악을 쓴다.

"오오오! 오오오!"

소용없다. 자동차의 소음이, 폭죽 소리가 내 소리를 잠식해 물속에 곤두박질로 처넣고 또다시 경적이 쏟아진다. 폭죽이 터질 때마다 사람들은 경적을 울리며 환호한다. 저 가상의 현실. 순간적으로 우리의 생각을 마비시키는 저 황홀경.

난 지금까지 저것에 속아 살아왔다. 그러다 어느 날 깨고 보니 내 여자는 가고 없었다. 그런데 사람들은 아직도 꿈꾸고 있다. 아직도 저 불꽃에 취해 깨어날 줄을 모른다.

아마 저들은 깨는 것이 두려울지도 모른다. 그러기에 깨지 않기 위해 기를 쓰고 폭죽을 쏘아 올리고 경적을 울려대는지 모른다. 그 순간만은 그들은 불안을 떨치고 꿈속에 깊이 잠길 수 있지 않은가. 폭죽은, 경적은 저들이 현실에 쏟아놓는 화대이다. 그들은 현실과 화간하고 있다. 그런데 나는 불행하게도 그 잠에서 깨고 말았다. 한번 깨고 나니 더 이상 잠을 이룰 수 없다. 아, 어떻게 얻은 잠인가.

그 여자는 적어도 내게는 완벽한 여자였다. 그 여자는 내게 아무것도 요구하지 않았다. 그 여자는 자신의 모든 것을 내게 주고 싶어 했다.

"전 당신 거예요. 당신 마음대로 하세요."

"넌 너라는 것도 없어?"

"네. 전 당신으로 족해요. 전 당신이에요."

"난 내가 아닌 당신을 원해. 난 나 하나로 족해. 내가 둘일 필요는 없어."

"알아요. 그래도 전 당신이고 싶어요."

"환장하겠네. 웬 신파야. 지금은 2000년대라고, 알아?"

"네."

"알았으면 안 대로 행동해."

내 말뜻은 그게 아니었다. 정말 그런 뜻으로 한 말이 아니었다. 다만 나는 그녀가 자기의 삶을 전적으로 내게 맡기는 것이 부담스러웠다. 적어도 우리 서로가 어떤 묵인된 공백의 공간을 갖고 싶었다. 서로가 침범하지 않고 남겨두는 어떤 공간 말이다. 그런데 그녀는 그것마저 뚫고 들어오려 했다. 그녀는 나를 질식시키려 했다.

그녀는 나에게 그녀의 모든 것을 줌으로써 나를 완벽하게 소유하려 했다. 마치 애완용 강아지처럼.

나는 늘 내가 그녀를 개처럼 기른다고 생각했다. 그리고 그녀는 말을 잘 듣는 개라고 생각했다. 앉으라면 앉고, 서라면 서고, 뒹굴라면 뒹구는 개 말이다.

그런데 문득문득 그게 아니라는 생각이 들었다. 우리 속에 든 것은 그녀가 아니라 나였다. 내가 바깥에서 우리 속을 들여다본 것이 아니라 그녀가 우리 속에서 바깥에 있는 나를 쳐다본 것이었다. 환장할 일이었다.

그것이었다. 내가 못 견딘 것은 내가 그 여자에게 사육되고 있다는 느낌이었다. 나는 사육사가 아니라 사육되는 짐승이었다. 내가 그 여자 앞에서 재주를 피우고 뒹굴고 공을 굴렸던 것이다. 그 여자의 잘 길들여진 짐승으로 말이다. 나도 모르는 사이에 그렇게 되어 있었다. 그러니 그런 상황에서 누군들 반발하지 않겠는가? 누군들 자기 패를 내던지고, 판을 뒤엎고 싶지 않겠는가? 그저 파토를 놓아버리면 어떻게든 되는 데 말이다.

그런데 그게 아니었다. 그녀는 아예 판을 거두어 가버렸다. 그녀는 도박판의 최소한의 규칙마저 깨버렸다. 적어도 판을 거두어서는 안 되는 것 아닌가. 판은 남겨두어야 우리가 공허할 때 서로 살을 맞대고 뒹굴 수 있지 않은가. 그런데 그녀는 그 판을 마음대로 거두어 버렸다. 사전에 내게 단 한 마디의 상의도 없이 말이다.

드디어 꼭대기다. 나는 꼭대기에 다다르자 조심스럽게 몸을 일으킨다. 두 팔을 떼고 몸을 절묘하게 균형을 잡으며 일어난다. 위태롭다.

나는 악을 쓴다. 고함을 지르고 아치의 끝에 위태롭게 서서 팔을 벌린다. 십자가 모양으로 활짝 펴고 서서 고함을 지른다.

"오오오! 오오오!"

내 손바닥에서 피가 흐른다. 내 발등에서도 피가 흐른다. 휘황한 불꽃이 내 머리 뒤에 광배처럼 걸린다.

아무도 내 말을 듣지 않는다. 내가 아무리 고함을 질러도 사람들은 불꽃에 취해 있다. 내 고함은 그들에게는 동물원에 갇힌 늑대의 포효일 뿐이다.

나 또한 불꽃을 보고 싶다. 그 불꽃의 유혹이 시시각각으로 나를 사로잡는다. 얼마나 아름다운가. 불꽃이 쏟아지는 이 땅, 이 하늘이. 어둠을 몰아내는 저 불꽃이 얼마나 찬란한가. 나를 유혹하는 저 불. 그 여자의 가랑이 사이에 타던 그 불. 나는 그것에 취해 살았다.

"그때 당신은 정말 멋있었어요. 마치 신들린 사람 같았어요. 돌을 들고 최루탄 속을 질주하는 당신은 멧돼지를 향해 돌도끼를 들고 돌진하는 원시인처럼 무모하고 힘이 있었어요. 당신의 분노도 아름다웠어요. 정말 그때는 사는 것 같았어요. 지옥이 꼭 나쁜 것만은 아닌 것 같아요. 우리가 정말 살아 있다는 것을 끝없이 확인시켜주거든요."

그 시절 나는 인생은 결코 장난이 아니라는 말을 믿었다. 인생은 통속적이라는 말도 아무런 모순 없이 믿었다. 성실하라, 근면하라, 뭐 그런 말도 믿었다. 초등학교 시절에는 '국민교육헌장'도 열심히 외웠고, 대학을 가려고 재수도 했다. 그만하면 되지 않았는가.

사회는 내게 요구하는 것이 참 많았다. 모두 내게 요구만 했다. 그래 놓고는 이제와서 모두 나를 외면한다. 내가 한 가지라도 요구하면 모두 나에게 눈을 부라리며 정색한다.

그래 그렇다 치자. 그런데 지금 내가 이렇게 한강 다리의 철탑 꼭대기까지 기어올라 난리를 치는데도 모두 불꽃만 바라보는 것이 말이 되나. 나는 살고 싶다. 정말 죽고 싶어 죽는 사람이 어디 있는가. 모두 너무나 살고 싶어 죽는 것이다. 나는 살고 싶어 이곳에 올라왔다.

저기 한 사람이 다가온다. 술이 취해 비틀거린다. 그의 어깨가 한없이 무겁다. 청색 잠바, 하얀 와이셔츠, 갈색 넥타이. 내려가서 그 사람의 어깨를 어루만져주고 싶다. 그가 난간에 기댄다. 난간을 부여잡고 마구 흔든다. 우는 것일까?

"이봐요. 저기 아저씨. 술 취했어요? 그렇게 흔들지 말아요. 떨어지겠어요."

"누구야? 어디야?"

"여기요, 여기."

"응? 아니 거기는 왜 기어 올라갔어? 위험해 내려와."

"죽으려구요."

"그러지 말고 내려와. 여기 소주 남은 게 있어. 내려와."

"아뇨. 그냥 죽을래요."

"이봐. 그래도 내려와. 죽어봤자 아무도 안 쳐다봐. 모두 저 불꽃놀이에 취해서 자네 죽어도 아무도 안 쳐다봐."

"그래도 죽는 게 나아요."

"그래 그도 그럴 것 같네. 그러면 뛰어내려."

"예?"

"뛰어내리라니까. 내가 지켜볼 테니 뛰어내려. 두려워하지 말고."

뭐, 나보고 뛰어내리라니. 그럼 정말 죽으라는 거야? 어디 저런 인간이 다 있어! 누구도 타인에게 죽으라고 말할 권리는 없어. 아니 정말 누군가 죽어야 한다면 죽어야 할 사람은 내가 아니라 그인지도 모른다.

그의 어깨를 만지고 싶다.

"아저씨 우는 거예요?"

"아니야, 아니야!"

그가 손사래를 친다. 그의 어깨가 가볍게 흔들린다.

나는 그의 모습을 피해 먼 곳을 바라본다. 무수한 도시의 빛이 강물 위에 길게 뿌리를 내리며 흔들린다. 그러나 물은 자꾸만 빛을 밀어낸다.

왜 저 사람은 물에 뛰어들지 않는 것일까? 그는 무엇을 기다릴까?

"이봐 젊은이 뛰어내렸어?"

"아뇨."

"그럼 뒤돌아봐."

"왜요?"

"글쎄 돌아보라니까."

나는 위태롭게 돌아선다. 아, 아름답다. 저 환상. 다시 요란하게 불꽃이 하늘에 수를 놓는다. 불꽃이 63빌딩 꼭대기에 걸린다.

"이봐 아름답지."

"예."

"저게 사는 거야. 알아? 아름답잖아."

"하지만 저건 가짜잖아요."

"맞아. 하지만 세상에 진짜가 어디 있어. 저게 진짜야. 가짜가 진짜란 말야. 애초에 진짜는 없어. 이봐 젊은이 난 가. 아름답잖아. 그러면 됐지 뭘 더 바라."

"하지만 저 불꽃이 사라지면요?"

"또 쏘면 되지. 자꾸 쏘면 돼. 폭죽은 얼마든지 있어. 원한다면 얼마든지 만들 수 있어. 주문만 해봐. 공장에서 밤을 새워서라도 만들어 줄걸."

"그러다 날이 새겠어요."

"그래 맞아. 날이 새면 사람들은 폭죽이 없어도 어떻게든 살아가. 밤이 문제거든. 사람들은 밤을 못 견뎌 해. 아무 일도 일어나지 않으니까. 할 일이 없으니까. 자네도 그렇지?"

"예."

"그래 바로 그거야. 자네에게 필요한 것은 일이야. 그리고 자네의 그 일을 의미 있게 해줄 불꽃이 필요한 거지. 안 그래?"

"그래요."

정말 그렇다. 나는 나의 환상을 채우기 위해, 나의 폭죽을 사기 위해 일해야 한다. 그런데 내겐 그 일이 없다. 내 환상을 채워줄 일이 없다. 나는 결국 다른 사람의 폭죽을 구경해야만 한다.

구조조정, 경제회생, 뭐 그런 것 다 좋다. 그런데 그걸 왜 하나. 다 먹고살자고 하는 게 아닌가. 그런데 왜 나는 밀려나 여기까지 기어 올라와야 하나. 왜 그 여자는 떠나야 하나.

"미안하네. 다 죽을 순 없잖아. 자네가 양보해."

저기 또 젊은 연인이 팔짱을 끼고 온다. 여자는 남자의 가슴에 잔뜩 얼굴을 묻고 팔에 꼭 매달린 채 온다. 내가 선 탑 아래 선다. 두 사람이 마주 선다. 포옹을 한다. 두 사람의 입술이 다가간다. 진한 키스를 한다. 여자가 파르르 떨며 남자의 목에 손을 감고 매달린다.

"사랑 좋아하네."

"뭐야 당신 누구야?"

"이봐 어딜 보는 거야 여기야 여기."

"당신 거기서 뭐하는 거요?"

"보면 몰라 자살하려는 거지. 그건 그렇고 당신은 사랑을 믿어?"

"그러니까 여기 이렇게 있지요."

"나도 한때는 믿었지. 그러나 아니야. 사랑은 곧 사라져."

"그래도 좋아요. 중요한 건 현재니까요. 현재 속에 영원이 있는 것 아녜요? 전 절대적인 영원 같은 건 믿지 않아요."

"제법인데. 그러면 거기서 그러지 말고. 여관에나 가. 자네들이 흘리는 정액 속에 영원이 있어. 빨리 가봐."

그들은 멀어져 간다. 나를 그냥 내버려 두고 저들은 허리가 맞붙은 채 떨어질 줄 모르고 위태롭게 비틀거리며 간다. 저들은 오늘 어느 러브호텔에서 밤을 지샐 것이다. 집에는 친구 집에서 시험공부한다고 둘러대고선 말이다. 그래 그것이 오히려 진실일지 몰라.

영원을 믿지 말아야 했어. 그래도 우린 사랑은 영원한 것이라고 믿었어.

자유니 민주니 하는 것이 절대적인 어떤 가치라고 믿었지. 그것만 이루어지면 우리에게는 더 이상 고통은 없을 것이라고 믿었지. 그것이 무슨 만병통치약인 줄 알았어. 약장수의 말에 속아서 말이지. 그래서 우린 모두 시대의 증인이 되고 싶어 했어.

그런데 그놈의 민주화인지 독재타도인지 뭔지를 이루고 나니 그만 나더러 필요 없다고 물러나라네. 벌써 나를 사회의 폐기물이라고 밀어내려 하네. 아직 제대로 시작도 안 해봤는데 말이지.

그래 그건 좋아. 어차피 내가 그놈의 것에 기여한 게 별로 없으니 당연하지. 몇 번 허공을 향해 돌팔매질하고, 어깨동무를 한 채 거리를 몇 바퀴 돌고, 최루탄에 콜록거리며 눈물을 짠 것 외에는 말이지.

하긴 그 핑계로 수업을 빼먹고 그 사람과 싸돌아다닐 빌미가 있기는 했지. 송창식을 들으며 고래사냥을 하기도 했고. 그래 그랬어. 그래도 그땐 비장미라는 게 있었지. 그래서 행복했어. 몇 사람만 모여다녀도 무슨 대단한 일을 하는 듯했거든. 포연 속의 연애는 훨씬 더 낭만적이고 비극적인 느낌이 있었지. 우린 모두 헤밍웨이가 된 듯했어. 그런데 평화가 우리를 분열시켰어. 그녀와 나를 갈라놓고 무관심하게 하고 결국에는 갈라서게 만들었어.

그녀나 나나 고통은 잘 견디고 익숙해졌지만 평화에는 익숙하지 않았어. 우리는 모두 평화를 못 견뎌 했지. 어디선가 무슨 일이 벌어져야 우리는 자신의 존재를 확인할 수 있었어. 그래야만 우린 서로를 절실하게 필요로 한다는 것을 확인할 수 있었어.

평화는 우리에게 권태를 가져다주었어. 그래서 우리는 서로 물어뜯고 미워하고 싸웠어. 무슨 일이든 만들기 위해. 우리는 마구 쓰고 낭비하고 허비했어. 돈도, 사랑도, 정액도 모두 필요 이상으로 낭비해야만 했어. 그것이 우리가 이 시대에서 받은 보상이야.

자살? 이제 내가 이 꼭대기에서 뛰어내린다고 해서 달라지는 게 뭐가 있겠어. 우린 모두 이미 오래전에 자살하고 말았는데. 우리는 모두 불꽃에 빠져 자살해 버렸어. 그 예리하던 눈매는 모두 몽롱하게 불꽃을 더듬고 그 속에 익사해 버렸지. 그런데 저 남녀는 그런 비극을 모르니 행복한 게지. 그들에게는 과거가 없으니 현재가 행복해. 그리고 미래가 없으니 현재가 만족스러워.

우리에게는 너무나 많은 기억이 있어. 그리고 너무나 많은 꿈을 꾸었어. 너무 거창했지. 우리가 감당하기에는. 그래서 우린 결국 익사를 선택했어. 도피. 저들은 우릴 그렇게 부르지만 우리에겐 그건 냉정한 선택이야.

"아저씨 거기서 뭘 하세요?"

"응? 넌 누구니? 왜 혼자 이렇게 돌아다니고 있어? 불꽃 구경 왔니?"

"아뇨."

"그럼?"

"길을 잃어버렸어요."

"그래? 집이 어딘데?"

"몰라요."

"그럼 여태 어디서 지냈어?"

"몰라요."

"어디로 갈 건데."

"몰라요."

"넌 몇 살이니?"

"몰라요."

"도대체 아는 게 뭐가 있어?"

"몰라요. 근데 아저씨는 왜 거기 있어요?"

"응 나? 자살하려고."

"그럼 왜 안 뛰어내리세요?"

"뭐?"

"자살한다면서요? 그러면 그냥 뛰어내리면 되잖아요."

"그래, 곧 뛰어내릴 거야."

"혹 관중이 필요하세요?"

"뭐?"

"테레비 보면 사람들이 몰려와서 난리를 치고 내려오라고 고함을 지르고 그러잖아요. 구급차도 오고, 교통도 통제하고 말예요. 기자도 오고, 애인도 찾아와서 내려오라고 울며 호소하고 그러잖아요. 아저씨도 그걸 원하세요? 동정받고 싶으세요?"

"아, 아냐."

"그럼 그냥 뛰어내리세요."

"그런데 불꽃이 너무 아름답잖니?"

"아저씨도 저의 아빠 엄마랑 꼭 같네요."

"무슨 소리니?"

"아빠 엄마는 불꽃을 본다고 절 내버려 두고 가버렸어요. 그래서 이렇게 됐어요. 불꽃놀이가 끝나야 절 찾겠죠. 아직은 정신이 없어 절

잃어버린지도 모를 거예요. 안녕히 계세요."

"그래 부모님을 꼭 찾아라. 세상은 아름다운 곳이란다."

아이가 멀어져 간다. 아이와 함께 불꽃이 사그라진다. 아이가 불꽃을 몰아 어디론가 사라진다. 아이가 어둠 속에 잠긴다.

거리를 메우고 있던 차들이 움직이기 시작한다. 강변을 메운 사람들이 흩어지기 시작한다. 경적, 사람들의 고함, 발자국, 소리가 가득하다. 그러나 더 이상 아무도 하늘을 쳐다보지 않는다. 축제가 끝난 하늘은 삭막하다. 사람들은 하늘을 두려워한다. 모두 다시 앞만 보며 어디론가 흩어진다.

어린 시절 정월 대보름에 하던 불놀이. 깜깜한 강에서 깡통을 돌리면 활활 타는 불이 하늘에 둥근 원을 그린다. 불의 원이 어둠 속에서 윙윙거리며 세상을 불태운다. 손에서 떠난 깡통은 긴 포물선을 이루며 별똥이 되어 날아 어느 숲에 떨어진다. 불꽃이 사방에 흩어진다. 나는 거대한 불덩이가 된다.

정신없이 깡통을 돌리다 문득 돌아보면 아이들이 다 떠나버린 빈 강. 그 깜깜한 강의 공포.

나는 허공을 향해 고함을 지른다.

"나는 살고 싶다."

나는 악을 쓰며 고함을 지른다. 그러나 아무도 바라보지 않는다. 어둠만이 나의 어깨를 짓누른다. 바람이 나를 위태롭게 흔든다. 깊이를 알 수 없는 어둠이 아득히 가물거린다.

누군가 단 한 사람이라도 지금 나를 올려다보며 내려오라고 고함을 지른다면, 위험하다고 어서 내려오라고 호소한다면. 그러나 아무도 나를 바라보지 않는다. 무섭다. 이 침묵이 무섭다.

그녀는 끝내 나타나지 않는다. 어제 전화해서 이곳에서 만나자고 약속했는데, 정말 마지막으로 한 번만 만나자고 약속했는데 그녀는 끝내 나타나지 않는다. 어쩌면 그녀는 저 흩어지는 무리 속에 어울려 있을지도 모른다. 그렇게 신신당부했지만 그녀는 결국 나의 애원을 차버렸다.

이 자리에 선 나를 보여주고 싶었다. 나의 절망을 보여주고 싶었다. 나의 사랑을 보여주고 싶었다. 그러나 이제 나는 혼자 가야 한다. 저 깊은 어둠 속으로.

다시 태어날 수 있을까? 그럴 수만 있다면 이 땅에 다시 한번 태어나고 싶다.

나는 두 팔을 가득 벌려 다이빙 선수가 입수하는 자세를 취한다. 그리고 나는 허공에 몸을 날린다. 그러나 나는 그 자리에 꼼짝도 않고 서 있다.

새는 하늘을 두려워한다. 두려워서 하늘을 난다.

이진준
• 2018년 소설
• 장편소설 『바다행』(2019)
• jjeili@daum.net

고려군신 도원수 안우(1)

전경애

'아, 하늘이시여, 지금 우리가 이 땅에서 편안히 살 수 있는 것은 누구의 공로입니까? 개선의 노래가 그치기도 전에 어찌 태산 같은 공로를 칼끝의 핏자국이 되게 한단 말씀입니까?'　　　　　-정몽주-

———————

공민왕과 노국공주.

1351년, 22살의 공민왕(恭愍王) 왕기(王祺)는 고려로 향했다. 열두 살 때 볼모로 원의 수도 대도로 가서 십년간 온갖 수모 끝에 드디어 고려 왕이 될 기회를 잡은 그였다.

갓 결혼해 아직도 신혼의 꿈에 젖어 있는 노국대장공주의 해맑은 얼굴을 바라보며 그는 귀국길의 고됨도 잊고 있었다.

"왕가진(王佳珍), 내 아름다운 보배여, 천하제일의 대고려를 만들어 우리의 아들에게 물려주리라."

왕가진은 공민왕이 노국공주 부다시리에게 친히 지어준 고려식 이름이었다. 그는 불타는 사랑을 주체할 길이 없어 노국공주를 힘껏 안아주었다. 그녀는 위왕의 딸로 칭기스칸의 7대손이었다.

공민왕은 조일신, 정세운, 김용 등과 함께 고려로 돌아오자마자 호복을 벗어던져 버렸다. 노국공주도 몽고풍의 옷을 벗고 고려의 복식으로 바꾸었다.

즉위 두 달 만에 공민왕은 원나라가 내정간섭을 위해 만든 정동행성이 아닌 고려 조정에서 정사를 돌보겠다고 선포하였다.

고려인 중에는 원에 붙어 고려를 억압하고 착취하는 무리들이 있었는데 그 부원배의 우두머리가 원나라 기황후의 오빠 기철이었다. 아름답고 총명한 기황후와는 달리 기철은 기황후 세력을 등에 업고 패악을 부리고 있어 백성들의 원성이 높았다.

"기철, 기원 형제 등과 부원 세력이 버티고 있는 한 짐은 허수아비임금이나 다름없다. 고려를 살리기 위해서는 한시바삐 기철을 제거해야 한다."

공민왕은 틈날 때마다 측근인 조일신, 김용, 정세운, 안우 등에게 은밀히 속마음을 이야기하곤 했다. 과거 고려는 고구려의 상무정신을 이어받아 용감하게 외침을 막았고 팔만대장경과 세계 최초의 금속활자 등 찬란한 문화를 꽃피웠었다. 그러나 일곱 차례에 걸친 몽고의 침략과 100년에 걸친 무신들의 전횡, 부정부패를 일삼는 부원배들에 의해 나라의 독립이 위태로웠고 왕권은 취약하기 그지없었다.

"요동을 정벌하여 고구려 옛 영토를 회복합시다!"

공민왕은 특히 몽고 사정에 밝고 전술 전략에 뛰어난 안우(安祐)장군과 단 둘이 있을 때는 고려의 오랜 꿈이요 숙원인 요동정벌에 관해 이야기하곤 했다.

월출산 장군바위.

탐진(강진)은 일본, 중국, 멀리는 아라비아 등지로 오가는 무역선이

쉴 새 없이 넘나드는 국제무역항이었다. 탐진 포구에는 빛나는 털에 윤기가 흐르는 건강한 말들과 탐진 땅 수백 곳 가마터에서 구워낸 은은한 푸른빛이 도는 고려도자기를 실은 배가 가득했다.

안우의 부친 안원린(安元璘)은 일찍이 대문과에 급제하여 정당문학과 검교중추원사를 역임하고 나라에 공을 세워 탐진군(耽津君)에 봉해졌다. 안우의 집은 웅장한 바위들이 우뚝우뚝한 월출산 기슭에 있었다. 어린 안우는 틈만 나면 월출산에 올라 우람한 바위를 벗 삼아 놀았다. 거대한 월출산 장군바위는 마치 용맹한 장수가 수많은 장수들을 거느리고 우뚝 서 있는 듯한 모습을 하고 있었다.

월출산 깊은 곳에서는 고려 무인들이 모여 무술을 연마하였는데 어린 안우도 그들 틈에 끼어 무술을 배웠다.

하루는 원나라 복장을 한 수십 명의 우락부락한 남자들이 칼과 몽둥이를 들고 월출산으로 올라왔다. 그들은 월출산 꼭대기에 이르자 우뚝 솟은 장군바위를 부수며 마구 흔들기 시작했다. 월출산 장군바위는 언젠가 큰 인물이 태어나 위기에 처한 나라를 구한다는 전설을 지니고 있어 사람들은 신령한 바위라 하여 매우 아끼고 사랑하고 있었다.

무뢰배들이 고함치며 장군바위를 굴려 내리려고 할 때 어디선가 십여 명의 고려인 무사들이 나타났다. 산 속에서 양측 간에 큰 싸움이 벌어졌다. 치열한 싸움 끝에 고려 무사들은 무뢰배들을 쫓아내고 바위를 제 모습대로 돌려놓았다. 그리고 무사들은 어디론가 사라졌다. 이를 몰래 지켜본 어린 안우는 그 장면을 평생 그의 마음에 간직했다.

이후 안우는 원나라로 건너가 무장이 되어 용감무쌍한 군인으로 용맹을 떨쳤다. 특히 안우는 세계를 제패한 몽고제국의 뛰어난 전술인

망구다이 전술을 익혔다. 이 망구다이 전술은 세계최강 몽고군 특유의 위장후퇴술로서 처음에는 형편없는 전투력을 보이며 도망쳐 적을 유인한 후, 미리 매복시켜 놓았던 대규모 복병이 바람처럼 나타나 적을 섬멸시켜 대승을 불러오는 전략이었다. 치고 빠지는 위험한 망구다이 작전 중 적의 화살에 죽을 가능성도 커 망구다이 전사들은 용맹해야 했고, 적을 속여서 유인해 낼 연기력도 갖추어야 했다. 이 교묘한 망구다이 유인술로 몽고는 역사상 가장 넓은 영토를 가진 대제국을 이룩할 수 있었던 것이다.

'고려는 원나라를 넘어야 한다. 먼저 원나라를 알아야 한다.'

안우는 유라시아 대륙을 정복한 몽고군의 망구다이 전술 등 원의 모든 전략전술을 몸으로 배운 후 고려로 돌아왔다.

야심차게 시작된 공민왕의 개혁정치는 기철과 부원세력의 방해로 난항을 겪고 있었다. 개혁의 상징인 전민변정도감 역시 별 효과를 거두지 못하고 있었다. 정국은 여전히 혼란했고 공민왕이 임명한 조정의 개혁파 신료들은 부원파의 모함을 받아 쫓겨나기 일쑤였다. 백성들 사이에는 기철이 곧 고려왕이 될 것이라는 소문까지 돌았다.

1352년,

원에서 왕자 시절부터 공민왕을 숙위했던 총신 조일신이 난을 일으켰다. 조일신은 기씨 일당을 척살하려 했으나 이를 눈치 챈 기철이 재빨리 도망가는 바람에 거사는 실패로 돌아갔다. 거사가 실패하자 공민왕은 안우와 정세운, 최영으로 하여금 조일신 일당을 체포하여 처단하게 하고 서둘러 사태를 수습하였다.

조일신의 거사 중, 궁궐수비를 책임진 응양군상장군 김용이 내전에 머물며 나가 싸우지 않아 궁궐 호위군사들이 많이 목숨을 잃자 신하들이 일제히 김용을 성토하였다. 공민왕은 김용을 섬에 유배 보내고 안우 장군을 응양군상호군에 임명하였다.

1354년, 원에서 장사성(張士誠)의 난이 일어나자 원순제가 고려에 지원군을 요구해 왔다. 공민왕은 안우를 위시하여 유탁, 정세운, 이방실, 인당, 최영 등 40여 명의 날쌘 고려장수들과 서경 수군 3백 명을 포함하여 고려군 2천 명을 모집해 대도로 보냈다. 공민왕은 이때 멀리 섬으로 귀양 보냈던 김용도 슬그머니 불러들여 지원군에 합류시켰다.

해가 지나 원에 파병되었던 고려장수들이 난을 진압하고 돌아왔다. 안우는 원에서 돌아 와 다음과 같이 공민왕에게 보고했다.

"전하, 원은 부패하고 군기마저 해이해져 장수들이 분열되고 있습니다. 원의 몰락은 시간문제입니다!"

안우의 보고를 들은 공민왕은 회심의 미소를 지었다. 이제야말로 부원배들을 몰아내고 꿈꾸어 오던 개혁을 단행할 절호의 기회가 다가왔음을 직감한 것이다.

'드디어 부원세력의 우두머리인 기철일당을 몰아낼 시각이 바짝 다가왔구나, 얼마나 이때를 기다리고 기다렸던가…'

애초 공민왕이 고려왕으로 책봉되는 데는 원나라 기황후의 도움이 컸었다. 아름답고 총명한 기황후는 고려의 개혁에도 매우 협조적이었다. 그러나 기황후를 등에 업은 기철 일가의 전횡이 갈수록 심해지면서 공민왕과 기황후의 사이는 멀어져 갔다.

공민왕은 안우를 오성군(鼇城君)으로 봉했다. 탐진의 지형이 바다거북을 닮아 별호가 오산(鼇山)이었다. 또한 공민왕은 장사성 전투에서 돌아온 김용을 다시 궁궐로 불러들여 높은 벼슬을 주었다. 다시 왕의 측근이 된 김용은 더욱 의기양양하여 사병들을 몰고 다니며 위세를 떨쳤고 매관매직을 일삼기 시작했다.

공민왕은 이따금 노국공주와 함께 황궁의 종묘에 가서 촛불을 밝혔다.

"고려는 고구려를 계승한 나라요. 고구려 광개토대왕은 요동과 만리장성 너머 중원까지 진출하였었소. 짐은 오래전에 충성스런 안우 장군과 함께 요동을 되찾기로 굳게 약속했어요."

그리고 공민왕과 노국공주는 타오르는 불꽃을 바라보며 고려가 북방 옛 고구려의 영토까지 회복할 수 있도록 기원했다. 노국공주 역시 원나라 사정에 밝고 몽고말이 유창한 안우 장군을 굳게 믿었다. 정략결혼이긴 하지만 공민왕과 노국공주 사이에는 어느덧 깊고 뜨거운 사랑이 자리했고, 그녀는 공민왕에게 있어 빛이며 태양이며 정신적 안식처였다.

"저 역시 이 목숨 다하여 전하를 돕겠습니다. 저는 이제 고려의 여인입니다."

고려 여인 기황후는 원나라 여인이 되어 있었고, 원의 공주 부다시리는 고려의 여인이 되어 있었다.

기철제거.

1356년(공민왕 5년) 봄.

나날이 세력이 커져 안하무인이 된 기철과 권겸, 노책 등 부원파의 눈치만 보며 살아가던 공민왕은 안우 등을 불러 이들을 제거할 계획을 세웠다. 왕은 궁궐에서 큰 연회를 열어 기철과 권겸, 노신 등 부원파와 권문세족들을 초대했다.

연회가 벌어지는 날, 기철과 부원배들이 연회장 안으로 들어가려는 순간, 숨어 있던 무장들이 칼을 빼들고 달려들었다. 기철과 권겸이 그 자리에서 피를 흘리며 쓰러졌고 기씨 형제들과 노책 등 기승을 부리던 부원배 25명 이상이 척살되었다. 안우 장군이 원나라에서 돌아온 지 한 달 만에 일어난 거사였다.

공민왕은 그날로 정동행성을 혁파하고 쌍성총관부로 군사를 급파해 미리 은밀히 포섭해 놓았던 이자춘(이성계의 아버지)의 내응으로 쌍성총관부를 회복했다. 몽골에게 빼앗겼던 철령 이북의 고려 땅을 99년 만에 되찾은 것이었다.

공민왕은 미리 준비해 두었던 국정혁신안을 발표했다.

"몽골의 풍습을 폐지하고 고려의 관제를 모두 원래대로 회복하도록 하라! 몽골에 보내던 공녀와 환관도 더 이상 보내지 말라!"

백성들은 영웅적인 젊은 왕의 출현에 환호하였다. 그러나 이 놀라운 소식을 들은 원나라 기황후는 즉각 위협을 해왔다.

'기철을 죽인 진상을 밝히고 책임자를 처벌하지 않으면 80만 대군을 일으켜 고려를 칠 것이다!'

그러나 공민왕은 내우외환에 시달리는 원나라가 그럴만한 여력이 없음을 안우 등의 보고를 통하여 이미 알고 있었다.

기철 일당을 일시에 제거한 공민왕은 몇몇 장군을 불러 명하였다.

"압록강 건너 파사부를 공격해 우리 옛 땅을 수복할 준비를 하시오!"

왜구를 격퇴하는데 큰 공을 세웠던 서북면병마사 인당(印璫)과 후배 장수 최영이 어명을 받고 군대를 이끌고 압록강 건너 서쪽의 파사부 일대 8참(站)을 공격하여 3개의 역참을 격파하였다.

기개에 찬 고려의 젊은 왕이 드디어 고구려의 옛땅 요동을 다시 찾기 위한 신호탄을 쏘아 올린 것이다. 그러나 고려군이 압록강을 건너 파사부를 공격하자 원의 사신들이 득달같이 고려로 달려와 거세게 공민왕을 겁박하기 시작했다.

이에 맞서 문하시중 홍언박이 성큼 나섰다.

"전하, 당장 저 원의 사신들을 쫓아 버리십시오, 이젠 고려도 달라졌음을 보여주어야 합니다!"

그러자 부원파 잔당들이 일제히 고성을 지르며 홍언박에게 달려들었다. 공민왕이 급히 손을 들어 그들을 제지했다. 이 때 안우가 앞으로 나와 말했다.

"전하, 지금 원나라는 내란으로 힘을 쓸 수 없는 처지입니다, 크게 걱정하지 마시옵소서!"

이를 지켜보던 노국공주가 공민왕에게 힘을 실어 주었다.

"전하, 기철을 제거한 마당에 무엇을 망설이십니까? 안우 장군의 말대로 이제 고려는 요동을 다시 찾아야 합니다!"

노국공주는 고려의 왕비이지만 엄연히 원나라 황실의 공주 신분이어서 부원파나 반개혁주의자들도 그녀의 말을 거스를 수가 없었다. 노국공주는 공민왕에게 있어 강력한 동맹이요 정치적 보호막이었다.

그러나 화가 난 기황후와 원순제가 80만 대군을 보내 문책하겠다고 계속 위협을 가해 와 공민왕은 어쩔 수 없이 파사부를 공격하여 역참들을 격파했던 인당장군을 희생양으로 삼아 처형했다. 인당 장군의 처형 소식에 안우는 눈물을 흘렸다.

그러나 공민왕의 조치가 미흡했다고 생각하고 화가 머리 꼭대기까지 차오른 기황후는 원나라 황궁에서 소리쳤다.

"내 분명 군사를 보내 고려를 칠 것이다. 그 전에, 고려의 김용에게 고려왕과 안우 등 책임자 모두를 죽이라고 명해라, 내 큰 상을 내릴 것이다."

김용은 그들이 고려조정에 심어둔 첩자요 원의 충성스러운 신하였다.

공민왕의 명령으로 요동정벌 계획을 세우면서, 안우는 밤마다 월출산 장군바위가 크게 웃는 꿈을 꾸었다. 웅장한 자태로 투구를 쓰고 통쾌하게 웃고 있는 큰바위 얼굴은 광개토대왕으로 변했다가, 아버지 탐진군, 용감한 고려무사들의 얼굴로도 변하며 환하게 빛나고 있었다.

안우에게는 두 딸이 있었는데, 맏사위 황보림 장군이 그를 그림자처럼 따르고 있었다. 안우는 황보림을 뛰어난 장수로 기르기 위해 틈틈이 변화무쌍(變化無雙)한 몽고의 망구다이 전술과 옛 고구려 전술, 그리고 안우 자신이 고려지형에 맞게 새로 고안한 특수유격술을 가르쳤다.

안우에게는 딸 둘 외에도 아들 하나가 있었다. 몸이 약했던 부인 박 씨는 아들 현(顯)을 낳고 그만 세상을 떠났다. 탐진 고향집에서 자라고 있는 현은 아직 어렸다. 그래서 맏사위 황보림은 그에게 더더욱 소중한 존재였다.

공민왕 7년 봄, 개경에 나라의 위급을 알리는 봉화불이 올랐다.

왜선 7백여 척이 강화도 인근 교동도까지 쳐들어와 마을을 불태우고 주민 3백 여 명을 죽이고 곡식을 4만 석이나 약탈했다. 공민왕은 안우를 동강병마사로 임명해 왜구를 격퇴하게 하였다. 동강병마사가 된 안우는 남쪽으로는 왜를 정복하고 북쪽으로는 고구려 영토를 회복해야 하는 정왜북벌(征倭北伐)이 고려가 나아갈 길이라고 왕에게 주청하고 최영 등 휘하 장수들과 함께 왜구 토벌에 나섰다.

제1차 홍건적 침입.

이 때 북쪽 변경에서 급보가 들어왔다.

"요동에서 홍건적의 무리가 고려로 향하고 있다고 합니다!"

붉은 두건으로 머리를 감싼 대규모 홍건적 무리가 원나라의 대대적인 반격에 쫓겨 물밀듯이 고려로 향하고 있다는 이 뜻밖의 소식은 고려조정을 혼란으로 몰아넣었다. 남쪽 왜구와 북쪽 홍건적에게 협공을 당하는 형국이 된 것이다.

고려조정에서는 멀지 않아 홍건적이 압록강을 건너 고려로 침입할 것에 대비하여 방어대책을 수립해야 했다. 우선 공민왕은 왜구소탕에 골몰하던 안우, 최영 등 장군들을 불러 대책을 의논했다.

"전하. 청강(淸江,청천강) 이남 안주에 방어선을 구축하여 적의 남진을 저지하여야 합니다!"

안주는 청강 남안에 위치한 군사요충지였다. 공민왕은 안우를 안주군민만호부의 만호로 임명해 홍건적의 남진에 대비토록 하였다.

최영 등 휘하 장수들의 활약으로 남쪽 왜구를 소탕한 안우는 곧 경천흥, 김득배, 최영 등 제장들과 함께 북쪽 홍건적을 퇴치할 전략을 짜기 시작했다.

"적은 숫자의 병력으로 대규모 적을 이기려면 우선, 우리 고려 땅 깊숙이 적을 유인하는 것입니다. 패해서 달아나는 척하며 적의 약점을 계속 공격하면 피로하고 굶주린 적은 지쳐서 북쪽으로 돌아가려 할 것입니다. 그 때 고려의 정예 기병들이 적의 후미를 쳐서 일시에 섬멸하는 것입니다.

백만 대군을 일으켜 고구려 서경성을 공격했던 수나라 군이 살수(청천강)에서 궤멸한 것도, 패한 척하며 수나라 군대를 서경 깊숙이 유인해 낸 고구려 을지문덕 장군의 탁월한 전략 덕분이었지요."

안우가 말하자 장수들은 고개를 끄덕였다.

"그런데 적을 속이고, 도발하고, 유인해 내기 위해서는 우리 측의 목숨을 건 담대함이 있어야 합니다!"

안우는 장수들을 둘러보며 말했다.

안우와 고려군이 안주로 떠나는 날.

해가 밝자 조정대신들이 안우장군과 휘하 장수들, 출정하는 군사들을 환송하기 위해 일찌감치 개경 성문 밖에 모였다. 그런데 해가 정오가 되었을 무렵 의외의 소식이 전해져 왔다.

"안우 장군께서 술에 취하여 일어나지 못한다고 합니다!"

뜻밖의 보고에 대신들은 아연실색했고, 휘하 장수들은 어쩔 줄 몰라 했다. 안우는 한 나절이 지나서야 술이 덜 깬 얼굴로 나타났다. 안우의 군대는 그렇게 실망스럽고 어수선한 분위기 속에서 안주를 향해 출발했다.

"안우 장군은 술고래다!"

안우에 대한 좋지 않은 소문이 바람처럼 퍼져 나가기 시작했다.

안우의 부관으로 함께 안주로 떠나게 된 황보림은 이 어처구니 없는 상황에 애가 탔다. 안주로 가는 내내 입을 굳게 다물고 침묵을 지키는 장인의 속내를 도무지 알 길이 없었다.

고려군이 안주 가까이 다가 갔을 때, 안우는 황보림을 은밀히 불렀다. 그리고 그에게 속삭였다.

"전쟁에서는, 적의 첩자들을 속이고 방심하도록 거짓 정보를 흘려야 한다. 안우 장군은 술고래요, 태평이고, 엉터리라고, 알겠느냐?"

이 말을 마친 안우 장군은 북쪽을 바라보며 웃었다.

"전쟁은 속이는 것이다. 적을 속이기 위해서는 아군조차 속여야 한다. 누가 더 잘 속이느냐 따라 승패가 갈린다, 깊이 새겨라."

황보림은 그제서야 마음이 밝아지며 자신의 어리석음을 나무랐다. 그는 또 안우에게 그를 항상 괴롭히고 있는 질문을 조심스럽게 꺼냈다.

"홍건적의 숫자가 고려군보다 월등 많은 듯한데, 도대체 그 엄청난 수적 열세를 어떻게 극복합니까?"

안우는 잠시 생각하는 듯하더니 대답했다.

"걱정 마라, 우리에겐 먼 옛날 강성했던 고구려 때부터 전해 내려오는 천하무적 유격전술이 있음을 알아야 한다. 이 유격전이야말로 시간을 벌고, 적은 병력으로 큰 적을 부수는 백전백승의 비책이다. 적이 이겼다고 우쭐대며 전공을 세우려 미친 듯 달려오도록 만들면 된다."

1359년 12월 8일.

압록강이 얼기 시작하자 홍건적 괴수 모거경이 4만 여 명의 무리를 이끌고 얼어붙은 압록강을 건너 고려를 침공하기 시작했다.

홍건적은 단순한 도적 떼가 아니었다. 국가 수준에 맞먹는 엄청난 규모의 군대였다.

공민왕은 수문하시중 이암을 서북면 도원수로, 경천흥을 서북면 부원수로 김득배를 도지휘사로, 이춘부를 서경 윤으로, 이인임을 서경 존무사로 임명해 전선으로 급파했다. 그러나 급히 전선에 당도한 고려군 지휘관들은 파도처럼 밀려오는 홍건적의 엄청난 기세에 눌려 감히 싸울 생각조차 하지 못했다. 그 때 청강 남쪽 안주에 방어선을 구축하고 있던 안우가 홍건적을 급습하여 목을 베었다.

승리의 함성.

안우 장군이 기병 70기를 거느리고 전선을 순찰하다 산에 올라 잠시 쉬고 있을 때, 홍건적 장수 모귀양의 대병력이 갑자기 병기를 휘두르며 달려들었다.

"적이다! 장군님, 피하셔야 합니다!"

안우 휘하의 장졸들이 크게 당황하여 외쳤다. 그러나 안우는 조금도 놀라는 기색없이 태연자약하게 웃고 이야기하면서 계곡에서 손을 씻고 침착하게 말에 올랐다. 그리고는 군사들을 인솔하여 곧바로 적군 앞으로 달려가 길고 날카로운 검을 높이 빼들고 온 산이 울릴 만큼 쩌렁쩌렁한 목소리로 외쳤다.

"전 고려군은 즉시 공격하라! 공격하라!"

조금도 당황한 기색이 없이 우렁찬 목소리로 공격명령을 내리는 안우의 기세에 간담이 서늘해진 적들은 혼비백산하여 달아났다. 고함소리 하나로 적을 물리친 안우는 적이 버리고 간 무기를 거두어들이고 청강으로 이동해 진을 쳤다.

청강의 물은 아직 얼어붙지 않아 고려군과 홍건적은 청강 다리를 사이에 두고 팽팽히 맞섰다. 이 때 우락부락한 적의 장수 몇이 청강 다리 위로 올라와 사납게 장창을 휘두르며 고려군 진영을 위협하였다. 이를 본 고려 장수 병마판관 정찬이 칼을 뽑아 들고 나아가 큰 소리로 호통 치며 단숨에 적의 장수 1인의 목을 베어 버렸다. 간담이 서늘해진 적들이 놀라 도망가기 시작했다.

이 기회를 틈타 안우는 군사를 몰아 청강 건너편 홍건적 본대가 주둔하고 있는 인주 정주까지 쳐들어가 대승을 거두었다. 이 통쾌한 소식에, 왕은 크게 기뻐하며 안우에게 금으로 만든 허리띠를 하사하였다.

당황한 홍건적은 이번에는 작전을 바꾸어 선주(평안북도)를 공격하여 주민 1천 여 명을 죽이고 선주 관내를 약탈하였다. 그러나 선주의 홍건적이 약탈한 곡식을 운반하느라 신속하게 이동하지 못한다는 첩보에 접한 안우와 김득배는 보병과 기병 1천으로 불시에 그들을 공격하여 또다시 크게 이겼다.

그러자 교활한 홍건적은 철통같은 안우의 청강 방어선을 피해 강을 크게 우회하더니 남쪽으로 폭풍처럼 쳐내려오기 시작했다.

서경이 위험했다. 작전회의가 열려 처음에는 서경성 안의 모든 양식과 물자를 미리 불태우고 서경을 초토화 시키는 청야전술(淸野戰術)을 쓰자는 의견이 우세했다. 그러나 적의 날카로운 기세를 꺾기에는 적절치 않다는 의견도 나왔다.

적정을 면밀히 살펴온 안우는 말했다.

"홍건적들은 이미 식량이 바닥난 상태입니다. 서경 초토화 작전은 굶주린 이리떼 같은 적을 개경까지 끌어내리는 위험한 작전입니다. 일단 서경에 양식을 남겨 두어 그것을 미끼로 굶주린 적을 서경에 몰아넣은 후, 군사를 모아 적을 몰살시키도록 합시다."

무엇보다 고려군 수가 턱없이 적어 군사를 모으기 위한 시간이 절실했기에 모두 이 작전에 동의했다.

홍건적은 12월 28일, 서경성을 점령하였다. 고려를 침공한지 불과 20일 만이었다. 그동안 홍건적이 포로로 잡은 고려군과 백성의 숫자가 1만을 넘고 있었다. 안우의 예상대로 굶주린 홍건적은 식량창고를 차지하고 서경성에 안주하며 더 이상 남진할 기색을 보이지 않았다.

이 무렵 공민왕은 원나라 조정에서 요양성참정을 지낸 70세의 문하시랑평장사 이승경을 도원수로 임명하였다. 그러나 전선의 장수들이 왕이 새로 임명한 도원수 이승경의 말을 듣지 않았다. 화가 난 도원수 이승경은 식음을 전폐하다 홧병으로 물러나고 말았다. 안우가 실질적인 전선 사령관이 된 것이다.

해가 바뀌어 1월 하순이 되자, 전국에서 모은 고려군 총병력이 각 사찰의 승병까지 포함하여 2만 명이 되었다. 그만한 병력이면 적을 공격할 수 있다고 안우는 판단했다. 드디어 안우가 지휘하는 고려군의 서경성 탈환전이 시작되었다.

"위대한 고려군사들이여, 극악무도한 적이 점령하고 있는 서경을 탈환하라!"

안우는 앞장서서 외치며 대대적인 반격에 나섰다.

"이기자! 이기자! 나가자!"

고려군의 거센 공세가 시작되자 서경성 안의 홍건적은 그들이 사로잡은 만 여 명의 포로들을 죽여, 그 시체를 높이 쌓아 빙벽을 만들어 대항했다. 그러나 안우가 지휘하는 고려군은 서경성을 정면 돌파하여 맹공 끝에 홍건적 2만 여 명을 죽이고 홍건적 장수 심자와 황지선 등을 생포했다. 고려군은 도망가는 홍건적을 끝까지 추격하여 서경에서 함종, 압록강까지 무려 9차례나 싸워 모두 승리하였다. 가까스로 살아남은 홍건적 잔당 3백 여 명은 의주까지 가 얼어붙은 압록강을 건너 도망쳤다.

"이겼다! 적을 섬멸했다!"

드디어 안우의 치밀하고도 독창적인 고려식전술이 4만에 달하는 엄청난 수의 적을 궤멸시키고 승리를 기록한 것이었다. 백성들의 기쁨에 찬 함성이 방방곡곡에 울려 퍼졌다.

백성의 어려움을 돌보소서.

그러나 안우는 승리의 기쁨보다는 전쟁 중에 직접 보고 느꼈던 백성들의 참상에 가슴이 아팠다. 안우는 장계를 임금께 올렸다.

[안우의 장계]

'홍건적은 매처럼 사납고 이리떼처럼 탐욕스럽고 토끼처럼 교활하며 이들을 만나면 모두 도륙당하고 살해됩니다. 고려 백성들이 적을 맞아 죽음을 무릅쓰고 항거하느라 큰 어려움을 겪었습니다... 지방의 형편을 돌아보옵 건데, 백성들은 술지게미나 쌀겨로 입에 풀칠하는 지경입니다. 이런 때에 백성들이 원나라 사신에게 술과 고기를 대접함은 차마 하지 못할 일이니, 원나라 사신들의 아침 저녁밥과 죽을 제외한 술자리의 비용은 일체 금지하소서.

또한 변방에 즐비한 역참을 오가는 원나라 관리들을 백성들이 한 달이 멀다하고 돌아가며 대접하고 있습니다. 큰 고통입니다. 안주 이남을 제외한 가주, 정주, 수주, 곽주, 선주, 철주, 용주, 인주의 백성들의 어려움을 돌아보사 역참을 폐지하도록 하소서.

오랑캐에게 욕을 당했거나 산으로 도망하여 숨은 백성과 군관들은 힘이 약해 그랬을 것이니, 그 잘못을 용서해 주시면 감사해 할 것입니다. 평민, 노비, 양가의 자손, 장사 등 전쟁 통에 부당하게 포로가 된 자들 또한 해당 관청으로 하여금 본래의 신분으로 되돌아가게 은혜를 베풀어 주소서. 신들이 군영을 떠나 조정으로 돌아가는 길에 삼가 장계를 받들어 올리나이다.'

안우의 충심어린 장계를 받아 본 공민왕은 안우가 지적한 폐해를 모두 시정하게 하고 안우에게 다음과 같은 글을 보내 격려하였다.

'궁지에 몰린 적들이 벌떼처럼 몰려와 독을 쏘았다. 의로운 우리 군사들은 가는 곳마다 그 위엄이 천둥 벼락보다도 더하였도다. 경들이 개선가를 연주하고 돌아오며 글을 올리니 짐은 그를 가상히 여기노라.'

공민왕은 개선장군 안우와 제장들, 군사들을 위해 큰 잔치를 베풀어 주었고, 백척간두의 위기에 처했던 나라를 구한 안우와 이방실, 김득배 등 최고무장들을 모두 함께 공신에 봉했다. (다음 호에 계속)

전경애

- 1987년 소설
- 제11대 회장
- (현)국제PEN한국본부 국제교류진흥회장. 국제PEN한국본부 부이사장 역임. 「장진호」, 「흥남의 마지막 배-빅토리호」, 「조선왕조실록 수직일기」安義, 「성전 수리공」 등 발표. 한국문학 백년상, 한국전쟁문학상 등 수상.
- kajeon@gmail.com

평론

김가온

그 누구에게도 읽히지 않은 삶을 위해서

뮤지컬 〈호프; 읽히지 않은 책과 읽히지 않은 인생〉

김가온

살아가면서 우리는 많은 선택을 한다. 그 선택은 나 자신에 의해서 이루어질 때도 있겠지만, 나와 무관하게 타인에 의해 선택이 이루어질 때도 있다. 그때 우리는 다시 한 번 선택의 기로에 놓인다. 그 선택에 순응할 것인지, 아니면 그를 뒤집기 위해 다시 무던히 애쓸 것인지. 그 선택은 때로 흔들리기도 한다. 그 사이에서 어느 한 방향을 택하지 못한 채, 흔들리기도 한다.

뮤지컬 〈호프; 읽히지 않은 책과 읽히지 않은 인생〉(이하 〈호프〉)의 주인공, '에바 호프'는 무려 30년 동안 그 방향을 찾고 있다. 그 어디에도 속하지 못한 채, 그는 계속해서 방황한다. 그리고 결국 자신을, 그리고 주위의 모든 것을 탓하고 미워하는 방법을 선택한다. 엄마 '마리'는, 연인 '베르트'의 부탁으로 전쟁 내내 요제프의 원고 'K'를 보관한다. 이미 떠나버린 베르트 대신 K를 보관하며 정성을 쏟느라, 정작 호프는 뒷전이 된다. 자신의 연인도 원고를, 돈을 보고 변했고, 과거 호프는 이 모든 일의 원인이 된 것만 같은 K에 대한 원망만을 안고 엄마를 떠났다. 하지만, 돌아온 호프에게 남겨진 것은 원고 K뿐이고, 그를 빼앗아 가려는 이스라엘 도서관을 상대로 항소만을 반복하며, K를 보내주지도, 지키지도 못하고 있다.

호프는 계속해서 흔들렸다. 그저 나이가 들었으니 익숙한 대로 살 뿐이라는 현재 호프의 말 뒤에는, 상처로 얼룩진 그의 인생이 들어 있다. 그런 현재 호프를 재판장으로, 자신의 삶으로 이끄는 자는 다름 아닌 K다. 원고를 의인화한 캐릭터 K, 그는 대체 호프에게 어떤 의미였길래 '의인화'가 되었을까? K는 호프에게 무슨 말을 해주고 싶었을까? 그럼 관객은 대체 어떻게 호프로부터, K로부터 위로를 받았을까?

이 글은 기본적으로 평론의 형태를 띤다. 하지만, 그전에 뮤지컬 〈호프〉로부터 큰 위로를 받은 한 관객으로서, '나는 어떻게 이 작품으로부터 위로받았는가?'라는 질문을 던지고, 그에 대한 답변을 스스로 던지면서 작품을 바라보고자 한다. 어찌 보면 수필 같기도 한 이 평론이 누군가에게는 작은 위로가 될 수 있기를 바란다. 뮤지컬 〈호프〉는 현재의 78세 노인 에바 호프, 시간에 따라 나이가 변하는 과거의 에바 호프가 모두 등장한다. 각 인물의 정확한 배역명은 '호프', '과거 호프'이나, 독자와 필자의 편의성을 위해 '현재 호프', '과거 호프'로 표기한다. '호프'로 표기하는 부분은 현재나 과거를 따지지 않고, '에바 호프'라는 인물이 기본적으로 가지고 있는 감정선이나 행동에 대해 말한다.

- 'K'는 누구인가?

누군가에게 뮤지컬 〈호프〉를 설명해야 할 때, K만큼 설명이 어려운 인물이 없다. K는 기본적으로 원고지만, 버젓이 우리 눈앞에서 인간의 형태로 시끄럽게 팔랑거린다. 요제프 클라인의 원고를 의인화했다는 인물인 K. K는 호프의 곁을 30년, 아니 70년 동안 지켰다.

호프의 여덟 번째 생일날 과거 호프의 집에 찾아온 이후, 일흔여덟 살이 되도록 현재 호프의 곁에 남아 있으니 말이다.

현재 호프는 K와 대화를 나누기도 하고, K는 그런 현재의 호프에게 재잘재잘 수다를 떨기도 하고 잔소리를 하기도 한다. 현재 호프는 그런 K를 귀찮아하면서도 버리지 않는다. 그에게 K는 모든 것이기 때문이다. 엄마도, 사랑하는 사람도, 15살의 호프도 그 '종이 쪼가리' 때문에 호프를 떠났다. 하지만 역설적이게도 호프가 다시 돌아왔을 때 남은 것도 K 하나뿐이었다. 그리고 호프는 남은 게 하나뿐이라는 그 상황을 '받아들였다'. 그리고 그 하나만이라도 지키기 위해 무던히도 애를 쓴다. 자신이 떠났던 그 모든 것은 K에 담겨 있고, K마저도 없으면 자신의 삶을 증명할 것은 아무것도 없으니, 현재 호프에게 K는 모든 것이다.

그렇다면 K에게 호프는 누구일까. K는 호프를 어떤 존재로 생각하고 있을까. K를 연기한 배우에 따라 그 생각은 조금씩 다르겠으나, 필자가 본 K는 어느새 호프의 생각과 자아가 투영된 존재였다. 그 '생각'은 현재의 호프가 원고지에 대해 가지는 감정일 수도 있고, 엄마(마리)나 아저씨(베르트) 등 주위 사람에게 가지고 있던 생각일 수도 있다. 어쨌든 호프가 살아오면서 했던 모든 생각은 K에게 담겨 있다.

두 인물의 태도는 상반된다. 현재 호프에게 재판은 꺼림칙해서 피하고 싶은 존재다. 반대로 K는 처음 가보는 '재판'을 기다렸다는 듯, 설레고 흥분된 모습을 보여준다. 재판장에서도, 과거 기억에서도, 두려워하고 혼란스러워하는 현재 호프와 달리, K는 자신이 없어지더라도 호프가 자신의 삶을 바로잡길 원하는 모습을 일관되게 보여준다. 재판 결과에 관계없이, 항소에 항소를 거듭하며 자신이 원하는 것을 하나로 확정하지 못하는 현재 호프의 모습과 대조적이다.

현재 호프는 자신의 진심을 말하지 않는다. 자신이 원하는 것은, 자신도 모르게 꼭꼭 숨겨 놓고 아무에게도 말하지 않는다. 굳이 말하지 않는 것인지 혹은 자신도 몰라서 말하지 못한 것인지는 아무도 모른다. 자신도 모르는 자신의 마음을 말해줄 사람이 필요하다. K는 현재 호프의 정반대 위치에 놓인 사람이다(여성 노인(호프)-남성 청년(K)). 현재 호프가 숨기고 있는 속마음이 관객들에게는 보여야 하지만, 현재 호프가 직접 드러낼 수는 없다. 그래서 K가 나와, 무대를 가로지르고 현재 호프와 계속해서 함께한다. K는 현재 호프와 정반대의 모습으로 호프의 속마음을 관객들에게 보여준다.

그 누구도 호프의 말을 들어 주지 않아 왔다. 마을 사람들에게 그는 '이 동네 미친년'으로 통한다. 누추하고 더러운 모습의 호프는 기피 대상이고, 재판에서 이기든 지든 항소에 항소를 거듭해 재판 관계자들을 지치게 했기 때문이다. 재판에는 변호사 없이 자신의 기억을 꺼내 증언하지만 그 누구도 들어주지 않고, 증거로 제출한 엄마의 유언장도 공증되지 않아 기각된다. 그의 말을 들어주는 것은 오직 K뿐이다. 가장 솔직해질 수 있고, 자신도 모르게 자신이 원하는 것을 말해버릴 정도로 마음을 놓는 대상. 그렇게 말했을 때 현재 호프를 격려하는 것도 K뿐이다. '원고가 없어도 자신이 에바 호프임을 증명하고 싶다'고 말하면서 재판을 시작한 과거 호프의 모습과 겹쳐 보인다.

K는 종종 이렇게 말한다. '나 때문에'. 그 모든 일이 자신으로부터 비롯되었다고 생각하는 K는 자신의 손으로 이 일을 바로잡고자 한다. 그래서 현재 호프가 자신의 삶을 살 수 있게 도와준다. 재미있는 건, 현재 호프가 자신의 과거를 직면하면서 깨달은 사실도 '이 모든 일을 만든 건 나 자신'이라는 것이다. 이때 K는 그전과는 다르게, 매우 강하고 화가 난 어조고, 현재 호프는 그 어느 때보다도 비참해 보

인다. 즉, 현재 호프는 외면했던 과거를 직면하게 되면서 K가 계속해서 말해 왔던 것-나 때문에 이 모든 일이 일어났다는 것을 함께 깨닫게 된다. 호프의 '너 때문에'가 '나 때문에'로 바뀌는 것은 새로운 이야깃거리를 주는데. 다음 장에서 이 주제에 대해 이야기해 보고자 한다.

- 과연 모든 것이 호프의 잘못인가?

-날 망친 게, 날 이렇게 살게 한 게…
-너 자신이야.

뮤지컬 〈호프; 읽히지 않은 책과 읽히지 않은 인생〉, '읽히지 않은 책과 읽히지 않은 인생'

작품의 후반부, 현재 호프는 이 모든 것이 자신으로부터 초래되었다는 결론에 이르게 된다. 잠깐의 휴정, 현재 호프는 자신의 삶을 마주하게 된다. 현재 호프는 자신이 과거에 해 왔던 일들을 애써 회피하고, 평소처럼 자신이 이렇게 된 건 모두 K 때문이라고 말한다. 하지만 K는 그 모든 선택이 모두 호프 자신의 선택임을 직시하게 하고, 호프는 그 모습을 받아들이고 만다.

호프는 엄마를 지키기 위해 독일군에게 수용소 동료를 고발하거나, 원고의 절반을 연인의 꾐에 넘어가 팔아버린다. 원고를 판 후 연인에게 배신당한 호프는 자꾸 마리처럼 원고에 집착하는 자신의 모습을 발견하고, 마리만을 텐트에 남겨둔 채 도망친다. 다른 사건들보다도, 전쟁을 제외하면 이 사건들은 호프의 마음에 계속해서 남아 큰 상처가 되었다. 이는 호프가 자신의 과거를 직면하는 장면에서 직접 언급되고, 반복해서 등장한다. 그렇다면 정말 이 일들은 모두 '호프 때문이야'라는 한마디 말로 정리할 수 있는 걸까?

독일군에게 동료를 고발할 때, 마리는 베르트가 맡긴 원고를 지키느라 호프에게 굉장히 소홀한 모습을 보인다. 오히려 원고에 모든 신경을 쏟는 마리를 호프가 지켜줘야 했다. 그런 중 유대인들이 저항 봉기를 꾀한다는 소식을 접한 독일군에 의해 몸수색이 시작되고, 겨우 8살이었던 호프는 엄마를 지켜야 했다. 여기서, 어린 호프가 독일군에게 유대인 저항 봉기에 대한 정보를 말한 점, 그리고 그 정보를 말해준 유대인을 독일군에게 말했다는 점에서 비판을 피해갈 수는 없다. 후에 독립된 장으로 이 장면에 대한 비판이 이어지겠지만, 세계대전과 '유대인 대학살'이라는 주제를 너무 가볍게 다루지는 않았는지 재고하고 반성해 볼 필요가 분명히 있다. 이와 별개로, 극의 흐름과 호프의 나이만을 생각했을 때, '보호자의 보호를 받지 못한 아이가, 보호자를 잃을 위기에 처했을 때의 행동'에 집중하면 이 모든 것을 '호프가 친구들을 고발했다'라는 말로만 요약하기에는 어렵다. 이 장에서는 '아이가 보호자를 보호하는 상황', 그리고 그 방법의 책임을 오롯이 아이에게 지우는 대사나 가사에 집중한다.

보호받아 마땅한 나이의 아이가 보호자를 지켜야 하는 상황에서, 어렸던 호프는 어떠한 선택을 해야 했을까?

오히려 이 장면에 대해서는 마리를, 그리고 원인을 제공한 베르트(더 근본적인 문제를 생각하면 극 중에는 등장하지 않는 호프의 부친도 마찬가지다)를 비판적인 시선으로 보아야 했다. 마리 역시 홀로 호프를 키우는 과정에서 의지할 데는 베르트 뿐이었을 것이고, 원고를 지키면(자신이 유일하게 의지할 수 있는) 베르트가 돌아올 것이라고 믿었기에 원고에 사활을 걸었다. 하지만 정작 자신이 책임지고 지켰어야 하는 존재인 호프는 원고에 밀려 뒷전이 되었다.

이 상황에서 이미 호프는 피해자다. 자신이 마땅히 받았어야 했던 보호를, 보호자에게조차 받지 못했다. 마리가 몸수색을 당할 위기에 처하자, 호프는 오히려 엄마를 보호하기 위해 마리를 막고 앞으로 나선다. 혁명을 고발한 이후에도 마리는 원고에 집중하고, 철저히 혼자 남은 호프는 홀로 죄책감과 두려움을 감당해야 했다. 그 감정들은 계속해서 호프 안에 남아 있었고, 호프에게 이 기억은 전쟁과 함께 트라우마로 남았다.

재판이 끝날 때까지, 이 어렸던 호프에게 '네 잘못만은 아니야'라고 말해 주는 이는 없다. 그저 호프(와 필자가 호프의 자아로 해석하는 K)가 이 모든 것은 내 잘못임을 인정하고, 원고에서 자유로워지는 결말로만 향한다. 호프가 나아갈 수 있도록 격려하는 위치의 K도 이 부분에 대해 특별히 언급하지 않는다. 어떻게 보면(아무도 호프 곁에서 위로해 주지 않던) 호프가 자기 자신을 회피하고, 변화를 두려워하게 된 시발점으로 볼 수 있는 이 사건에 대해, 한 마디의 위로도 없이 '네가 한 일이야'하는 식으로 접근하는 것은 안타까운 일이다.

- 뮤지컬 〈호프〉 속의 전쟁

작품 속에서 호프는 유대인이고, 그로 인해 전쟁 중 수용소로 끌려가 강제노역을 하게 된다. 그리고 위의 장에서 다루었듯, 저항 봉기가 이루어질 것이라는 소식을 듣고 희망을 가지기도 잠시, 엘리트의 책을 가진 마리를 지키기 위해 그 소식을 퍼트린 동료를 모두 고발해 버린다.

여기서 우리는 뮤지컬 〈호프〉가 전쟁을 다루는 방법에 대해 생각해 볼 필요가 있다. 뮤지컬 〈호프〉가 다루는 전쟁은 제2차 세계대전이고, 여기서 등장하는 봉기는 바르샤바 게토 봉기다. 바르샤바 게토 봉기는 1943년 4월 19일에 수용소 안에서 유대인들이 나치에 반기를 든 대규모 무장투쟁이다. 그러나, 나치군의 탄압으로 인해 이 봉기는 4주 뒤 실패로 끝난다.

베르트가 마리에게 원고를 맡긴 이유, 그리고 원고를 포기할 수밖에 없었던 이유가 전쟁이 된 배경에 대해서는 충분한 설명이 이루어진다. 뮤지컬 〈호프〉의 모티프가 되는 사건과 시간적 배경도 일치하고 실제 인물을 모티프로 했다는 점이 더욱 두드러지기 때문이다.

그러나 봉기를 폭로하는 장면에서 캐릭터 사용은 물론, 대사와 이 '장면'이 적절한지는 미지수다. 실제 봉기 자체는 성공적으로 개시되었으나 개시 후 독일군에 의해 탄압되었다. 그러나 뮤지컬 〈호프〉는 봉기가 시작되기도 전에 호프가 '4월 19일에 봉기를 일으킨다'라고 독일군에게 폭로한다. 결국, 호프에게 그 소식을 전했던 수용소 사람들은 모두 총살당하고 만다.

실제 역사에서는 개시되었던 봉기를, 개시도 전에 독일군이 알아차리는 내용으로 극이 진행된다는 점에서 큰 아쉬움을 낳는다. 호프라는 캐릭터의 비극을 만들어 나가는 과정에서 전쟁이 '이용'되었다는 느낌마저 받았다. 세계대전, 그것도 유대인을 향한 '말살'이 이루어지고 있던 전쟁이라면 더욱 신중을 기했어야 한다. 가상의 사건을 만들어서 실제 역사와는 조금 떨어트렸다면 오히려 이러한 문제에서 자유로워져 관객의 몰입을 유도했지 않을까.

– 뮤지컬 〈호프〉, 그리고 시간

뮤지컬 〈호프〉는 현재와 과거가 번갈아서 등장한다. 호프가 재판에 참여하는 모든 과정이 현재에 해당하고, 과거 사건들을 떠올리는 장면이 과거에 해당한다. 현재 호프와 K를 제외한 모든 인물은 1인 2역으로, 과거의 사람과 법정 관계자 역을 동시에 수행한다.

잠시 다른 얘기로 넘어가 보자. 흥미롭게도, 뮤지컬 〈호프〉는 과거 일을 '읽는다'고 표현한다는 것이다. 그 많고 많은 단어 중, 왜 '읽어야' 했을까? 우리는 글을 읽을 때 찬찬히, 한 자 한 자 음미한다. '낡고 가난한 미친 78세 노인'의 삶은 어디엔가 가려져 있었다. 그 누구도 이해하려 들지 않았고, 그저 손가락질하기 바빴다. 그러나 그 삶은 세상에 공개된다. 관객들을, 그리고 법정을 상대로 말이다.

공개된 이 삶은 그 누구도 읽은 적 없다. 그러니까, 집중해서 찬찬히 음미하기는커녕 훑어보지도 않았다는 말이다. 호프 자신조차도 본 적 없는 이 삶은 철저히 호프의 입장에서 펼쳐진다. 철저히 외면받고, 외면한 그 삶을 읽음으로써 새로운 것을 발견할 수 있다. '넌 수고했다', '이제 내 자리로 돌아갈 시간', 혹은 '재판을 시작한 계기' 등이 있겠다. 호프도 기나긴 시간 동안 자신의 삶을 읽어나감으로써, 비로소 새로운 것을 발견하게 된다.

다시 시간이라는 주제에 조금 더 초점을 맞춰 보자. 현재와 과거가 번갈아 등장할 때, 현재 호프가 퇴장하지 않고 과거 일을 지켜보는 연출도 '이입'에 큰 도움을 준다. 앞에서 벌어지는 과거 호프의 사건뿐 아니라, 그를 지켜보는 현재 호프의 표정도 생생하다. 한 마디의 대사도 없지만, 어제 있었던 일이라는 듯 생생한 표정과 몸짓으로 상처를 치유하지 못한 모습을 보인다. 현재 호프는 적극적으로 과거의 자신에게 다가간다.

유일하게 시간을 오가는 인물은 현재 호프가 유일하다. 그래서 그는 종종 과거와 현재의 사이에 있기도 하다. 그러나 현재 호프는 결코 과거의 일에 개입할 수 없다. 과거의 자신을 안아주지도 못하고, 자신을 괴롭게 했던 그들에게 화내지도 못한다. 현재는 언제나 현재에 머무르니까.

그래서 뮤지컬 〈호프〉를 보다 보면 다른 사람은 모두 현재로 돌아왔지만, 현재의 호프만 과거의 이야기를 하는 모습을 쉬이 볼 수 있다. 하지만 그 누구도 현재 호프의 이야기를 듣지 않는다. 대표적으로, 수용소에서의 기억을 읽은 후, 그 아픈 기억에서 벗어나지 못하는 현재 호프에게 그 누구도 무슨 일이 있었냐고 묻지도 들어주지도 않는다. 그저 원고의 소유권이 누구에게 있는지 그 사실 하나만을 밝혀내기 위해 질문할 뿐이다.

그 시간을 정리해주는 역할이 바로 K다. K는 고통스러워하는 현재 호프의 곁을 지키기도 하지만 현재 호프가 과거에 개입할 수 없도록 하는 역할도 수행한다. 과거 호프를 안아주려는 현재 호프를 저지하거나 회상이 끝난 뒤, 현재로 돌아와도 여전히 과거에 머물러 있는 현재 호프를 재판장으로 끄집어내는 것도 모두 K의 역할이다.

우리가 고통스러운 이유도 대부분 과거의 일 때문이다. 후회스러운 과거의 일은 우리의 마음에 오래도록 남아 끊임없이 떠오르고, 계속해서 곱씹으며 헤어나오지 못하게 한다. 빠져들면 빠져들수록 우리를 괴롭게 하지만, 우리는 계속해서 과거로 빠져들게 된다. K는 그 옆에서 내 자리가 어디인지 끊임없이 상기시킨다. 현재 호프가 처절해 보일지라도, 그 간절한 처절함이 너무도 마음 아플지라도 어쩔 수 없다. 우리는 현재를 살아가야 하니까.

– 박힌 유리 조각을 빼내는 과정

무릎에 유리 조각이 박히면, 우리는 그 상처를 헤집고 유리 조각들을 빼내야 한다. 상처를 헤집는 과정은 정말, 말 그대로 고통스럽다. 하지만 이 과정은 필수적이다. 그렇지 않으면 그 유리 조각들이 평생 남아 합병증을 일으키니까. 호프가 살아온 삶 속 사건들도 마찬가지다. 그가 겪었던 일들, 그 안에 남아 있는 감정, 갈 곳 잃은 원망을 바로잡아야만 호프는 비로소, 자신의 삶을 찾을 수 있다.

사람들이 알고 있는 현재 호프의 모습은 '미친 노인네', '돈 때문에 재판을 포기하지 않는 탐욕스러운 인간', 심지어 '고양이를 잡아먹는 마녀' 등 부정적인 이미지로 가득하다. 하지만 그 모습은 모두 자신이 살아온 방법이었다. 길 위에서 살아남기 위해 억척스럽고 우악스러워진 것은, 마지막 하나 남은 자존심만을 지키는 방법이었다.

호프는 어릴 적부터 너무 많은 것을 보아야 했다. 전쟁, 엄마가 연인에게 배신당하는 모습,

그 후 연인이 돌아올지도 모른다는 희망에 빠져 하루하루 피폐해져 가는 엄마를 보아야 했다. 그런 엄마를 닮아가는 자신의 모습에서 도망쳤지만, 그 결과는 결국 아무것도 남지 않은 모습이었다. 그 모습에 도착한 과거의 호프는 이렇게 말한다. "그리고 우린 행복해선 안 돼." 이 말은, 결국 엄마를 버리고 혼자 행복을 찾아 떠난 자신에게 주는 벌이었다.

이 장면에서 유일하게 현재 호프와 과거 호프가 소통한다. 다시 돌아와 엄마의 유서를 보고, 마지막까지 원고 이야기가 적혀 있는 유서를 보고, 원고를 불태우려 하지만 주위에 아무것도 남은 게 없다는 걸 깨달은 과거 호프, 그리고 원고만이 전부가 아니라고 말하는 현재 호프. 소통이라기엔 독백 같고, 독백이라기엔 소통 같은 대사와 가사를 주고받으며, 이들은 넘을 수 없는 벽을 보며 서로가 나아가길 바라는

길을 안타깝게 외친다.

원고가 없어도 행복할 수 있다는 걸 증명하기 위해 시작한 재판은, 엄마를 향한 죄책감 앞에서 망설임이 되었다. 결국, 온전히 찾아온 자유와 원고, 그 사이에서 어느 하나 택하지 못하고 30년을 보냈다. 그 30년은 당찼던 과거의 모습을 잊게 하고, '원고를 지켜야 한다'는 생각만 남게 했다. 모든 것이 밉고 싫은 현재 호프의 모습은 그렇게 탄생했다.

그렇게 박힌 유리 조각은 꼭꼭 숨어, 호프가 되어버렸다. 하지만 호프는 그 아픈 과거를 모두 읽어냈다. 외면하고 싶을 때는 K가 직면하게 했고, 화가 날 때면 법원 사람들이 멈칫하게 했다. 그렇게 힘겹게 읽어낸 자신의 과거 속 유리 조각을 뽑고 나니, 그동안 억눌렀던 모든 것이 터져 나왔다. 모든 걸 잃어버린 자신의 삶, 내 인생을 망쳤지만 동시에 내가 살아갈 이유가 된 원고, 혹은 엄마.

터져 나온 그 자리는 아픔이 채운다. 이 모든 것을 깨닫기 전보다 더한 혼란, 자기혐오 등의 감정에 버무려진 호프. 변화하기에는 너무 늦어버린 것만 같아 현재 호프는 더욱 두려워한다. '원고를 지키는 미친 여자, 에바 호프'라는 자신의 자리를 지키려고 한다. 모든 것을 포기한 그 자리를 더욱 공고히 하고자 한다. 유리 조각을 모두 빼내고 소독하는 과정이 가장 아프듯, 호프는 그 아픈 과정에 놓여 있다.

- '에바 호프'를 증명하는 방법

우리가 몰랐던 상처를 확인하고 나면 한없이 초라해진다. 현재 호프도 마찬가지다. 자신의 모든 상처를 살펴보니, 자신에게 남은 것은 아무것도 없었다. 살펴보고 뒤져본 것은 그저 살기 위해 악만 남아버린 자신의 모습이었다. 모든 게 자신이 선택한 길이고, 다 자신이 잘 못했다고 인정하면 뭐라도 달라질 줄 알았건만 아무것도 달라지지 않았다. 속이 후련해지는 것도 아니고, 사람들이 자신의 이야기를 들어주는 것도 아니었다. 그저 더욱 초라해질 뿐이다.

하지만 아이러니하게도, 그때의 호프는 가장 솔직한 모습이다. 그동안 대고 있던 핑계가 모두 사라진 현재 호프의 모습은 오로지 자기 자신만 남은 모습이기 때문이다. '미친 노인네 호프'가 아니라, '78년의 생을 살아온 에바 이브기 호프'라는 인간이 왜 그렇게 원고에 집착했는지, 사실 자신이 원하는 것은 원고가 아니라 무엇이었는지 그제야 말하게 된다.

호프는 그저 살아갈 이유가 필요했다. 주위 사람들을 지켜본 적 없는 호프는 모두가 자신을 떠날까 봐 불안하고 두려웠다. 잃기만 했던 호프는 자신을 지키기 위해 거칠어졌고, 오히려 타인이 주는 관심을 차단하면서 살아왔다. 언제 떠날지 모르는 이들이니까. 자신이 고통스러운 이유는 모두 원고에게 있는 것 같았는데, 무작정 원고만 떠나보낸다 해서 해결될 문제가 아니었다.

그 이야기를 모두 들은 이들은 여전히 냉정하다. 단, K는 더 이상 냉정하지 않다. 호프에게 따스한 위로를 건넨다. 새로운 각도로 호프의 삶을 조명하는 K. 자신의 삶을 '살아남기 위해 떠돌았다'고 말하는 현재 호프에게 '충분히 자신을 사랑하고, 견뎌냈다'고 말해준다. 그 말을 들은 현재 호프는 망설이면서도 원래 자기 자리로 돌아가고 싶다고, 자신이 정말 원하던 것을 말하고 만다. K는 그런 현재 호프에게 '원고가 없어도 행복할 수 있다는 걸 증명하기 위해' 재판을 시작한 과거 호프의 모습을 보여주며, 잠시 멈췄던 에바 호프의 삶을 다시 시작하라고 격려한다.

자신이 지금까지 재판을 거듭해온 이유, 어떤 판결에도 만족하지 못했던 이유는 모두 밝혀졌다. 이제 남은 것은 호프의 선택뿐이다. 그러나, 행복해지는 것에 대한 죄책감과 변화에 대한 두려움이 아직 남아 있다. 과거에서 비롯된 이 감정들을 이제 떨쳐내고, 호프의 삶을 살아가야 한다. K는 이에 대해 '네 자리로 돌아와'라고 말한다. 과거, 피난 트럭에서 8살의 호프 대신 의자를 차지한 원고. 그때부터 호프는 자신의 자리로 돌아오지 못했다. 혹시나 누군가가 잘못될까 봐. 잘못된 자리에 서서 호프는 맴돌았을 뿐이다.

78살의 호프는 이제 자기 자리로 돌아가려 한다. 70년 만에 돌아가는 자리는 낯설고, 두렵다. 현재 호프가 두려움에 첫발을 떼지 못하는 새 판결이 시작된다. 판사가 읽어내리는 판결문은 K에 의해 새로운 의미를 갖는다. 이어 베르트, 카렐, 마리가 호프에게 판결을 내리고, 원고가 이스라엘 도서관의 소유라는 판결문은 '에바 호프의 인생을 에바 호프에게 되돌려 준다'는 판결문이 된다.

현재 호프는 비로소 과거의 인물들과 작별 인사를 나눈다. 재판 내내 꼭 쥐고 있던 원고 뭉치는 K에게 돌려주며 주위를 둘러본다. 그리고, 현재 호프의 머릿속에 끝없이 남아 괴롭게 하던 과거의 인물들을 떠나보낸다. 과거 호프는 현재 호프에게 판결을 내리지 않는다. 대신, 함께 판결을 듣다가 현재 호프의 곁으로 다가올 뿐이다. 그리고, 현재 호프가 '진짜' 자기 자신을 돌아보고 인사할 때, 함께 인사할 뿐이다. '안녕'.

모든 인사를 마치고 나면, 자신의 자리로 되돌아와 그 과거의 기억들을 떠나보낸다. 그 기억들과의 작별이 끝나면, 가장 상쾌한 표정을 짓는다. 지금까지 돌아보지 않았던 모든 것이 보이고, 씻기지 않은 모든 것이 씻긴 듯한 개운함. K에게 애정과 아쉬움이 담긴 눈인사를 건

네지만, 거기에 미련은 없다. 그리고 호프는, 재판장을 박차고 자신의 삶으로 떠난다. "난 에바 호프!"라고 힘껏 외치면서 말이다.

- 읽히지 않은 인생을 읽어낸 후

이제 호프의 이야기는 새로 쓰일 것이다. 우리는 호프가 자신의 삶을 찾아가는 과정을 살펴보았고, 그의 삶이 실로 아름다웠음을 보았다. 호프 자신은 원고 때문에 살았고, 동시에 인생을 망쳤다고 주장하지만, 그는 자신의 삶을 살아가기 위해 악착같이 살았을 뿐이다. 자신도 깨닫지 못했던 그 삶의 가치를 깨달아가는 호프. 그 과정에서 관객이 함께 이입할 수 있도록, 현재 호프가 과거 호프를 계속해서 바라보는 연출이 돋보인다.

물론, 지적했듯 '이 모든 것이 호프 개인만의 문제인가'라는 질문을 던질 수도 있다. 호프는 충분히 보호받지 못한 채 자랐고-아동 시절부터 보호자를 보호해야 했다-그 문제에서 비롯된 불안 등을 개인의 문제만으로 돌리기에는 아쉬운 점이 많다. 모든 것이 호프의 문제가 될 수도, 될 이유도 없다. 현재 호프의 죄책감이 오로지 너만의 문제에서 비롯된 것은 아님을, 그러나 현재 호프가 나아가야 할 방향은 과거에 머무르지 않는 것임을 짚어 주는 대사가 필요하다.

전쟁이라는 소재도 마찬가지다. 단순히 호프라는 인물에게 비극적인 서사를 부여하기 위한 수단으로 사용된 점은 충분한 비판이 필요하다. 2차 세계대전에 대한 무게감은 어떠한지, 그 안에서 유대인들이 행해야 했던 봉기는 어떤 의미였을지 자문하며 이 장면을 구현해야 했다. 특히 호프라는 인물이 실제 인물을 모티프로 했다는 점에서 이 장면은 더욱 신중하게 실현되어야 한다. 우리에게는 가상의 인물이 어려움을 겪는 것이지만, 역사에서는 실제 인물이 사활을 걸고 자신과 자신의 민족을 지킨 일이었다.

하지만 뮤지컬 〈호프〉는 큰 공감을 자아내고 위로를 준다. 우리는 어떻게 호프라는 인물에 공감하며 함께 위로를 받게 될까? 어떠한 미화도, 꾸밈도 없이 있는 그대로를 표현한 것이 공감과 위로의 키워드다. 주인공인 현재 호프의 모습은 초라하다. 화려하고 아름다운 이야기를 써나가야 할 것만 같은 주인공은 넝마 같은 옷을 입고 거친 언행을 일삼는다. 어디 그뿐인가. 무대에서 단 한 번도 퇴장하지 않고 과거의 일을 지켜보며 무너질 대로 무너진다.

아픔의 원인을 파악한 후, 딛고 나가는 과정도 오랜 시간이 걸린다. 새로운 곳으로 가는 것이 망설여지고 무섭다. 그 두려움마저 뮤지컬 〈호프〉는 가감 없이 표현한다. 마냥 희망에 차서 덥석 받아들이는 것이 아니라 망설이는 과정도 보여준다는 점에서 뮤지컬 〈호프〉는 특별하다. 그리고, 자신의 것을 천천히 받아들인다. 법정에 있는 내내 단 한 번도 웃지 못했던 현재 호프는 과거와 작별하며 조금씩 미소를 지어 보인다. 그리고, 마지막에서야 비로소 시원한 웃음을 짓고 유쾌한 작별을 한다.

이 모든 것은 우리가 상처를 치유하는 과정과 비슷하다. 과거의 일로 인해 상처를 받고, 그에 머물러 있다가 우리 자리를 찾아가는 과정. 이 과정은 당사자에게 결코 아름다울 수 없다. 현실을 직시하고, 아픔을 직면하는 과정은 고통과 아픔의 반복이다. 그리고 우리는 이 과정에서, 우리의 잘못을 그리고 우리가 놓쳤던 부분을 필연적으로 마주해야 한다. 그렇게 정신없이 고통스러워하다 보면, 어느새 성큼, 우리 눈앞으로 새 인생이 다가와 있다. 예상과 다른 결말을 쓰는 건 누구에게나 힘든 일이다.

호프는 누구보다도 행복한 결말로 법정과 작별했다. 뻔한 이야기지만, 그 과정은 험난하고 뻔하지도 않았다. 우리도 모르게 호프에게 이입해 있다 보면 K가 다가와 위로를 건넨다. '넌 수고했다, 넌 견뎌 냈다, 넌 살아냈다, 늦지 않았다'. 정말 듣고 싶었지만 선뜻 내가 나에게 해주긴 어려운 말들을 K가 대신해 준다. 그리고 싱긋 웃으며, 이 모든 과정은 네가 너를 아꼈기 때문이라고 말한다. 우리는 그렇게, 과거와 작별하고 앞으로 나아가게 된다.

김가온

• 2022년. 평론 등단.
• 성신여대 작곡과 음악이론전공 재학 중
• etude2509@naver.com

예술시대작가회

연혁

[예술시대작가회]가 걸어온 길

연도	역대회장	사무국장	동인지 / 사업 / 행사	면수	출판사
1987	1대 이재인	이정섭	• 창간호『예술시대』발간 • 창립총회 개최	298	인문당
1988	2대 임중택 (유고)	서영환	• 제2집『아름답고 소중한 것』발간 • 채만식 생가 문화기행	337	문학관
1989	3대 한풍작	오만환	• 제3집『잎새바람 여울소리』발간 • 제4집『지느러미 바다』발간_소설분과 • 전방부대 위문 및 도서기증 • [예술시대신문] 창간호 발간	372 334	예총 출판부 미리내
1990	4대 송명진	허선심	• 제5집『불꽃튀는 도시』발간 • 남쪽 문화기행 및 세미나 개최	332	문학관
1991	5대 김석천 (유고)	이소영	• 제6집『가슴으로 새들은 날아오르고』발간 • 강원도 문학기행 및 세미나 개최	365	혜화당
1992	6대 정인관	오만환	• 제7집『살아있음을 위하여』발간 • [예술시대신문] 제2호 발간(전지4면) • 최초 '한강선상 예술잔치' 유람선에서 공연(스포츠서울 공동 주최, 일간신문 특집 2회 보도, KBS, MBS, SBS 저녁 9시 뉴스에 방영)	378	극동 문화
1993	7대 오만환	남궁선순	• 제8집『디오게네스의 반격』발간 • 소식지 5회 발간, 문학기행, 세미나 개최	418	혜화당
1994	8대 이정섭	김희경	• 제9집『난해한 곡선으로의 탈출』발간 • 회장 편집실 마련, 문학토론회 개최	247	한국미술 연감사
1995	9대 홍금자	김봉길	• 제10집『홀로 있는 풍경들』발간 • '물 사랑 시낭송회' 광화문 분수대 앞 (5대 일간 신문에 보도됨)	333	혜화당
1996	10대 김찬윤	권영재	• 제11집『흔들리는 겨울』발간 • '강원경포대 시' 잔치 및 세미나 개최 • 문학의 해 – 강원문학회 초청 공동주최	373	초록벗

1997	11대 전경애	박상철	• 제12집『가슴에 그린 벽화』발간 • '임실 문학회 공동 세미나 개최' – 전북일보 임실문학에 특집으로 게제	418	북토피아
1998	12대 이소영	정겨운 김선우	• 제13집『선채로 스며드는 점』발간 • '세미나 개최' – 임실문학회 공동개최 – 전북일보, 임실문학 특집 보도 및 게재	349	모아드림
1999	13대 김연대	이주환 강해경	• 제14집『혼합과 질서』발간 • '안동문학기행 및 세미나' – 지례예촌에서	319	문학관
2000	14대 조성아	제정자 이덕원	• 제15집『몽당연필로 그린 복제인간』발간 • '남해문학회 공동 주최 문학세미나 개최' –성아뜰 시낭송(CD제작 배부)	271	문학관
2001	15대 정문택	강승도 김사라	• 제16집『인생, 그 방황의 끝에서』발간 • 제17집『마주한 눈빛까지』발간 • 임실문학회 합동 문학세미나 개최 –전북일보, 임실문학에 보도 특집 게재	240 314	문학과 현실 승림
2002	16대 김희경	김규훈 이춘재	• 제18집『사랑은 사랑을 곁에 두려한다』발간 • '한강 맑히기 선상 예술잔치' 제2회 개최 – 일간신문 보도됨 • 문학기행: 간월도, 한용운 생가, 덕적도 • 한강 선상 예술잔치 – 특집으로 구성 제작	402	현대 문화사
2003	17대 황태근	한소운 김훈영	• 제19집『사람꽃이 피어난다』발간 • 평창, 영월 김삿갓묘소 문학기행 및 세미나	328	도리

2004	18대 이덕자	윤재룡
		박 등
			• 제20집『희망은 아름답다』발간
			• 충남 예술의 마을
			  – 시 낭송 및 문학좌담회
			• 강원문화제 참가, 충주문학기행, 목계장터
			  신경림시비기행
				357	석기시대

2005	19대 곽용남	이현실 이화우	• 제21집『나는 새는 지도가 필요없다』발간 • 신진도 문학기행, 추사 김정희 선생 생가 기 행 (19대 한성수회장 후의 임원단)	268	예총 출판부
2006	20대 송복순	유승도 이현실	• 제22집『베란다 밖의 풍경』발간 • 정지용생가 문학기행 및 무릉원(남궁선순 회원집)에서 문학세미나 개최	287	대한
2007	21대 김준회	박상철	• 제23집『그리고, 20』발간	386	대한

		한소운	• 부여 박물관 견학 및 세미나 개최 – 20주년 기념식 및 출판기념회		
2008	22대 윤여왕	김정윤 김용수	• 제24집『거참, 한입 먹는 것은 평등하니』 발간 • 강원도 일대 문학기행 – 대관령 – 눈꽃축제 참가 시낭송 – 대관령도서관(관장, 제정자 회원) – 문학세미나 개최 – 대관령에서 예작 을 위한 기도	353	한국 문학세상
2009	23대 김사라	이혜숙	• 제25집『약속은 언제나 설렌다』발간 • 3, 4월 – 시낭송회 개최, 소식지 4회 발송 • 해외 역사 탐방 – 백두산, 문경새제 일대 문 학기행 및 문학토론회 개최	399	예총 출판부
2010	24대 김솔아	유선자	• 제26집『작은 씨앗으로 커진 세상』발간 • 원주 박경리 문학공원, 원주 토지문학관 기행 • 예술시대 작가회가 작곡, 예작 상징 마크 제작	423	예총 출판부
2011	25대 권순형	김남연	• 제27집『생각과 생각사이』발간 • 경주 유적지 탐방	452	예총 출판부
2012	26대 윤재룡	조현순	• 제28집『로그인 인생』발간 • 백제군사박물관, 공주 부여 유적지 문학 기행	369	예총 출판부
2013	27대 김문호	허혜원	• 제29집『당돌한 저 꽃망울』발간 • 안동 하회마을 및 지례예술촌 문학기행 (안동특집 게재)	407	예총 출판부
2014	28대 박정필	이규자	• 제30집『파도의 긍정』발간 • 강화 문학기행 • 조경희 문학관에서 세미나 및 시낭송회	222	동행
2015	29대 한상림	양은진	• 제31집『퍼즐 맞추기』발간 • 오장환 문학관에서 세미나 및 시낭송회 • 청남대 견학, 특집 – 사랑나누기(희망온돌)	253	예총 출판부
2016	30대 유선자	조현순	• 제32집『타래난초가 핀 까닭』발간 • 전북고창문학기행 미당문학관에서 세미나 • 강원일보 강원도 신문 동인칼럼게재	263	예총 출판부
2017	31대 이현실	양은진	• 33집『봄을 읽다』발간 • 이효석문학관 세미나개최. 눈마을도서관, • 스키박물관,대관령하늘공원 문학기행 • 특집1–동인유고작가 추모 글	352	지성의샘

			• 특집2-작가와의 가상 인터뷰(헤밍웨이)		
2018	32대 박대진	나영채	• 34집『그리움은 출렁이는 신호등 너머』발간 • 만해문학관, 보령상화원, 백야김좌진장군 • 생가 탐방 • 특집 만해문학관을 찾아서	336	예총 출판부
2019	33대 이규자	나영채	• 제35집『노을의 눈빛을 보다』발간 • 충주문학관(이상화시인 문학세미나 개최) • 중앙탑공원 충주박물관 탐방 • 동인지 창간호에서 34권 기증식(정인관)	320	예총 출판부
2020	34대 김남연	이진준 최성규	• 제36집『마음의 백신』발간 • 특집1 - 코로나 • 특집2 - 신인코너	384	예총 출판부
2021	35대 조현순	서경자	• 37집『은하를 횡단하는 별』 • 수원화성. 행궁. 용주사 노작문학관에서 세미나 • 특집 수원화성을 읽다	328	한강
2022	36대 조윤주	홍현숙	• 38집『누가 지구를 돌려봤는가』 • 김유정 문학촌 문학기행 • 특집 김유정 문학세계 탐구	332	작가 교실

2022 예술시대작가회 제38집

누가 지구를 돌려봤는가

발행일   2022년 12월 9일
지은이   예술시대작가회(회장 조윤주)
편집위원   이영실 김용수 최수지 최희명 박종익 강대식 고승우 서영칠
사무국장   홍현숙

만든곳   작가교실
주소   서울 동작구 양녕로 25라길 36, 103호
전화   (02) 334-9107
값   15,000원

ISBN 979-11-91838-12-1 (03810)

강대식 수필집

음악회에서 만난 아버지

- 지은이 | 강대식
- 발행일 | 2022년 8월 30일
- 분야 | 수필
- 판형 | 150*230mm
- 쪽수 | 256쪽
- 가격 | 15,000원

책 소개

이 책은 청해 강대식 수필가의 두 번째 수필집이다. 이 책의 특징은 글의 주제와 맞는 사진을 같이 배열하여 글을 읽는 독자로 하여금 좀 더 작가의 내면적 이야기를 깊이 있게 생각해 볼 수 있는 기회를 제공하고 있다. 슬로우 청산도, 제주 곶자왈 탐방기, 학소리 버드나무, 상당산성과 같이 여행하기 좋은 장소를 선택하여 여행하거나 방문하면서 느꼈던 작가의 생각이 편안하게 고개를 끄덕이며 읽을 수 있는 그런 책이다.

이춘재 3번째 시집

오래 젊었습니다

도서출판 일광(주)

주소 | (28508) 청주시 상당구 상당로 204번길 12

전화 | 043-221-2948

이현실 제2산문집

그가 나를 불렀다

우리가 글을 쓰는 뜻은 무엇일까.
하나의 불꽃을 묘사하기 위한, 단 하나의
어휘를 찾아 헤매는, 턱없는 고행의
유인은 도대체 뭘까.
이 또한 자유에의 갈망 아니겠는가.
오늘 이곳 옛 선비들의 우람한
발자취 앞에서는 한없이 초라한,
그러나 나 외의 누구도 쓰다듬어 주는 이
없는, 작으나마 소담스러운
내 자유를 찾는다.

－〈지례예술촌의 자유를 찾아서〉 중에서

이 현 실

2003 한국예총 「예술세계」 수필 등단, 「미래시학」 시 등단
중앙대문인회 회원, 국가보훈처 보훈 콘텐츠 입상(2019) 외 다수
시집 : 「꽃지에 물들다」, 「소리계단」
산문집 : 「꿈꾸는 몽당연필」, 「그가 나를 불렀다」
앤솔러지 : 「시의 끈을 풀다」, 「수필의 끈을 풀다」를 엮음
계간 : 현) 미래시학 편집주간, 도서출판 지성의 샘 주간

박종익 시인 2022년도 신간 소개

박종익, 170쪽, 148*210mm
2022.01.14 출간, 퍼플(교보문고)
ISBN 978-89-24-09133-5
판매가: 11,200원
교보문고(인터넷 판매 중)

박종익, 86쪽, PDF(e-book)
2022.02.11출간, e퍼플(교보문고)
ISBN 979-11-39-00274-4
판매가 : 2,000원
판매처 : 교보, YES24, 알라딘

박종익, 122쪽, 148*210mm
2022.09.16 출간, 퍼플(교보문고)
ISBN 978-89-24-10078-5
판 매 가 : 6,700원
판 매 처 : 인터넷 판매 중(교보)

박종익, 88쪽, PDF(e-book)
2022.10.24출간, e퍼플(교보문고)
판매가 : 2,000원
판매처 : 교보, YES24, 알라딘